시크릿 가이

SECRET GUY

시크릿 가이

초판 1쇄 찍은 날 | 2013년 5월 24일
초판 1쇄 펴낸 날 | 2013년 5월 29일

지은이 | 김양희
펴낸이 | 예경원

편집 | 유경화

펴낸곳 | 예원북스
등록번호 | 제396-2012-000132호
등록일자 | 2012. 7. 25
YRN | 제1-0025호

주소 | 경기도 고양시 일산동구 무궁화로 8-28 삼성메르헨하우스 712호 (우) 410-837
전화 | 031-819-9431 팩스 | 031-817-9432
http://cafe.naver.com/yewonromance
E-mail | yewonbooks@naver.com

ⓒ 김양희, 2013

ISBN 978-89-98102-29-6 03810

시크릿 가이

SECRET
GUY

김양희 장편 소설

YEWONBOOKS ROMANCE STORY

예원북스

CoNTENTs

이 여자가 정말, 정말 나란 말이야?

하진은 믿겨지지 않는다는 표정으로 거울 속의 자신을 들여다보았다. 껌뻑껌뻑 눈을 감았다 떠보기도 하고 손등으로 눈을 비벼보기도 했다. 허나, 달라진 건 없었다. 거울 속의 그녀는 여선히 새하얀 웨딩드레스를 입고 있었고 평소에는 하지 않았던 화장까지 곱게 한 얼굴이었다.

"유하진! 눈을 비비면 어떻게 해? 예쁘게 화장한 거 다 지워지잖아."

은근한 타박이 섞인 익숙한 목소리가 바로 옆에서 들려왔다. 하진은 천천히 고개를 돌렸다. 그녀의 친구인 연우가 그곳에 서 있었다.

7

"……연우야."

연우는 왜 여기에 있는 거지? 그리고 나는 왜 웨딩드레스를 입고 있는 걸까?

묻기 위해 입술을 떼었지만 연우가 빨랐다.

"떨리지? 그 마음 이해될 것 같아."

연우는 번진 그녀의 화장을 고쳐 주며 부드러운 미소를 머금었다.

대체 왜 떨리고 뭐가 이해될 것 같다는 것인지. 하진은 무슨 말인지 도통 이해를 할 수 없었다.

"나도 결혼할 때 똑같을 테니까."

하진이 어깨를 움찔거렸다. 연우의 입에서 흘러나온 한 단어로 인해 눈이 휘둥그레졌다.

겨, 결혼? 결혼이라고?

"다 됐다."

그녀의 얼굴 위에서 분주하게 움직이던 연우의 손이 멀어졌다.

"우리 하진이, 오늘 너무 예쁘다. 세상에서 이렇게 아름다운 신부, 아직은 처음이야. 호호호."

하진은 소리 내어 웃으며 화장품을 챙겨 넣는 연우의 팔을 잡았다.

"무슨 소리야?"

"음?"

"신부라니? 누가?"

연우의 고운 미간이 좁게 모아졌다.

"누구긴 누구야. 유하진, 너지. 웨딩드레스까지 입고, 얘가 왜 이래. 많이 긴장되는구나? 잠깐 있어봐."

연우가 나가자 하진의 몸이 휘청거렸다. 부들부들 떨리는 다리로는 더 이상 서 있을 수가 없던 그녀는 일인용 소파에 털썩 주저앉았다. 크게 심호흡을 하며 혼란스러운 정신을 가다듬었다.

결혼.

오늘의 신부.

그리고…… 웨딩드레스.

지금 웨딩드레스를 입고 있는 여자는 다름 아닌 그녀 자신. 그건 즉, 오늘 이 결혼식의 신부라는 뜻이다.

말도 안 돼. 내가 결혼이라는 것을 한다고?

믿을 수는 없지만 인정해야만 했다. 혼란스럽지만 받아들여야 한다. 부정을 하기엔 현재 그녀는 완벽한 신부의 모습을 하고 있었기 때문이다.

그렇다면 그녀의 남편, 오늘의 신랑은 누구일까?

앞으로 평생 함께할 배우자가 누군지도 모른 채 올리는 결혼식이라니. 스스로 떠올린 생각에 그녀는 기막힌 웃음을 터트렸다.

그 순간이었다. 굳게 닫혀 있던 신부대기실의 문이 벌컥 열리더니 검은 턱시도를 근사하게 차려입은 남자가 모습을 드러냈다.

남자는 너무 근사하고 멋있었다. 남자답게 딱 벌어진 넓은 어깨하며, 172cm의 그녀가 올려다볼 정도로 키도 상당히 컸다.

남자가 신부대기실 안으로 성큼성큼 걸어 들어왔다. 서서히 다가오는 남자를 지켜보는 그녀의 눈동자가 촛불처럼 일렁였다.

이 남자가 오늘의 신랑, 즉 그녀의 남편이 될 사람인가?

낯이 익긴 한데 어디서 보았을까?

내가 이 남자를 만나 연애라는 걸 했었나?

혹시…… 꿈을 꾸고 있는 건가?

온갖 생각이 난무하고 있는 가운데, 마침내 남자가 그녀의 앞에 바싹 다가와 섰다. 비스듬하게 고개를 숙여 그녀와 눈을 마주쳤다. 이내 남자의 입가에 환한 미소가 지어졌다.

흐읍!

하진은 숨이 멎는 것만 같았다. 세상에, 남자의 웃는 얼굴이 이토록 아름답다니. 이 남자가 정말 내 남편이라는 말인가.

"당신, 이렇게 아름다워도 되는 거야?"

남자의 두 손이 그녀의 양 볼을 부드럽게 감싸 쥐었다.

"고마워. 나의 아내가 되어주어서."

그녀를 바라보는 다정한 눈빛. 그녀를 향한 따뜻한 손길. 콩닥콩닥, 그녀의 심장이 격렬하게 고동을 쳐댔다.

"당신은 앞으로 내 품에서 평생 행복하게 될 거야. 사랑해, 하진아."

사랑 고백을 마지막으로 남자의 입술이 그녀의 입술 위로 살포시 포개졌다. 보드랍고 따스한 입맞춤. 저도 모르게 남자의 허리에 팔을 두르자 남자가 그녀의 등을 강하게 끌어안았다. 부드럽고 달콤했던 입맞춤은 어느새 깊은 키스로 이어지고 있었다. 소리도 없이 입안을 침범한 남자의 혀가 그녀의 혀를 휘어 감으며 집어삼킬 듯 힘껏 빨아들였다. 그녀의 모든 숨결을 앗아가겠다는 듯 거칠게 밀어붙였다. 숨조차 제대로 쉴 수 없을 정도였다.

"하아."

한참 동안이나 그녀의 입술과 혀를 물고 빨아대며 몰아붙이던 남자의 입술이 마침내 떨어져 나갔다. 남자의 단단한 가슴에 이마를 기대고 그녀는 숨을 가쁘게 몰아쉬었다.

"미치겠어. 당장이라도 당신을 안고 싶어."

남자의 달뜬 속삭임이 정수리 위로 내려앉았다. 그녀는 고개를 살살 저었다.

제발, 참아줘요. 여기서는 안 돼. 이곳은 신부대기실이라고.

얼른 말을 해야 하는데, 금방이라도 그녀를 안을 듯한 남자의 거침없는 행동을 말려야 하는데 마치 벙어리가 된 것마냥 목소리가 나오지 않아 답답했다. 그사이 남자는 그녀의 턱을 부여잡고 격렬하게 삼킨 입술을 탐하기 시작했고, 야릇하게 등줄기를 타고 내려오다가 앞으로 옮겨진 커다란 손이 웨딩드레스 위로 봉긋 솟은 가슴을 움켜쥐었다. 이내 부드럽게 가슴을 어루만지던 손가락이 작은 유실을 찾아 비틀자 순간 말로 표현할 수 없는 짜릿함이 그녀의 몸을 쓰윽 훑고 지나갔다.

안 돼, 참아. 제발 참아달란 말이야!

이미 남자의 손길에 온몸이 뜨겁게 반응을 보이고 있지만 이곳은 신부대기실이다. 정신을 가다듬은 그녀는 남자에게서 벗어나고자 몸부림을 쳤다. 하지만 남자는 멈추지 않았다. 이곳에서 정말 그녀를 안아버릴 기세였다. 그리고 기어이 웨딩드레스 자락을 들쳐 올리며 안으로 파고든 손이 은밀한 곳에 닿은 순간…….

Rrrrrrr, Rrrrrrr.

고요한 방 안을 시끄럽게 울리는 휴대폰 벨소리에 놀란 하진은 번쩍 눈을 떴다. 아직 잠에서 덜 깬 상태로 주위를 두리번거렸다.

역시, 꿈이었구나.

하진은 후, 하고 숨을 내쉬었다. 웨딩드레스를 입고 신부대기실에 앉아 있던 상황은 아직도 생생하기만 한데 지금 있는 곳은 너무나도 익숙한 그녀의 방 안이었다.

하진은 허탈하게 웃을 수밖에 없었다. 결혼하는 꿈을 꾸다니. 한 번도 이런 꿈은 꿔본 적 없는데 별일이었다.

부스스한 모습으로 침대에서 내려온 그녀는 여전히 울려대는 휴대폰을 들고 방을 나섰다.

"여보세요."

[이제 일어난 거야?]

사촌 동생 보경이었다.

"응, 무슨 일이야?"

[오늘 저녁 같이 먹자고.]

"저녁?"

냉장고에서 물 한 병을 꺼내 거실로 나온 하진은 습관적으로 TV를 틀었다.

[응. 지금 이현욱 씨 언니네 카페 근처 스튜디오에서 지면광고 촬영 중이거든. 제호 오빠가 지난번에 정신없어서 제대로 인사 못 했다고 같이 먹자고 하네.]

제호는 한 달 후면 사촌 동생인 보경의 남편이 될 사람이었다.

그리고 이현욱은······.

얼마 전 개봉해서 절찬리에 상영 중인 영화 '웨딩드레스'의 남자 주인공 역할을 맡은 배우였다. 머리부터 발끝까지 화제를 몰고 다니는 톱스타. 제호는 현욱의 매니저였고, 보경은 스타일리스트였다. 하진도 보경 때문에 우연히 만나 한 번 인사를 나눈 적 있었다.

"언니, 오늘 쉬는 날인데."

[아, 진짜? 그럼 쉬다가 시간 맞춰 나오면 안 돼? 혹시 다른 볼일 있어?]

"아니야, 없어. 저녁 먹자. 촬영이 몇 시에 끝나는데?"

[5시 정도면 끝날 것 같긴 한데, 중간에 전화 한 번 더 줄게.]

"알았어. 카페에 있을게."

약속을 잡고 통화를 마친 하진은 물을 한 모금 마시며 소파에 등을 기댔다.

이현욱?

리모컨을 들고 무심하게 채널을 돌리던 그녀의 표정이 흠칫 굳어졌다.

이현욱, 이현욱.

국내 인기배우, 영화계의 최고의 별 이현욱!

하!

하진의 입술 사이로 짧은 탄식이 터져 나왔다. 이제야 생각이 났다. 꿈속에서 그녀의 신랑이었던 남자. 웨딩드레스를 입은 신부

가 되어 달콤한 키스를 주고받고 뜨거운 행위 직전까지 갔던 상대
는 바로, 이현욱이었던 것이다.

보경과 통화를 하면서도 통화 내용에서 그 이름이 오르내렸음
에도 그만 깜빡 잊고 있었다.

한 번도 그를 남자로 생각하거나 연예인으로도 관심 가진 적 없
었는데, 어째서……

그때였다. TV화면에 이현욱의 얼굴이 나타났다. 매력적인 미소
를 마구 발산하고 있는 그의 얼굴이.

"미쳤어, 미쳤어."

미쳐도 단단히 미친 게 틀림없다. 화면에 그의 얼굴이 떠오른
순간, 얼굴은 뜨겁게 달아올랐고 심장은 미친 듯이 질주를 하고
있었다. 하진은 고개를 흔들며 주먹으로 가슴을 툭툭 때렸다.

"정신 차려, 유하진."

그래. 이건 다 꿈 때문이야, 꿈. 이런 감정은 금방 가라앉을 거
야.

1

감정이 금세 가라앉을 거라 생각했던 건 혼자만의 착각이었다. 조금의 틈만 생기면 꿈속의 한 장면이 머릿속을 비집고 들어와 그녀를 부끄럽게 만들고 있었다.

"커피 한잔 마실래?"

"······응."

정신이 잠시 외출을 한 것처럼 멍하니 앉아 손끝으로 테이블 위를 톡톡 두드리고 있던 하진은 연우가 물어오는 말에 무의식적으로 머리를 끄덕였다.

"따뜻할 때 마셔."

"응."

커피잔을 앞에 놓아주었는데도 하진은 대답만 할 뿐 잔은 쳐다보지도 않았다. 연우는 고개를 갸웃하며 그녀의 어깨를 탁탁 쳤다. 오늘따라 어딘가 이상해 보였다. 쉬는 날에 카페를 나온 것부터가 그랬다.

"하진아, 무슨 일 있어?"

"아니."

"그런데 왜 이렇게 기운이 없어? 피곤하면 집에서 푹 쉬지, 뭐하러 나왔어."

연우가 걱정스런 어조로 말하자 하진의 입가에 미미한 미소가 어렸다. 그녀도 쉬고 싶었다. 일주일에 한 번 쉬는 오늘 하루의 계획은 그간 모자랐던 잠을 채우고, 구입해 놓고 보지 못한 DVD 영화를 감상하는 것이었다. 그리고 보경과의 약속 시간에 맞춰 카페에 나와 있다가 약속 장소로 가려고 했는데, 계획이 엉망이 되어 버렸다.

보경의 전화를 받고 달아나 버린 잠은 포기하고 아침 겸 점심을 먹었다. 그리고 DVD를 하나 골라 소파에 누워 재미있게 보고 있는데 느닷없이 이현욱이 등장을 한 것이다. 절대 이현욱이 출연하는 영화를 고른 것이 아니었는데 당황스러웠다. 확인해 보니 특별 출연이었다. 뒤에도 몇 장면 정도 나올 것 같아 결국 영화도 꺼버렸다. 오늘 제일 안 보고 싶은 얼굴이 있다면 이현욱이었다. 그의 얼굴만 보면 낯이 뜨거워졌다. 그놈의 꿈 때문에.

영화를 보고 난 후의 후유증인가?

모처럼 연우와 영화를 본 것이 어제다. 현재 영화 예매율 1위, 바로 그가 주연으로 출연한 '웨딩드레스'였다.

꿈속에서도 웨딩드레스를 입고 있었으니 전혀 무관하진 않았다. 다만 딱 거기서 멈췄어야 할 꿈이 야시시한 장면으로 넘어간 게 문제라면 문제였다. 이런 꿈은 생전 처음이었고 이렇게 생생하게 기억나는 꿈도 처음이었다.

아니면…….

자신도 모르게 깊은 곳에 잠재되어 있던 성적 욕망이 꿈으로 표출된 것은 아닐까? 어쩌면 그럴 수도. 그녀 나이 서른둘, 곧 서른셋. 마지막으로 연애한 건 6년 전. 충분히 가능성 있다. 그런 거라면 정말 우울하고 서글픈 일인데.

"연우야."

"그래, 말해봐."

아무래도 나, 너무 외로운가 봐.

하진은 차마 입 밖으로 내뱉지 못하고 속으로 중얼거렸다. 씁쓸하게.

약속 장소에 거의 도착했다는 보경이 문자메시지를 확인하고 카페를 나선 하진의 코트 속으로 시린 바람이 스며들었다. 뚝 떨어진 기온 탓에 그녀의 어깨가 저절로 움츠러들었다. 세차게 불어오는 바람에 머리칼도 흩날렸다. 12월도 어느덧 중순. 겨울의 계절이 돌아왔다는 걸 확실하게 느낄 수 있는 날씨였다.

"와, 진짜 춥다."

어제보다 쌀쌀해진 것 같다. 올겨울은 유난히 더 추울 것이라는 기사도 보았다. 유독 추위에 약한 그녀이기에 이 기나긴 겨울을 어떻게 보내야 하나 걱정스러웠다.

하진은 목에 두른 목도리를 코의 부분까지 당겨 올렸다. 이어 온몸으로 느껴지는 한기에 짙은 밤색 코트의 앞섶을 바싹 끌어 모았다. 보경이 예약해 두었다는 한정식 식당은 그녀의 카페에서 걸어서 5분, 추위에 발걸음이 저절로 빨라졌다.

"언니, 왔어?"

직원의 안내를 받으며 룸 안으로 들어간 하진을 먼저 도착해 있던 보경이 반겨주었다.

"좀 야위었네?"

확실히 한 달 전 카페로 찾아왔을 때보다 살이 빠진 듯 보였다. 스타일리스트라는 직업상 스타의 스케줄에 따라 항상 동행해야 하고 동시에 결혼 준비까지 하다 보니 체력적이나 정신적으로 많이 힘든 모양이다.

"응. 3kg이나 빠졌어."

"일하면서 결혼 준비하는 건 쉬운 일이 아니니까."

"맞아. 그래도 괜찮아. 내 일이고, 내 결혼인데 뭐. 힘들기도 하지만 즐겁기도 해. 그리고 다음 주면 그만두니까, 그때부터 푹 쉬지 뭐."

결혼식도 얼마 남지 않았고 보경의 몸을 염려한 제호가 진지하게 휴직을 권했다고 들었다. 안 그래도 여윈 보경이 안쓰러웠는데 당분간은 쉴 수 있다고 하니 다행이었다.

"안녕하세요, 처형."

두 여자의 대화가 끝나기를 기다렸다는 듯, 제호가 하진에게 인사를 건넸다. 미소를 담은 그녀의 눈이 제호에게 옮겨졌다.

"안녕하세요. 잘 지내셨어요?"

"저야, 바쁘게 잘 지냈죠."

"바쁜 게 제일 좋은 거죠."

"그나저나 저한테는 야위었단 말씀을 안 하시네요. 전 보경이보다 1kg이나 더 빠졌는데."

"음, 미안해요."

머리에서 발끝까지 제호를 훑어본 하진이 잠시 머뭇거리더니 농담처럼 사과를 했다.

"뭐, 괜찮습니다. 제가 4kg이나 빠졌다는 걸 아무도 알아주지 않았는데 처형까지 몰라준다고 절대 섭섭하거나 하지 않을게요."

"훗!"

제호의 장난 섞인 서운한 어투에 하진의 입에서 본의 아닌 웃음이 터져 나왔다. 제호는 키도 크고 덩치도 상당히 좋았다. 때문에 본인은 몸무게가 줄었다고 하는데 전혀 표시는 나지 않으니 그것도 참 억울하긴 할 것 같다.

하진은 나란히 서 있는 보경과 제호를 바라보았다. 1년 전, 보경이 이현욱의 스타일리스트로 합류하면서 인연이 시작되었다. 연애 기간이 길지는 않았지만 마치 오래된 연인처럼 두 사람은 진심으로 잘 어울렸다.

보경은 고모의 딸이다. 서른두 살의 그녀보다 5살이나 아래였다. 어릴 적부터 친언니처럼 그녀를 잘 따르는 보경을 예뻐했고 사촌 중에서는 가장 가깝게 지내고 있었다. 항상 어린 동생으로만 여겼는데 좋은 인연을 만나 벌써 결혼을 하다니. 흐뭇하기도 하고 왠지 자식을 시집보내는 것처럼 서운한 마음도 든다.

"대체 인사는 언제까지 할 작정인 거지?"

그때, 세 사람의 사이를 뚫고 시니컬한 음성이 들려왔다. 당연히 보경과 제호만 있는 줄 알았던 룸 안에 다른 사람의 소리가 들리자 하진은 깜짝 놀랐다. 고개를 돌려 목소리의 주인공을 확인한 그녀의 어깨가 흠칫거렸다.

저 남자는…….

꿈속에 등장해 오늘 내내 그녀의 마음을 어지럽혔던 남자, 모든 여자들의 로망이자 이상형. 이현욱이었다.

그가 왜 이곳에 있는 거지?

"자식이 촬영 끝내고 하도 배고프다고 해서 같이 왔어요."

마치 하진의 생각을 듣기라도 한 듯 제호가 시원스럽게 궁금증을 풀어주었다.

"괜찮죠, 처형?"

이제 와서 그녀의 허락을 구하는 건 너무 늦지 않았나? 저녁을 먹기 위해 이곳에 와 있고 눈앞에 당사자를 두고 괜찮지 않다는 말로 분위기를 곤란하게 만들 수도 없다. 이런 상황에서 그녀가 할 수 있는 대답은 한 가지뿐이다.

"그럼요."

"다들 그만 앉지 그래? 배고프다고."

불평하듯 현욱이 재차 말했다.

"알았어요, 알았어. 언니, 이리 와 앉아."

보경이 현욱을 곱게 노려보며 하진을 제 옆에 앉혔다. 맞은편에는 이현욱이 앉아 있었다. 곧이어 제호가 음식을 주문하고 주문을 받은 직원이 나가자 현욱의 시선이 하진에게로 향했다.

"우리 구면이죠?"

"네."

"내가 존재감 없는 인물은 아닌데. 나는 보이지도 않았나 봐요, 유하진 씨 눈에는?"

얼핏 들으면 잘난 척일 수도 있지만 사실은 사실이었다. 언제 어디를 가나 존재감이 확실히 드러나는 사람이니까. 아니, 사람일 수밖에 없으니까.

그러게. 나는 왜 존재감이 뚜렷한 그를 보지 못했을까. 종일 내 감정을 들었다 놨다 했던 사람인데.

그보다 현욱의 그녀의 이름을 기억하고 있는 줄은 몰랐다. 그녀가 톱스타인 현욱을 알고 있는 건 당연하지만 단 한 번의 짧은 만남에서 인사를 나눈 것이 전부인데 의외였다. 보경의 사촌 언니라고 소개를 받아서 그런가.

"미안해요. 오시는 줄 몰랐어요."

하진은 사과했다. 사과를 해야 할 일인지 아닌지는 잘 모르겠지만, 마땅히 그에게 대답할 말을 찾지 못한 것이다. 아니, 존재감이 뚜렷한 대스타를 알아보지 못했으니 사과해야 하는 게 옳은 건가?

"천만에요."

눈을 가늘게 뜨고 그녀를 바라보던 현욱이 피식 웃음을 흘리며 어깨를 으쓱였다.

잠시 후 주문한 요리들이 차례대로 들어와 넓은 테이블 위를 가득 채웠다. 다들 배가 고팠는지 젓가락이 들린 손이 바쁘게 움직였다. 단 한 사람, 그녀를 제외하고는.

음식이 코로 들어가는지 입으로 들어가는지 영 입맛이 없었던 하진은 그들의 속도를 따라가진 못했다.

"3일 후에 남양주 세트장에서 CF촬영 있다."

제호가 떡갈비를 한 입 베어 물며 현욱을 돌아봤다.

"알고 있어."

"게임하다가 밤새지 말란 뜻이야. 오늘처럼 못 일어나서 사람 힘들게 하지 말고."

"맞아요. 오늘 아침엔 정말 한 대 때려주고 싶었다니까."

보경까지 합세해 현욱을 새치름하게 흘겨보았다.

"이제는 세트로 잔소리를 하는군."

현욱은 검지 손가락으로 귀를 긁적이며 한쪽 눈썹을 찡긋거렸다.

"짜식이! 형님하고 형수님이 하는 말씀이 잔소리라니. 아무튼 그날도 아침부터 준비하고 움직여야 하니까, 전날은 무조건 10시에 침대로 뛰어들어 가."

둘의 관계가 10년이 넘었다고 들었다. 그래서인가, 현욱과 제호는 한 가족처럼 허물이 없어 보였다.

"상대가 구현서에서 은아정 씨로 바뀌었다고 했죠?"

"응."

보경이 물었고 제호가 대답했다. 현욱은 함께 CF촬영을 하는 상대 여배우에 대해서는 별로 관심 없다는 듯 무표정한 얼굴이었다.

"구현서 진짜 싫었는데 다행이에요. 아마 구현서처럼 정 안 가는 사람도 없을 거예요. 그쪽 스타일리스트들도 아주 치를 떨던데요. 맘 같아서는 다 때려치우고 싶다고."

싫기는 엄청 싫은가 보다. 은아정의 이름 뒤에 따라붙었던 '씨'자가 구현서의 이름 뒤에는 오지 않았다는 것만 봐도 알 수 있었다. 어지간해서는 사람 흉을 보지 않는 보경이 질색을 할 정도이면 구현서의 성품은 썩 좋지 않은 듯하다.

"구현서. 이 바닥에서 싸가지 없기로 유명하지만 일에서만큼은 프로야. 그래서 계속 찾는 거고."

"그거야 알죠. 그런데 뭐 은아정 씨는 프로 아닌가요? 저번에 한 번 봤는데 어찌나 상냥하던지. 구현서가 은아정 씨 반만 닮아도 욕하지 않아요."

하진과는 동떨어진 대화들이 오고 갔지만 그녀는 지루함을 느끼지 못했다. 아무 데서나 들을 수 없는 연예계의 이야기를 흥미롭게 듣고 있었다. 대화는 곧 또 다른 화제로 옮겨졌고 제호의 휴대폰이 울릴 때까지 계속되었다.

"여보세요? 네, 형. 잠깐만요. 저 실례 좀 할게요."

하진에게 양해를 구한 제호는 전화를 받으며 룸을 빠져나갔다.

"이참에 나도 잠시 실례."

"넌 어디 가는데?"

가방에서 파우치를 꺼내 들고 일어서는 보경을 그녀가 붙잡았다.

"화장실. 금방 다녀올게."

보경마저 자리를 비우자 룸 안에는 어색한 정적이 흐르기 시작했다. 그는 묵묵히 식사를 하고 있었고 그녀는 물 한 모금으로 마른 입술을 적셨다.

꿈의 여파 때문인가.

현욱과 단둘이 남게 된 이 공간이 불편했다. 온 신경이 그에게 쏠렸다. 뭔가 꽉 막힌 듯 가슴도 답답해졌다. 그가 온다는 것을 미리 알았다면 그녀는 이 자리를 거절했을 것이다. 다른 때라면 상관없었겠지만 오늘은, 오늘만큼은 아니었다.

나를 향한 다정한 눈빛.

귓가를 울린 사랑의 속삭임.

부드럽고 달콤했던 키스.

꿈일 뿐이지만, 그녀의 몸을 뜨겁게 달아오르게 한 상대가 바로 앞에 있다. 그래서일까. 오늘 꾸었던 꿈이 점점 더 선명해지고 있었다.

"당신을 안고 싶어."

흥분에 달뜬 그의 음성도 귓가에서 울리는 듯했다.

그래. 이 남자는 꿈속에서 나를 안고 싶어 했지. 미치도록.

저도 모르게 눈길이 움직였다. 그의 입술에서 손으로 손에서 다시 입술로, 멈춰지지가 않았다.

이 남자의 키스는 꿈처럼 달콤할까.

이 남자의 손길은 정말 뜨거울까.

이 남자의 눈…….

"내 얼굴에 뭐 묻었습니까?"

하진의 모든 사고가 일순 딱 멈춰졌다. 머릿속으로 그리고 있던 상상이 그의 목소리에 깨져 버렸다.

"……네?"

"힐끔힐끔 보는 것 같아서 말이지. 뭐가 묻었는데, 내가 어려워서 말은 못하겠고, 계속 쳐다볼 테니 알아서 눈치껏 닦아라. 뭐, 이런 건가 싶어서요."

젓가락을 내려놓은 현욱은 느긋이 의자에 등을 기댔다. 능청스럽게 늘어지는 그의 입매에 하진은 입이 바싹 타들어갔다. 훔쳐보는 것도 모자라 들키기까지 했으니. 그를 상대로 불순한 생각을 하다 정통으로 걸린 것마냥 가슴은 뜨끔했고 얼굴도 화끈거렸다.

불순한 생각을 한 건 맞잖아. 내가 왜 이러지 정말?

스스로가 너무나 한심스러웠다. 저답지 않았다. 아직까지 꿈에서 헤어나지 못하고 이게 뭐 하는 짓인지 모르겠다. 지금은 꿈이 아닌 현실이다.

제대로 정신 차려라, 유하진.

꿈속에서는 그가 사랑하는 연인이었을지 몰라도 현실에서의 그는 연예인 그 이상도 이하도 아니었다. 그러니 이 남자 때문에 긴장하고 이 남자를 의식할 필요가 전혀 없다는 말이다.

"아무것도 안 묻었어요."

하진은 숨을 고르며 마음을 가다듬었다. 이미 들켜 버렸는데 '그런 적 없습니다' 라고 발뺌하는 것도 우스우리라.

"그럼?"

"신기해서요."

"신기?"

"대단한 스타잖아요. 그런 분과 언제 또 이런 자리에서 같이 밥을 먹겠어요."

비록 거짓을 섞긴 했지만 훔쳐본 것은 순순히 인정했다.

"하긴, 그렇긴 하죠?"

현욱의 입가에 여유로운 미소가 띠어졌다. 연예인이라는 직업 때문인가. 잘난 척도 천연스럽다.

"유하진 씨."

"네."

또 어떤 말을 하려고 하는 걸까. 저 입에서 무슨 소리가 나올지 몰라 그녀는 바짝 긴장했다. 가뜩이나 낯 뜨거워 얼굴도 못 들겠는데 말이다.

"영화 좋아해요?"

"네, 좋아해요."

다행히 별말 아니었다. 긴장이 탁 풀어졌다.

"주로 선호하는 장르는?"

영화 장르 선호도 조사라도 하려는 것인지 편치 않은 그녀의 속을 알 리 없는 그가 자연스럽게 대화를 주도해 나갔다.

"딱히 가리지 않는 편이에요."

"그럼 내 영화도 봤어요?"

"그건. 아직, 못 봤어요."

머뭇머뭇하던 하진은 또 거짓말을 하고 말았다.

"그래요? 그럼 시간 될 때, 한 번 봐요. 남자보단 여자들이 좋아하더라고요."

"꼭, 보도록 하죠."

그녀는 그의 눈길을 피하며 전을 하나 집어먹었다. 평소에 하지 않던 거짓말을 짧은 시간에 두 번이나 한 탓인지 양심에 찔려 마주 보고 있을 수가 없었다.

사실대로 영화를 보았다고 하면 어땠느냐고 물어올 것 같았고 대답을 하다가 보면 그를 앞에 두고 꿈속의 과정이 다시 생생하게 떠오를 것 같았다. 그래서인지 거짓말이 저절로 툭 튀어나왔다.

"식사 거의 다 했지?"

화장실에 갔던 보경이 룸의 문을 열고 들어왔다. 제호는 통화가 길어지는 듯했다.

"오면서 디저트 준비해 달라고 부탁했어."

"잘했어."

보경이 돌아오자 하진의 표정이 한결 가벼워졌다. 왠지 든든한 구원자가 나타난 느낌이랄까? 하지만 든든하다고 생각했던 구원자가 원수로 뒤바뀌는 건 순식간이었다.

"아, 참. 어제 영화 어땠어?"

"뭐?"

"내가 전화했을 때, 연우 언니랑 막 영화 보러 들어가는 중이라고 했잖아."

"그게 보경아."

허를 찔린 것처럼 활짝 열린 하진의 동공이 흔들렸다. 어제 영화를 보기 전 보경과 통화했던 사실을 전혀 생각 못했던 것이다. 어떻게든 막아야 했다. 자칫하다가는 불과 몇 분 전에 했던 거짓말이 들통나게 생겨 버렸다.

"무슨 영화?"

은근슬쩍 끼어든 현욱이 보경에게 물었다.

"보경아!"

그녀가 다급히 보경의 이름을 외쳤지만 소용없었다. 동시에 보경은 현욱의 물음에 대답을 하고 있었기 때문이다.

"무슨 영화긴요. 웨딩드레스죠."

하진은 질끈 눈을 감았다. 한순간의 거짓말이 이토록 민망할 수가. 창피함에 머리부터 발끝까지 온몸이 불에 휩싸인 것처럼 뜨거워졌다.

그리고…… 그의 비웃는 시선이, 느껴지는 것도 같다.

아침부터 먹구름이 잔뜩 끼어 있더니, 오후가 되자마자 하늘에서 비가 쏟아졌다. 비가 내리기 시작하자, 미처 우산을 챙기지 못한 사람들이 비를 피하기 위해 건물 안쪽으로 바짝 붙어서거나 그녀의 카페 '스틸'로 찾아 들어왔다.

카페 직원이 주문을 받고 차를 준비하는 사이 하진은 갓 내린 커피 한잔을 들고 컴퓨터 앞에 앉았다. 따뜻한 커피 한 모금을 마시며 마우스를 움직이자 절전모드 상태로 되어 있던 모니터 화면이 환하게 밝혀졌다. 습관적으로 메일부터 확인했지만 별다른 건 없었다. 오늘 아침에 주문한 책이 발송되었다는 메일과 몇 개의 스팸메일이 전부였다. 눈에 띄는 기사를 몇 개 읽고 인터넷 창을 닫기 위해 움직이던 마우스 커서가 잠시 머뭇거리는가 싶더니 다시 검색창으로 옮겨졌다. 이어 그녀의 손가락이 키보드 위에서 짧게 움직였다.

이현욱.

단지 이름 하나 입력했을 뿐인데 그에 관한 정보가 넘쳐흘렀다. 가장 먼저 프로필이 눈에 띄었다.

출생 1980년 12월 24일.

나이는 그녀보다 한 살 위, 생일은 크리스마스이브다.

신체 188cm, 77kg.

키는 이것보다 더 컸던 것 같은데. 그녀는 머릿속으로 자신과 그의 키 차이를 가늠해 보며 중얼거렸다.

그 뒤로 데뷔작부터 해서 지금까지의 주요 작품과 셀 수조차 없을 정도로 넘쳐 나는 사진, 영상들 넘쳐 나는 기사가 한가득이었다. 날짜를 확인하자 오늘 올라온 사진과 기사만 해도 엄청났다.

하진은 가장 최근에 올라온 기사 하나를 클릭했다. 그의 주연 영화 웨딩드레스에 대한 것이었다.

'웨딩드레스' 흥행 행진 언제까지. 4주째 박스오피스 1위 굳건!

제목만 봐도 영화의 인기가 어느 정도인지 알 수 있었다. 30일 만에 660만 관객 돌파, 700만 돌파 코앞. 앞으로 이 행진은 언제까지 이어질까. 과연 한국 멜로영화 사상 최고 관객 수를 동원하는 신기록을 세울 수 있을까, 하는 그런 내용이었다.

영화는 깊은 사랑에 빠진 한 남자가 불치병에 걸린 연인을 살리기 위해 어둠의 길로 들어섰지만 끝내 병을 이겨내지 못한 연인과 함께 죽음을 택한 스토리였다. 연인이 그토록 간절하게 입고 싶어 했던 웨딩드레스를 마지막으로 선물하고 둘만의 결혼식을 올리며 최후를 맞이하는 장면은 영화를 보는 모든 이들의 눈물샘을 자극했다.

일각에서는 스토리는 탄탄하나 진부하다는 평도 있다. 그렇지만 그럼에도 불구하고 꾸준히 1위를 고수하고 있는 건 아마 흥행을 몰고 다니는 최고의 배우, 이현욱과 금아진의 네임벨류도 무시하진 못할 것이다. 극중의 역할에 완벽하게 스며들어 관객들이 시선을 뗄 수 없을 정도로 몰입이 강했고, 본인의 캐릭터를 훌륭히 소화해 냈다는 호평이 연신 이어졌다.

"하마터면 깜빡 속아버릴 뻔했어요."

며칠 전의 그날만 떠올리면 아직도 얼굴이 화끈거린다. 집으로 돌아와 제 머리를 얼마나 쥐어뜯었는지 모른다. 저녁식사가 끝나고 제호는 계산을 한다며 먼저 일어섰고 보경을 따라 나서려고 자리에서 일어났을 때였다. 어느새 그녀의 등 뒤로 다가온 그가 낮은 음성으로 귓가에 속삭였다.

놀란 그녀가 어깨를 움찔거리자 그는 씨익 웃으며 먼저 나갔다. 안 그래도 민망하고 부끄러워서 쥐구멍이라도 있으면 숨고 싶은 심정이었는데 그렇게 꼭 찔러야 했을까. 붉게 달아오른 얼굴이 더 뜨거워지는 느낌이었다.

차라리 솔직하게 영화를 봤다고 할 걸 그랬다. 짧은 순간에 선택했던 거짓말이 이런 결과를 초래할 줄이야. 그나마 다행인 건 그 거짓말을 보경 앞에서는 모른 척을 해줬다는 거다.

날 배려해 준 건가?

그 부분에 대해선 고맙게 생각하고 있다. 보경까지 알았다면 통화를 마치고 돌아온 제호의 귀에도 들어갔을 테고, 보경이 왜 그랬냐고 물으면 그녀는 답할 말이 없었다. 그저 창피함에 고개를 들지 못했을 것이다.

하진의 시선이 다시 모니터로 향했다. 기사에는 주연 배우들의 사진이 실려 있었다. 멋지게 턱시도를 입은 그와 새하얀 웨딩드레스를 입은 여배우 금아진의 사진이. 여배우를 한 번 훑고 지나간 눈길이 그에게 고정되었다.

사진이나 실물이 별 차이가 나지 않았다. 사진은 사진대로 실물은 실물대로 멋지고 잘생긴 매력적인 남자였다.

그리고 꿈속에서 난 이 남자의 신부였지.

하진은 얕은 한숨을 폭 내쉬었다. 꿈의 여파가 참 오래도 간다. 벌써 3일이 흘렀건만, 꿈속의 장면은 기억에서 가라앉지 않고 문득문득 수면 위로 솟아올라 왔다. 솟아오를 때마다 심장도 덩달아

날뛰었다.

비단 이런 여자가 그녀뿐만은 아닐 테지.

그는 만인의 연인이었다. 뭇 여자들의 꿈속에 등장해 그들의 연인이 되어 매일같이 사랑을 속삭일 것이다. 그럼 그 여자들도 그녀와 같은 증상을 보이겠지. 그의 팬이 아닌 그녀도 이러한데 팬인 여자들은 오죽할까.

꿈은 꿈인데. 꿈과 현실을 혼동해서는 안 되는데. 더군다나 연예인을 상대로. 이 나이에 유치하잖아.

하진은 지그시 두 눈을 감았다. 어쩌면 그런 꿈을 꾸고 예기치 못했던 그와의 만남으로 인해 여파가 더 길어지는 걸지도 모른다.

그러니까 신경 쓰지 말자. 곧 벗어날 거야.

달랑달랑.

종소리가 울림과 동시에 카페 문이 열리자 하진이 고개를 돌렸다. 미래의 시어머니와 점심 약속이 있어 외출했던 연우가 젖은 우산을 우산꽂이에 집어넣으며 옆으로 다가왔다.

"비가 제법 많이 오네."

"그러게."

"이번 겨울엔 눈도 잦다는데 걱정이야."

"얼마 전에도 눈 엄청 내렸잖아."

30여 년 만의 폭설이라고 했던가. 12월 초쯤에 앞을 볼 수 없을 정도로 많은 눈이 내렸었다.

"추위도 빨리 왔고."

"추운 건 정말 싫은데. 빨리 봄이 왔으면 좋겠다."

후둑, 후둑. 창문에 부딪히는 빗소리를 들으며 연우가 나직하게 투덜거렸다. 하진의 입가에 동조의 미소가 떠올랐다.

"태준 씨 어머님이 맛있는 거 사주셨어?"

"응, 매운 갈비찜. 매운 음식이 당기더라고."

"그래서 좀 먹었어?"

"아니, 안 먹히더라. 어머니께 죄송했어. 일부러 시간 내서 오셨는데."

"쯧. 그렇게 못 먹어서 어떻게 해."

하진이 안쓰러운 눈으로 연우를 바라보았다. 요즘 속에서 음식이 받아들여지지가 않는다며 도통 먹지를 못하는 연우가 걱정스러웠다.

"괜찮아지겠지 뭐."

"병원에 가봐야 하는 거 아니야?"

"좀 더 보고."

"더 볼 게 뭐 있어. 벌써 며칠이나 됐는데. 내 말대로 해. 응?"

"알았어. 걱정해 주는 친구 때문에 행복하게 산다, 내가."

"입에 침이나 발라. 태준 씨가 있어서 행복한 게 아니고?"

"후후. 그것도 맞고."

연우의 입술 사이로 즐거운 웃음소리가 새어 나왔다.

"근데 하진이 너. 영화 웨딩드레스 보고 이현욱 씨 팬 됐구나?"

"어?"

갑작스러운 연우의 물음에 하진이 눈을 휘둥그레 떴다. 뜬금없이 팬이라니?

"거기."

연우의 손가락이 가리킨 곳은 컴퓨터였다. 정확히 컴퓨터 화면 속 기사에 실린 현욱의 사진이었다. 하진의 미간이 슬쩍 좁혀졌다. 진즉에 껐어야 했는데.

"하긴, 이번 영화에서 굉장히 멋있긴 했지. 정말 잘생기긴 했다. 좋아할 만해."

연우가 생긋 웃으며 사진을 보고 말을 덧붙였다. 연우는 정말 그녀가 현욱의 팬이 되었다고 생각하는 듯했다.

"그게……"

아니야, 라고 말하려고 하는데 하필이면 그때 연우의 휴대폰이 울려댔다.

"응, 오빠."

태준에게서 걸려온 전화인가 보다. 그녀에게 '잠깐만' 하더니 등을 돌려 파티션 쪽으로 걸어갔다. 그리고 연우에게 변명조차 제대로 하지 못한 그녀는 졸지에 이현욱을 좋아하는 팬이 되어버렸다.

하, 이현욱의 팬이라니.

하진은 기가 막힌다는 듯 헛웃음을 날렸다.

"컷! 옷 갈아입고, 십 분만 쉬었다 갑시다."

감독의 외침에 세트장은 금세 소란스러워졌다. 현욱도 상대 배우 은아정의 허리를 다정하게 감싸고 있던 팔을 거두었다.

"춥죠?"

옆에서 촬영을 지켜보며 대기하고 있던 보경이 내내 들고 있었던 두툼한 담요로 현욱의 몸을 따스하게 감싸주었다.

"그걸 말이라고 해?"

세트장 내부에 가득 퍼져 있는 차가운 냉기로 입을 열 때마다 하얀 입김이 따라붙었다. 톡 쏘는 현욱의 말투에 보경이 가볍게 눈을 흘겼다.

"와, 이제는 막 째려보기까지 하네. 든든한 백이 있다 그건가?"

"뭐라고요?"

제호를 두고 하는 소리다. 그를 흘기던 보경의 눈에 힘까지 실렸다.

"농담이야, 농담."

현욱이 피식 웃으며 한편에 마련되어 있는 대기실로 들어섰다. 다음 촬영에 입을 옷을 갈아입으며 주위를 살피니 제호가 없었다.

"형은?"

"잠깐 차에……."

"나는 왜 찾아?"

찾기 무섭게 제호가 들어왔다. 밖에 비가 내리는지 제호의 머리카락이 젖어 있었다.

"안 보이니까 찾지. 비 와?"

"응, 비 오네."

"오늘 비 온다고 하긴 했어요. 자, 이걸로 좀 닦아요."

옷을 다 갈아입은 현욱의 메이크업을 가볍게 고치고 있던 보경이 제호에게 손수건을 건넸다. 날도 쌀쌀한데 비 맞아 감기라도 걸리면 고생이었다.

"그래? 쉽게 그칠 것 같지는 않던데."

손수건으로 젖은 머리를 털어내면서 갑자기 할 말이 생각난 듯한 표정으로 제호가 현욱을 쳐다보았다.

"참. 좀 전에 이모님한테 전화 왔었다."

"이모한테?"

"오늘 여행 가신다며?"

현욱은 아차, 하며 눈썹을 찌푸렸다. 며칠 전 통화하면서 2주 일정으로 유럽여행을 간다고 들었는데 깜빡 잊고 있었다.

그게, 오늘이었군.

기억하고 있다가 잘 다녀오라는 인사를 했어야 했는데. 무심한 녀석이라고 서운함을 토로할 이모의 목소리가 벌써부터 귓가에 울리는 듯하다.

"잊고 있었어?"

"응."

"잘 좀 기억하지. 분명히 1시 비행기라고 말했는데 출발 직전까지 전화도 없고 아주 괘씸하다고. 나쁜 놈이라고 하셨어."

현욱의 한쪽 입꼬리가 쓰윽 올라갔다. 그럼 그렇지. 그에게 아무 말도 남기지 않고 떠날 이모가 아니었다.

"대신 쌤쌤하자고 전해달라던데?"

"쌤쌤? 뭘?"

"어차피 여행도 네 돈으로 가는 거고 다음 주 월요일이 네 생일이잖아. 이번 생일에는 미역국 못 끓여주니까 그 두 가지하고 오늘 네가 전화 안 한 거하고 퉁 치자고."

"하!"

현욱이 기막힌 듯 헛웃음을 날렸다. 어떻게 전화 한 번 안 한 걸로 그 두 가지와 퉁 치자고 할 수 있는 걸까. 참 이모다운 발상이었다. 그러나 기막히다고 헛웃음을 날린 것과 달리 그의 얼굴에는 미소가 걸려 있었다. 이모를 향한 애정이 담긴 미소였다.

현욱의 이모, 송민주.

네 살 때 사고로 부모를 잃은 그를 키워준 이모지만 그에게는 엄마와도 같은 존재였다. 세상천지에 핏줄이라고는 하나밖에 없는 언니를 믿고 의지하며 살아가던 이모가 네 살배기 조카를 떠맡게 된 나이는 고작 스무 살이었다. 부모님이 돌아가시고, 이런저런 각자의 형편을 핑계로 친가에서 외면당한 그를 이모는 버리지 않았다.

스무 살이라는 어린 나이. 더구나 처녀의 몸으로 아이를 키운다는 것은 상당히 어렵고 힘든 일이었을 것이다. 다니던 대학도 그만두고 생활전선에 뛰어들어야만 했다. 그때부터 이모가 감당해야 할 몫은 너무나도 컸다. 안타까운 사정을 전혀 알 리 없는 이들의 손가락질과 따가운 시선은 늘 이모를 따라다녔다. 하지만 이모는 꿋꿋했다. 굳건했다. 얼마든지 고아원과 같은 시설에 보낼 수도 있었지만 모든 것을 감내하며 스스로의 삶도 포기한 채 그를 보란 듯이 키워냈다.

그를 키우고 가르치느라 결혼도 시기를 놓친 탓에 50대가 된 지금, 여전히 솔로였다. 때문에 그는 유독 이모에게만은 약했다.

이모가 원하는 것이 무엇이든 아낌없이 전부 해주고 싶었고 이제는 충분히 그럴 수 있는 능력을 가지고 있었다.

연예인이 되고 유명해지자 매정하게 등을 돌렸던 친가 쪽에서 '가족'이라는 명분으로 찾아왔지만 그는 자신을 외면한 사람들에게까지 너그러움을 베푸는 성품은 가지고 있지 않았다. 그에게 가족이라 불릴 수 있는 사람은 이모뿐이었다.

아, 한 사람 더 있다. 그가 연예인이 되고 현재 최고의 자리까지 오를 수 있도록 이끌어주었고, 지치고 힘든 순간마다 포기하지 않도록 격려해 주며 늘 곁을 지켜준 사람. 옆에 있는 것 자체만으로도 든든한 존재. 바로, 오제호였다. 처음은 연예인과 매니저의 관계로 시작되었지만 10년이 지난 지금은 서로에게 가족이었다.

"현욱 씨 생일이 벌써 다음 주구나."

처음 보경이 현욱을 불렀던 호칭은 오빠였다. 그런데 제호와 연애를 시작하고 결혼 이야기가 오고 가면서 오빠에서 현욱 씨로 호칭이 바뀌었다. 또 보경이 현욱을 오빠라고 부르는 것을 제호가 못마땅해했다.

"이번에는 이모님 음식 맛을 못 보겠구나."

제호가 진심으로 아쉽다는 얼굴로 입맛을 다셨다. 이모의 음식 솜씨가 워낙 훌륭하기도 했고, 그런 이모의 음식에 중독된 제호의 입장에서는 먹을 기회를 놓치게 된 것이 서운할 만했다.

"오빠는! 다이어트 하기로 했잖아요. 우리 결혼식 얼마 남지 않았다고요."

"이래 봬도 4kg이나 빠졌다고."

제호가 자랑스럽게 어깨를 으쓱이자 현욱의 머릿속에 저절로 하진이 떠올랐다. 살이 빠졌는데 본인에게는 왜 야위었다고 안 해 주냐고 하는 제호를 보며 난감한 표정을 짓던 그녀를.

이번이 처음은 아니었다. 보경을 통해 우연히 만나 첫 만남을 가졌을 때부터다.

"안녕하세요, 유하진이에요."

그에게 보내는 그녀의 담담한 첫인사가 낯설면서도 인상적이었다. 호수처럼 맑은 눈동자를 가까이에서 보지 못하고 보드라운 목소리를 듣지 못했더라면 남자라고 착각했을 것이다. 귀가 살짝 보일 정도로 짧은 헤어스타일과 보이시한 옷차림이었지만 얼굴은 꽤 예쁜 편이었다. 거의 색이 없는 옅은 분홍색의 립글로즈를 발라 반짝거리는 작은 입술은 단숨에 삼켜 버리고 싶을 정도였다.

한마디로 미묘한 매력을 가진 그녀가 문득문득 생각났다. 경황이 없던 중에 나눴던 짧은 인사기 못내 아쉽기도 했다. 딱 한 번 봤을 뿐인데 마치 첫눈에 반하기라도 한 것처럼, 그녀를 떠올릴 때마다 심장이 간질간질거렸다.

꼭 한 번 더 보고 싶다고 바라던 차에 기회가 왔다. 제호와 보경이 그녀와 저녁을 먹기로 약속을 잡았다는 소리에 일말의 고민도 없이 따라 나갔다. 그리고 그녀를 생각하는 시간은 두 배로 늘어났다.

훔쳐보듯 그를 힐끔거리던 눈길.

무슨 말을 할 듯 말 듯 달싹거리던 입술.

그가 말을 걸자 뭔가를 들킨 것마냥 잔뜩 당황해하던 표정.

이유는 알 수 없지만 영화를 보고도 안 봤다고 했던 거짓말이 들통나고 새빨개진 얼굴. 여자치고는 큰 키를 가지고 있어 아담과는 거리가 먼 그녀가 귀엽기까지 했다.

그런데 본 영화를 왜 못 봤다고 거짓말을 했을까?

궁금했지만 일부러 묻지 않았다. 안 그래도 창피함에 붉게 타오른 얼굴, 보경 앞에서 그가 캐묻기라도 한다면 그녀의 입장은 더 곤란해질 테니까.

현욱의 입가에 묘한 웃음이 걸렸다. 꼭 한 번만 더 보고 싶다고 바랐는데, 보고 나니까 또 보고 싶어졌다. 이러다가 어쩌면 계속 보고 싶어질 수도. 참 오랜만이었다. 누군가가 보고 싶고, 누군가를 알고 싶다는 감정이 생긴 것이.

정말, 첫눈에 반하기라도 한 건가.

"4kg이나 빠졌는데 알아봐 주는 사람이 없다는 게 문제지."

하진을 떠올리던 현욱의 생각이 원래의 자리로 돌아왔다. 그의 짓궂은 농담 섞인 진담에 고개를 휙 돌린 제호가 짐짓 매서운 눈초리로 그를 쏘아보았다.

"뭐야?"

사실을 얘기한 건데 발끈은 왜 하는지.

지금은 웃어넘긴 제호가 이 소리까지 하면 앞으로 한 시간은 삐쳐 있을 거라는 걸 알고 있기에 현욱은 말을 꾸욱 삼켰다.

"맞아. 한 달 만에 보는 하진 언니도 몰라봤잖아요. 딱 5킬로만 더 빼요, 오라버니. 밥 양은 3분의 1만 줄이고, 저녁은 건너뛰고. 네? 멋지게 턱시도 입어야죠."

"뭐, 노력은 해보지."

보경의 애교 담긴 말투에 넘어가 마지못해 고개를 끄덕이던 제호가 아! 소리를 내며 말을 이었다.

"대신 다음 주 월요일에는 봐줘."

"왜요?"

"현욱이 생일이잖아. 생일파티 해야지."

"아, 그렇지?"

"내 핑계는 대지 말지?"

제호가 먹을 건수를 하나 만들어놓고 눈을 반짝 빛내자 그가 어이없다는 투로 말했다.

"핑계라니. 이모님이 신신당부하고 가셨어. 생일날 너 외롭게 혼자 두지 말라고."

"애도 아니고, 무슨."

"태혁이는 촬영 막바지라 바쁠 데고, 해외 출장 중인 주원이 형은 일주일 후에나 돌아오고, 현준이 형은 말할 것도 없고. 어차피 너 우리 아니면 놀 사람도 없어."

12월 24일. 그가 축복 받으며 태어난 날은 크리스마스이브였다. 예전에야 동료들과 지인들을 잔뜩 초대해 크리스마스 파티 겸 생일파티라는 것을 했지만 나이를 먹으니 그것도 다 귀찮아졌다. 그래서 몇 년 전부터는 가까운 지인들하고만 조촐하게 보냈는데 이번에는 각자의 바쁜 일정으로 모이기 힘들 거라는 건 알고 있었다.

"안 놀아도 돼. 귀찮아. 둘이 놀아. 크리스마스이브잖아."

"에이, 그래도 그건 아니에요. 생일인데 파티는 해야죠. 크리스마스 파티랑 생일파티 한 번에 하면 되죠."

다이어트를 하라고 할 땐 언제고 어느새 제호의 편에 선 보경이 검지 손가락을 좌우로 흔들어 보였다. 결혼 전 마지막 크리스마스고 사랑하는 남자인 제호와 단둘이 보내고 싶을 법도 한데 전혀 그런 기색이 없었다.

"그럼 그럼."

얼씨구나, 제호가 맞장구를 쳤다.

"그런데 우리 셋이 보내기엔 좀 심심하지 않을까요?"

"좀 전에는 말했잖아. 이번에는 다들 시간 내기가 힘들어."

"누구 초대할 만한 사람 없을까요? 예를 들면 내 친구들?"

"이 자식 모르는 사람 끼는 거 별로 안 좋아해. 그냥 단출하게 셋이 보내."

"셋이 무슨 재미예요. 그럼⋯⋯."

셋이 보내기는 어지간히 싫은 눈치다. 보경은 계속 누구 좋은 사람이 없을까 곰곰이 고민을 하고 있었다.

"우리 하진 언니는 어때요?"

귀찮은 태도로 두 사람의 대화를 듣고만 있던 현욱은 보경의 말에 귀를 쫑긋 세웠다.

"처형?"

"네. 며칠 전에 같이 식사도 했고, 모르는 사이도 아니니까. 그때 둘이 보니까 대화도 곧잘 주고받는 거 같던데. 아무래도 맨날 보는 우리 셋보다는 넷이 모여서 노는 게 재미있지 않겠어요?"

"그렇긴 한데 처형이 올까? 아니, 시간이 될까?"

"안 될 수도 있어요. 언니는 크리스마스 때 꼭 친구랑 보냈거든요. 근데 언니 친구도 애인이 생겼고 혹시 모르니까 전화라도 해 보죠 뭐. 우선 현욱 씨 생각은 어때요? 현욱 씨를 위한 자리니까 불편하면……."

"그렇게 해."

혹시나 말을 번복할까 보경이 채 말을 끝내기도 전에 현욱은 시원스럽게 승낙했다. 안 그래도 그녀를 한 번 더 보고 싶었는데 거절할 이유 없었다. 오히려 환영이다.

"정말요?"

조금의 망설임도 없이 돌아온 대답이 뜻밖인 듯 보경의 눈이 크게 뜨였다.

"넷이 재밌다며. 기왕 놀 거면 재밌어야지."

"네, 네."

그의 진정한 속내를 알 리 없는 보경이 히죽 웃었다.

2

굵게 쏟아지던 빗줄기가 점차 가늘어지더니 오후 4시 무렵이
되자 완전히 그쳤다. 비가 그치니까 비를 피하기 위해 카페로 들
어왔던 손님들이 하나둘씩 자리에서 일어섰다. 테이블을 정리하
기 위해 쟁반을 들고 움직이던 하진은 카디건 주머니 속에 있는
휴대폰이 울려대자 먼저 전화부터 받았다.

"여보세요."

[언니, 통화 괜찮아?]

보경이었다.

"괜찮아."

[혹시, 다음 주 월요일 저녁에 시간 돼?]

"다음 주 월요일?"

하진은 카페 한쪽 벽면에 걸려 있는 달력으로 날짜를 확인했다. 12월 24일, 크리스마스이브였다.

[응. 크리스마스이브인데, 올해에도 연우 언니랑 보낼 거야?]

"이번에는 그러지 않을 예정이야."

하진은 커피를 만들고 있는 연우를 슬그머니 돌아보며 작게 대답했다. 작년 크리스마스이브에는 다 같이 보내고 싶다고 연우가 고집을 부리는 바람에 어쩔 수 없이 연우의 연인 태준과 태준의 친구 성호와 넷이 보냈지만 올해는 연우와 태준 단둘이서 오붓하게 크리스마스의 추억을 만들 수 있도록 다른 약속을 잡은 척하자고 성호와 미리 말을 맞춰놓은 상태였다. 겉으로는 표현하지 않았지만 태준 역시 연우와 단둘이 보내고 싶을 것이다.

"왜? 네가 놀아주기라도 하게?"

[당연하지! 그럼 그날 우리한테 시간 좀 내줘.]

장난으로 던진 말을 보경이 냉큼 물었다. 그녀는 난감한 표정을 지었다. 한 커플을 떼어내려고 하니까 또 다른 커플이 달라붙었다.

"너랑 제부?"

[응. 그리고 한 사람 더.]

"한 사람, 누……."

하진의 말이 흐려졌다. 남은 한 사람이 누구인지 듣지 않아도 알 것 같았다.

[현욱 씨.]

짐작하고 있었음에도 '현욱'의 이름이 흘러나오자 그녀의 등 뒤로 알 수 없는 묘한 느낌이 번져 나갔다.

[그날이 현욱 씨 생일이야. 우리 아니면 현욱 씨 이번 생일 혼자 보내게 되거든. 다들 바빠서 시간 내기가 어렵나 봐.]

생일?

그러고 보니 몇 시간 전, 프로필에서 그의 생일이 크리스마스이브였다는 걸 본 기억이 났다.

[그래서 제호 오빠가 우리끼리라도 파티 하자고 해서 함께 저녁 먹자고 했는데 언니도 현욱 씨랑 이제 모르는 사이도 아니고 같이 보내면 좋지 않을까 해서.]

휴대폰 너머로 들려오는 보경의 목소리를 들으며 하진은 다시금 현욱을 떠올렸다. 프로필 사진 속에서 부드러운 미소를 짓고 있던 그 얼굴을. 눈앞에 그려지는 그의 미소가 톡톡, 그녀의 가슴을 가볍게 두드렸다. 결코 반갑지 않은 반응이다.

[현욱 씨도 언니 흔쾌히 초대했어.]

하진의 얼굴에 놀라움과 의아함이 섞여 스쳐 지나갔다.

나를 초대했다고, 그 남자가?

의외였다. 하지만 그녀가 보경에게 돌려줄 수 있는 대답은 하나였다.

"초대해 준 건 고마운데 언니는 안 갈래."

[왜에? 약속 없다며?]

"불편해. 생일을 같이 보낼 정도로 그 사람하고 친분이 있는 것도 아니고."

비록 보경은 모를지라도 그날 그 창피를 겪고 나왔는데 어떻게 또 그의 얼굴을 볼 수 있단 말인가. 아무렇지 않게 웃고 떠들면서 그의 생일을 축하해 줄 자신이 없었다. 무엇보다 꿈속에 나타났던 그의 모습이 여전히 선명하게 남아 있었다. 일시적이고 곧 지워질 감정이지만 현재로서는 그와 부딪혀서 좋을 게 하나 없었다.

[처음부터 친분 있는 사람이 어디 있어. 이렇게 만나면서 쌓아 가는 거지.]

"내키지 않아."

[그렇게 불편해?]

"응, 불편해."

[크리스마스는 둘째 치고 생일인데 와서 같이 축하 좀 해주지. 어쩜 그렇게 딱 잘라 거절하냐. 너무해.]

"……미안."

[언니는 참 이상해.]

"뭐가?"

[다른 사람들 같았으면 얼씨구나 하고 왔을 텐데.]

보경의 말에 하진은 피식 웃었다. 맞다. 그럴 것이다. 이현욱은 대한민국 최고의 스타고 넝쿨째 굴러온 행운을 놓칠 수는 없으니까. 하지만 그녀는 관심 없었다. 꿈의 여파로 심장에 아주 잠시 이상한 기운이 퍼진 것뿐.

[치이, 알았어. 언니가 정 불편하다면야 할 수 없지. 조만간 카페로 놀러 갈게.]

"그래 놀러 와."

보경과 통화를 마치고 하진은 후, 하고 숨을 뱉어냈다. '너무

해.' 라고 하던 보경의 음성이 귓가에 남아 떠나가지 않았다.

너무 매정하게 거절했나?

하진은 고개를 절레절레 흔들었다. 거절을 하려면 단칼에 하는 게 옳았다. 조금의 흔들림도 없이.

오후 8시, 아직 그리 깊지 않은 밤. 띄엄띄엄 서 있는 가로등 불빛과 집집마다 켜놓은 불빛이 어둠 속에서 반짝거렸다. 그리고 그 중심에 현욱이 있었다. 넓은 베란다 창 앞에 서서 겨울의 밤하늘을 올려다보는 그의 시간은 사흘 전의 저녁으로 되돌아갔다.

'처형, 연락해 봤어?'

'응, 통화했어요.'

광고 촬영을 끝내고 집으로 돌아가는 차 안, 피로가 몰려와 두 눈을 감고 있는 그의 귓가에 제호와 보경의 대화 소리가 들려왔다. 그가 촬영을 하고 있는 사이 하진에게 연락을 했었던 모양이다. 그는 무심한 척 감은 두 눈을 뜨지 않고 이어지는 두 사람의 대화에 귀를 기울였다.

'오신대?'

'아니. 안 온대요.'

그의 짙은 눈썹이 꿈틀거렸다. 해마다 친구와 크리스마스이브를 보내 못 올 수도 있다는 소리를 들어서 별 기대는 하지 않았지만 그래도 혹시 모를 기대 또한 갖고 있었다. 그런데 보경은 그녀가 못 온다는 게 아니라 안 온다고 했다고 한다. 못 온다와 안 온다라는 말은 분명한 차이가 있다. 안 온다라는 건 그날 약속이 없음에도 불구하고 오지 않겠다는, 정확히 오기 싫다는 뜻이리라. 제호는 그 말뜻의 차이를 눈치채지 못한 듯하지만.

'하긴. 약속이 있으시겠지. 크리스마스이브인데.'

'약속 없대요.'

'그런데 왜 못 오신대?'

'못 오는 게 아니라 안 온다고 했다니까요.'

'그러니까 왜?'

'음. 불편하대요.'

그의 왼쪽 입술 끝이 씩 올라갔다. 불편한 게 아니라 부끄러운 거겠지. 그날 했던 거짓말이 5분도 채우지 못하고 들통났으니 그를 다시 만나는 것이 창피하긴 할 것이다.

'불편할 게 뭐 있어. 모르는 사이도 아니고.'

'생일을 초대받을 정도로 현욱 씨랑 친분 있는 게 아니라서 싫대요.'

'친분이야 만나면서 만들면 되는 거지. 우리 결혼하면 만날 일도 종종 생길 텐데.'

'나도 그렇게 얘기했죠. 그런데……'

보경의 말소리가 갑자기 조용하게 줄어들었다. 슬며시 그를 돌아보는 느낌이 났다. 눈을 감고 있는 그가 잠이 든 것이라 여겼는지 제호에게 속삭이듯 말했다.

'내키지 않는대요.'

'뭐가? 현욱이랑 친분 쌓는 게?'

'그런가 봐요. 이상하게 현욱 씨를 많이 불편해하는 것 같더라고요. 쉽게 곁은 주진 않아도 사람 만나서 어울리는 건 좋아하는 편인데.'

보경의 그 말을 끝으로 현욱은 더 듣지 않았다. 사람과 어울리는 걸 좋아하는데 유독 그를 불편해하는 것 같다는 말이 사흘 내내 그의 심기를 자극했다. 얼마 전 그날, 무척 창피하고 민망해서 도망치고 싶었을 그녀의 입장이 충분히 이해는 됐지만 그와 조금의 친분조차 만들고 싶지 않을 정도로 쇼크가 컸던 걸까.

겨울의 밤하늘을 등지고 돌아선 현욱은 주방으로 향했다. 갈증이 났다. 요 며칠 그녀를 떠오를 때마다 찾아온 증상이었다. 냉장고 문을 열고 시원한 냉수를 꺼내 단숨에 들이켰다.

유하진, 유하진.

그는 입안에서 그녀의 이름을 굴려보았다. 아직 그녀에 대한 감정이 사랑은 아니다. 고작 두 번의 만남이 있었을 뿐이고, 첫눈에 반한 것처럼 그의 시선을 사로잡았다고는 하나 이 감정이 사랑이라고는 할 수 없었다. 눈길이 가는 이성에게 다가가는 첫 번째 단계의 감정, 호감 내지는 관심. 또 한 가지, 보고픔. 그것이었다, 그녀에 대한 그의 현재 감정은.

하지만 그가 보고 싶어 하는 그녀는 그를 보기 싫어한다. 그런데도 그는 그녀가 보고 싶고 알고 싶었다. 그러려면 만남이 있어야 하는데 그녀는 그와의 만남을 꺼려한다. 그렇다면 방법은 하나뿐.

그가 직접 만나러 가는 수밖에. 오지 않겠다고 한다면 오도록 만드는 수밖에.

생각은 거기서 끝났다. 망설임도 없었다. 빠른 보폭으로 안방으로 들어간 현욱은 코트를 몸에 걸치고 롱 머플러와 차 키를 챙겨 나왔다. 그리고 아파트를 나서면서 제호에게 전화를 걸었다. 두어 번의 신호음이 들리고 제호가 전화를 받자 거침없이 물었다.

"형, 유하진 씨 카페가 어디라고 했지?"

오늘 하루도 어느새 마무리를 할 시간이 다가왔다. 하진은 시간이 참 빠르게 흘러가고 있다는 것을 새삼 느꼈다. 얼른 어른이 되고 싶었던 10대 때는 하루하루가 더디게만 흘러가더니, 30대가 된 지금은 일주일이 하루처럼 짧게만 느껴진다.

카페 안에는 하진과 연우를 제외하고 한 테이블에 자리한 두 명의 손님이 있었다. 오늘의 마지막 손님이었다. 이제 이 손님들이 돌아가면 그녀들의 일과도 끝이 난다.

"하진아."

"응?"

연우의 부름에 하진이 고개를 돌렸다.

"너, 이모 된대."

"뭐?"

불쑥, 귓가를 스치듯 지나가는 소리에 하진의 눈썹이 찡긋거렸다.

"너, 이모 된다고."

"내가 이모? 설마, 너……."

연우가 긍정의 의미로 싱긋 웃음을 짓자 하진의 눈동자가 놀라움으로 물들었다.

"사실이야?"

"응."

재차 연우의 임신 사실을 확인한 하진의 만면에 웃음꽃이 한가득 피어올랐다.

"우와, 이연우!"

하진이 기쁨을 감추지 못한 목소리로 크게 외쳤다. 갑작스런 외침에 놀란 손님들이 쳐다보는 줄도 모르고 마냥 기뻐했다.

"축하한다!"

"후후, 고마워."

연우의 눈가에 잔잔한 미소가 어렸다.

"산부인과 다녀온 거야?"

"응, 어제. 어머님하고."

"어제? 그런데 왜 이제야 말해. 그 좋은 소식을."

"전화보다는 직접 얼굴 보고 알려주고 축하도 받고 싶었어."

개인 일로 하진에게 양해를 구하고 금요일부터 일요일까지 삼일간 휴가를 낸 연우가 카페에 나온 것은 휴가 삼 일째인 오늘 오후 느지막한, 한창 바쁠 시각이었다. 휴가 중에 무슨 일로 나왔냐고 묻는 하진에게 '그냥, 왔어'라고 웃어 보이며 일부터 거들더니 친히 임신 소식을 알려주려고 왔던 건가 보다.

"완전 축하해. 태준 씨도 기뻐하지?"

"너무 좋아해."

"그럼 요즘 통 먹지도 못했던 이유가 임신 때문이었던 거야?"

연우가 대답 대신 고개를 끄덕거렸다.

"결혼해야지?"

"응. 2월쯤으로 생각하고 있어."

"결혼도 축하해. 태준 씨한테도 축하한다고 전해줘."

하진은 마침내 맺은 연우와 태준의 사랑의 결실을 진심으로 축하해 주었다.

"그럴게. 고마워."

"넌 반드시 행복할 거야."

하진은 연우가 살아오면서 겪어온 상처 아프고 힘들었던 시간들은 전부 잊어버리고 앞으로는 사랑하는 연인 태준의 손을 잡고 또 그들에게 찾아와 준 축복과 함께 행복의 길을 걸어가기를 바라고 또 바랐다.

"지금도 행복해."

"이련하시겠이. 와, 오늘 기분 좋은데? 좋은 소식을 두 가지나 듣게 돼서. 언제 한 번 날 잡아서 파티 해야겠다."

"내일 저녁에 하면 되지."

"내일?"

환하게 웃고 있던 하진의 표정이 어색하게 변했다.

"응. 크리스마스이브잖아."

알고 있다, 내일이 크리스마스이브라는 걸. 예상했던 대로 연우는 올해에도 어김없이 다 함께 크리스마스를 보내려 하고 있었다.

"이연우 씨, 이번 크리스마스는 태준 씨랑 오붓하게 둘이 보내."

"무슨 소리야, 해마다 같이 보내놓고선."

연우가 고운 이마를 살짝 찌푸리며 말도 안 된다는 듯 하진을 보았다.

"미안하지만 다른 약속이 잡혔어."

하진은 모르지 않았다, 연우의 마음을. 지난 수년 동안 크리스마스는 물론이고 무슨 행사가 있는 날이면 늘 그녀와 함께 보냈는데 태준과 재회했다고 해서 친구에게 혼자 남았다는 외로움을 느끼게 하고 싶지 않은 것이다. 그래서 그녀는 연우에게 아무런 이유 없이 가지 않을래, 혹은 두 사람 사이에 끼어서 방해하고 싶지 않다, 라는 말은 못했다. 연우가 미안해할 거라는 걸 알고 있기에.

계집애. 그런 건 신경 쓰지 않아도 되는데. 당연히 애인이 생기면 이런 날은 친구보다 애인이 우선인 것을. 하여간 마음은 약해 가지고. 하, 나도 연우 위해서 연애라는 것을 해야 하나?

하진이 가슴으로 혼잣말을 늘어놓으며 고민이 어린 한숨을 내쉬었다.

"다른 약속? 그런 소리 없었잖아?"

"어제 잡혔어, 어제. 어제 우리 못 봤잖아."

친구를 속이려니 입안이 깔끄러웠다. 그래도 할 수 없었다. 계획대로 하려면 성호와 맞춰놓은 말처럼 하는 수밖에.

"누구랑?"

"……보경이."

하진의 눈가에 자연스럽지 못한 주름이 잡혔다. 다른 약속이 있다고 하면 연우가 당연히 누구와의 약속이냐고 물어올 것을 알기에 미리 대답들을 준비해 놓고 있었다. 물론 보경에게 연락이 온 것도 어제가 아니라 며칠 전이고 보경이 초대했던 자리에도 가지 않을 테지만, 연우에게 둘러대기에는 적당했다.

덕분에 간신히 잊고 있었던 누군가가 다시금 떠오르긴 했지만.

"보경이?"

하진의 사촌 동생 보경을 연우도 잘 알고 있었다.

"보경이는 갑자기 왜?"

"어제 전화가 왔더라고. 내일이 이…… 현욱 씨, 생일이라고. 그래서 크리스마스 파티 겸 생일파티도 한다고 오라네. 초대받았어."

"정말?"

"그럼 정말이지. 너도 알다시피 나, 웨딩드레스 보고 이현욱 씨 팬 됐잖아. 이런 흔치 않은 기회를 놓칠 순 없잖아, 안 그래?"

그의 팬이 아니라고 연우에게 변명하지 못했던 것이 이런 식으로 유용하게 쓰일 줄은 몰랐다. 그를 이용해 연우를 속인다는 게 뜨끔거리긴 하지만.

"그렇긴 하지."

"그러니까 내일은 태준 씨랑 잘 보내고 우린 곧 날 잡아서 민호 씨 소연 씨 성호 씨 전부 불러서 축하파티 하자."

연우가 그러자는 듯 가벼운 미소로 고개를 주억거렸다. 바로 그때 연우의 휴대폰이 울려댔고, 동시에 한 테이블에 자리하고 있던 마지막 손님들이 돌아갈 준비를 하고 계산을 위해 카운터로 다가왔다. 연우가 통화를 하는 사이 하진은 계산을 마치고 카페 문을 나서는 손님들에게 인사를 했다.

"조금만 기다려요. 정리하고 나갈게."

"누구, 태준 씨?"

하진이 묻자 통화를 마친 연우가 휴대폰을 커피 바 위에 올려놓으며 대답했다.

"응."

"너 데리러 온 거면 먼저 가봐. 여긴 내가 정리하고 갈 테니까."

하진은 테이블을 치우러 가는 연우의 팔을 잡았다. 테이블 하나만 치우면 되는데 굳이 둘씩 남아 있을 필요는 없었다.

"괜찮아."

"내 말대로 해. 정리할 것도 별로 없는데 뭐."

"빨리 하고 같이 나가면 되지."

"난 커피 한 잔 더 마시고 갈 거라서 그래. 그리고 잊었나 본데, 공식적으로 너 오늘까지 휴가야. 그러니까 먼저 들어가. 얼른?"

"알았어. 그럼 내일 봐."

하진의 재촉에 연우는 어쩔 수 없이 가방을 들고 코트를 몸에 걸치며 카페를 나섰다. 텅 빈 카페 안에는 이제 그녀 혼자뿐이었다. 하루 종일 틀어놓았던 음악까지 꺼버리자 무거운 정적이 흐르기 시작했다.

"이제 슬슬 마무리를 해볼까?"

하진은 카디건과 속에 입은 티셔츠의 소매를 함께 걷어 올렸다.

딱히 정리할 건 없었다. 청소는 내일 아침 카페 알바 직원이 출근을 해서 하기 때문에 그녀는 마지막 손님들이 마시고 간 잔들만 정리하면 끝이었다.

"다 됐다."

15분 만에 정리를 끝낸 하진은 아메리카노 한 잔을 들고 창가로 걸어갔다. 밤은 깊었고 어둠이 깔린 거리는 네온의 불빛이 찬란하게 빛나고 있었다. 그녀는 창밖을 바라보며 뜨거운 아메리카노를 한 모금 마셨다. 하루의 피곤이 절로 풀리는 느낌이었다. 하루 중에서 그녀가 가장 좋아하는 시간이었다.

내일이네, 이현욱 씨 생일이.

크리스마스이브지만 그의 생일이기도 한 12월 24일. 며칠 전 통화를 마지막으로 보경에게 연락은 없었다. 너무하다는 보경의 말이 마음에 걸려 딱 한 번 초대에 응할 걸 그랬나, 하고 흔들린 적이 있었지만 곧 생각을 떨쳐 버렸다. 역시 가지 않는 것이 나을 것 같다는 판단이 들었던 것이다.

아메리카노가 든 산이 바닥을 보일 때쯤 하신이 걸음을 옮겼나. 한쪽 자리에 손님들이 자유롭게 이용할 수 있도록 마련해 놓은 컴퓨터 앞에 멈춰 섰다. 의자에 앉아 아직 전원이 켜져 있는 컴퓨터를 끄려고 마우스를 잡았다. 그런데 마우스를 쥔 그녀의 손가락이 잠시 정지된 듯 멈춰 있더니 제멋대로 움직이기 시작했다. 시작버튼을 누르고 시스템 종료를 해야 하건만 인터넷 창을 열어버린 것이다. 이어 키보드로 위로 올라간 손가락은 검색창에 한 남자 배우의 이름을 넣었다.

이현욱.

오늘로서 두 번째다, 그의 이름을 검색해 본 것은. 꿈을 꾸고 그
와의 만남이 있은 후 4일 정도는 수시로 그가 떠오를 때마다 가슴
도 두근대고 창피하기도 했는데 시간이 해결해 준다는 말이 맞듯
이 어느 순간부터는 머릿속에서 점점 잊혀지고 있었다. 그를 앞세
워 연우에게 핑곗거리를 준비하기 전까지는 분명 그랬다.

모니터 화면을 쓰윽 훑어 내리던 하진은 〈스타 인터뷰-배우 이
현욱〉이라는 제목이 붙어 있는 기사를 하나 클릭했다. 보름 전쯤
에 인터뷰를 했던 내용이 실려 있었다. 초반의 주된 내용은 이번
영화 '웨딩드레스'에 관한 것들이었다. 영화에 대한 이야기는 다
른 기사에서도 보았기에 가볍게 훑었다. 그리고 그녀가 본격적으
로 인터뷰 기사를 읽기 시작한 건 중반이 조금 지나서였다.

Q. 영화 웨딩드레스에서 서준에게는 정연이 가장 소중한 사람이었다.
배우 이현욱에게 가장 소중한 사람은 누구인가.

A. 우리 이모, 송민주 여사다. 네 살 때 돌아가신 부모님을 대신해서
나를 길러주셨다. 내게 가장 소중한 존재고, 그 누구와도 바꿀 수 없는
사람이다.

단 몇 줄뿐인데 이모를 향한 그의 애정이 고스란히 전해지는 것
같았다. 부모님이 교통사고로 돌아가셨고 이모와 살았다는 것을
보경이에게 들어서 조금은 알고 있는 부분이었다.

그녀는 몇 개의 인터뷰를 더 읽어 내려갔다. 인터뷰가 거의 끝

나는 부분에서 그녀의 눈길이 고정되었다.

Q. 현재 만나고 있는 여성이 있나. 많은 분들이 궁금해한다.

A. 지금은 없지만, 연애는 하고 싶다. 다음 달이면 서른넷인데, 많이 외롭다.

Q. 마음에 드는 이성이 나타난다면?

A. 나는 적극적으로 다가가는 성격이다. 관심이 있는데 관심 없는 척을 못한다. 감정이 생기면 잘 감추질 못하는 편이다. 어떤 식으로든 표현을 하려고 하는 것 같다.

Q. 5년 전 인터뷰에서 이성을 만날 때 가장 중요하게 여기는 부분이 첫 느낌이라고 했는데, 지금도 그러한가.

A. 그렇다. 첫 만남에서 상대방에게 받는 느낌을 가장 중요하게 생각한다. 주위 사람들은 적어도 세 번은 만나봐야지 첫 만남에서 어떻게 그 사람을 판단할 수 있냐고 하는데, 내 생각은 조금 다르다. 첫인상이 제일 중요하다. 처음 만났을 때 받는 느낌이 좋아야, 두 번도 보고 싶고, 세 번도 보고 싶이지는 거 아니겠는가.

Q. 듣고 보니 맞는 말인 것도 같다. 그럼 첫 만남에서 느낌이 좋은 여자를 만나면 적극적으로 관심을 보인다는 것인가.

A. 그렇다.

Q. 처음 느낌이 좋은 여자를 몇 번이나 만나보았는지 궁금하다.

A. 많지는 않다. 지금까지 두 번 있다. 첫 느낌이 좋은 사람을 만나는 건 쉬운 게 아니다. 그래서 적극적으로 다가가는 것이다.

서른셋인데 연애 경험이 두 번밖에 없다는 뜻이란 말인가, 저 외모에? 그녀는 의외라는 듯 눈썹을 추켜세웠다.

Q. 웨딩드레스를 끝으로 당분간 활동을 접고 휴식을 취한다고 들었다.

A. 24일이 생일인데, 대표님이 선물로 1년간 휴가를 줬다. 하하, 농담이고. 10년 동안 쉬지 않고 앞만 보며 달려온 것 같다. 재충전의 시간을 갖는 동안 나를 다시 한 번 되돌아보고 싶다. 차기작은 시간을 두고 천천히 준비할 생각이다.

Q. 무엇을 하면서 지낼 것인가.

A. 아직 생각해 보지 않았다. 차차 생각해 볼 것이다. 아, 연애를 하고 싶다.

Q. 수많은 여성 팬들이 실망은 하겠지만, 꼭 첫 느낌이 좋은 여성을 만나 연애하길 바란다.

달랑달랑.

그 순간 하진의 가슴이 덜컥 내려앉았다. 느닷없이 카페 문이 열리는 소리가 고요해진 공간에서 크게 울려 퍼진 것이다.

아직 카페에 불이 켜져 있어서 영업을 하는 줄 알고 손님이 들어온 건가. 그녀는 놀란 가슴을 달래며 의자에서 일어났다.

"오늘은 영업시간이……."

하진은 그만 말문이 막혀 버렸다. 카페 안으로 들어온 손님을 확인한 순간 그녀의 동공이 크게 확대되었다. 짙은 남색 코트를 입은 남자가 검은색 머플러로 얼굴의 반 이상을 가리고 있었지만 그녀는 그 남자가 누구인지 한눈에 알아봤다.

이현욱. 이 남자가, 여기는 어떻게……

그가 긴 다리로 서서히 그녀에게 다가왔다. 꿈속에서 다가왔던 것처럼, 그렇게.

그녀의 눈동자가 가늘게 떨렸다. 그와 거리가 바싹 좁혀지자 심장은 불규칙적으로 쿵쾅거렸다. 꿈속에서의 그와 현재 눈앞에 서 있는 그의 모습이 오버랩되어 겹쳐졌다.

"커피 한잔 마시러 왔는데……"

머플러를 천천히 턱 아래로 내린 그가 입을 열었다. 깊은 울림이 있는 음성으로. 프로필 사진에서 보았던 그 부드러운 미소를 머금고서.

"내가 너무, 늦은 겁니까?"

하진은 잠시 혼미해졌던 정신을 차리고 두근거리는 마음을 가다듬었다. 꿈에서처럼 근사하게 턱시도를 차려입은 게 아닌 그는 그저 배우 이현욱의 모습으로 그녀의 앞에 서 있는 것이다. 사람들의 눈에 띄지 않기 위해 머플러로 얼굴을 가리고 자신의 존재를 숨기려 하는 연예인으로 말이다. 그러니 더 이상 쓸데없는 감상 따위에 휘둘리지 말아야 한다.

상념에서 벗어난 그녀는 최대한 아무렇지 척 그를 올려보았다. 그에게 일주일 전에 했었던 거짓말은 여전히 창피하고 민망했지만 내색하지 않았다. 어쩔 수 없지 않은가. 이미 지난 일이고 엎질러진 물인데.

"여기는 무슨 일로 오셨어요?"

"음, 말한 것 같은데."

현욱이 눈매를 살짝 접으며 그녀를 응시했다. 하진은 얼굴에 와 닿은 그의 시선을 태연하게 받아내었다.

"커피 마시러 왔다고."

"커피 마시러 여기까지 온 거라고요?"

"왜요, 오면 안 되나?"

그가 어깨를 들썩였다. 커피 마시러 온 건데 뭐 잘못됐냐는 투로. 그러면서 그녀가 물었던 말에 꼬박 대답을 해주었다.

"오늘은 하루 종일 집에만 있었더니 따분해서 말이죠. 여긴 제호 형한테 물어서 왔고. 집에서 멀지 않던데요."

"따분해서 여길 왔어요?"

따분하면 친구 내지는 친한 사람을 만나러 가야 하는 거 아닌가? 따분한데 왜 자신의 카페를 찾아온 건지 그녀는 이해가 가지 않았다.

"커피도 마시고 유하진 씨도 보고."

"나를…… 요?"

"우선 커피부터 좀 마시죠."

현욱은 빙긋 웃으며 머플러를 풀고 의자에 앉았다. 그리고 깔끔하게 정리정돈이 되어 있는 카페 안을 둘러보면서 물었다.

"카페. 정말 끝난 겁니까?"

"네. 그렇지만 커피는 드릴게요. 기다려요."

그에게서 등을 돌린 하진은 카페 바로 걸어갔다. 이유가 무엇이든 여기까지 왔는데 영업이 끝났으니 돌아가라고 할 수도 없었다.

제호와 보경의 체면도 생각해야 하고 커피 한잔 주는 건 어려운 게 아니었다.

다만…… 한 공간에 그와 단둘이 있어야 한다는 것이 불편할 뿐.

하진은 커피를 내리는 동안 잔 하나를 쟁반 위에 올려놓았다. 그러다 무심코 고개를 들었다가 그와 시선이 딱 마주쳤다. 그가 웃는다. 입매를 슬며시 늘리고. 그런데 그녀는 같이 웃어줄 수가 없었다. 지금의 이 상황이 그저 이상하기만 할 뿐이다. 따분해서 커피를 마시겠다고 그녀의 카페를 찾은 것도, 제호와 보경도 없이 혼자 온 것도, 또…… 그녀도 보러 왔다는 말을 한 것도 전부 다 이상했다.

그 이상한 말에 심장은 왜 뛰었는지. 시선이 마주치고 지어 보인 미소에 가슴은 왜 또 간질거리는지. 그녀도 보러 왔다는 말은 특별한 이유 없이 커피도 마실 겸 해서라는 겸사겸사의 뜻으로 했을 것이다. 미소는 눈이 마주쳤으니 예의상 지어 보인 것일 테고. 그러므로 사소한 그의 말과 미소에 하나하나 일일이 속삭을 곤두세울 필요가 없었다.

결국 그녀가 먼저 시선을 돌렸다. 괜한 신경은 쓰지 말자고 마음도 단단히 먹었다. 그가 커피를 마시고 돌아가기를 기다렸다가 그녀도 카페 문을 닫고 집으로 가면 된다. 커피 한잔 마시는 데 오래 걸리진 않겠지.

하진은 커피가 다 내려진 것을 확인하고 준비해 놓고 있던 잔을 채웠다. 뜨거운 김이 모락모락 피어오르는 은은한 커피 향이 코끝으로 스며들었다.

어? 연우 휴대폰인데. 두고 갔나?

커피잔이 올려진 작은 쟁반을 들고 나오려는데 커피 바 한쪽에 놓여 있는 연우의 휴대폰을 발견했다. 나가기 전에 태준과 통화를 했는데 잊어버리고 놓고 간 모양이었다. 그녀는 연우의 휴대폰을 제 카디건 주머니에 챙겨 넣고 그가 앉아 있는 테이블로 향했다.

"고마워요."

커피잔을 테이블 위에 올려놓자 그가 또 웃어 보였다.

"드세요."

희미하지만 처음으로 그녀의 입가에도 미소가 지어졌다. 미소를 보이는 상대방에게 계속 무표정한 얼굴로 대하는 건 예의가 아니었기 때문이다. 어찌 되었거나 그는 그녀의 카페에 들어온 손님이었다.

커피를 마시러 온 손님이니까 평소와 다름없이 돌아서는 그녀를 그가 불러 세웠다.

"유하진 씨."

"……."

"어디 갑니까?"

"네?"

하진이 어리둥절한 표정을 짓자 그의 짙은 눈썹이 가운데로 모아지면서 미간에 주름을 만들었다.

"난 이것도 분명히 말한 것 같은데."

현욱은 차분한 자세로 의자에 등을 기대더니 가슴 앞으로 팔짱을 끼고 서 있는 그녀를 올려다보았다.

"유하진 씨도 보러 왔다고."

"나는 무슨 일로요?"

"앉아요, 우선."

그가 눈짓으로 맞은편 자리를 가리켰다. 잠시 머뭇거리던 그녀는 그의 앞에 마주 앉았다. 나도 보러 왔다는 말을 그냥 지나가듯한 게 아니라 나에게 할 말이 있었다는 뜻이었나? 머릿속이 복잡해졌다.

"당연히 커피는 내 것뿐이겠죠?"

"네."

말릴 새도 없었다. 그녀의 짧은 대답에 그는 갑자기 자리에서 일어나더니 커피 바에 가서 새 커피잔을 하나 가지고 왔다. 그러더니 자기 잔의 커피를 반으로 나누어 그녀에게 건네주며 말했다.

"같이 마시죠. 내가 설마, 혼자 마시려고 여기까지 왔겠어요?"

마치 그녀와 같이 마시기 위해 일부러 왔다는 소리로 들렸다. 그녀는 속으로 어이없다는 듯 웃었다. 그럴 리가 있겠는가. 착삭은 자유라지만 너무 앞서 나갔다. 그런데도 가슴은 주책없이 쿵쿵댄다. 그녀가 꾸었던 꿈, 들통난 거짓말에 대한 창피함, 그 모든 것을 다 떠나서 잘나가는 톱스타 이현욱과 단둘이 마주하고 있는데 아무리 강심장을 가진 여자라도 아무런 감정도 없이 앉아 있을 수는 없을 것이다. 그래서 결론은 절대로 그 외에 다른 이유로 가슴이 뛰는 건 아니라고 스스로를 위안했다.

"내 인터뷰 기사 보고 있었나 봐요?"

아……!

그 순간 하진은 아차 싶은 얼굴로 컴퓨터를 돌아보았다. 그녀가 보다 멈춘 그의 인터뷰 기사가 화면을 채우고 있었다. 너무 느닷없고 전혀 예상치 못한 방문에 당혹스러워 그것을 그만 깜빡 잊고 있었던 것이다. 카페 안으로 들어온 현욱이 컴퓨터 앞에 있던 그녀에게로 다가왔으니 지금 그가 앉아 있는 테이블의 위치는 컴퓨터와 가장 가까운 자리다. 조금만 상체를 컴퓨터 쪽으로 움직인다면 충분히 모니터 화면을 볼 수 있었다.

그녀는 슬쩍 이마를 찌푸렸다. 이 남자하고 전생에 원수였나. 그렇지 않고서야 볼 때마다 매번 낯부끄러운 일이 생길 수가 있는가. 처음 짧은 인사를 나누었을 때를 제외하면 고작 두 번 만났을 뿐인데. 왠지 모르게 그를 만나면 의도하지 않은 일이 일어나고 그게 또 꼬이는 기분이 들었다.

아니지. 인터뷰 기사를 보고 있었던 건 창피한 일이 아니잖아. 그날처럼 거짓말을 해서 들킨 것도 아니고 인터뷰는 사람들이 보라고 한 거잖아. 괜히 민망해할 것 없어, 유하진.

그녀는 머릿속으로 혼자 중얼거리며 다소 기가 죽어 있던 어깨를 펴고 당당하게 그의 검은 눈동자를 마주 보았다.

"네."

짧고 간결한 대답이었다. 깔끔하게 인정하면 되는 것뿐 다른 말은 필요치 않았다. 일주일 전에 겪었던 망신은 한 번으로 충분했다.

"궁금한 거 있으면……."

그가 느긋한 자세로 그녀를 주시하며 운을 떼었다.

"앞으로 직접 물어봐요."

왠지 즐거운 듯한 웃음이 그의 만면에 그득히 담겨졌다. 의아함이 담긴 그녀의 눈이 그에게 닿았다. 저 웃음의 의미는 무엇이지? 생각해 보고 있는 그때…….

"유하진 씨는 언제나 환영이니까."

그녀의 생각은 더 미궁 속으로 빠져들었다. 유하진은 언제나 환영이라는 말에 두 볼이 뜨거워지고 잔잔하게 불어오는 바람이 가슴으로 스며드는 느낌이 들었다.

뭐지, 이 느낌은……?

그때였다. 달랑달랑, 소리가 울리며 또 한 번 카페 문이 열렸다. 하진은 잠시 어지러운 생각을 떨쳐 버리고 고개를 돌렸다. 먼저 카페를 나섰던 연우의 모습이 보였다.

두고 갔던 휴대폰 때문에 다시 되돌아온 걸까?

"하진아, 아직 안 갔……?"

카페 안으로 들어온 연우의 시선이 하진과 마주 앉아 있는 현욱에게 옮겨지면서 말문도 함께 막혔다. 현욱의 존재에 몹시 놀란 듯 눈동자가 크게 부풀었다. 스크린에서만 보던 영화배우가 본인의 카페에 앉아 있으니 연우가 보이는 반응은 당연했다. 그녀와 이현욱을 두고 대화만 나누었을 때와 눈으로 직접 보는 것은 느낌이 다를 테니까. 어쩌면 그녀도 꿈만 아니었으면, 아니, 보경을 통해 안면을 익히지 않고 그가 그녀를 전혀 모르는 상태였다면 그 어떤 꿈을 꾸었다 해도 연우와 똑같았을 것이다.

하지만 지금은 중요한 건 그게 아니라는 듯 하진의 등줄기로 타고 불안한 기운이 올라오고 있었다. 현욱과 연우가 만나면 안 되는, 그 이유가 뇌리를 스쳐 지나갔다.

"손님이 계셨네."

평소 연예인에게 관심 없던 연우도 오늘처럼 흔치 않은 기회는 놓칠 수 없었던 걸까. 좀 더 가까이에서 보고 싶었는지 은근슬쩍 다가오려고 했다. 급히 자리에서 일어난 하진은 연우에게로 빠르게 걸어갔다.

"휴대폰 때문에 다시 온 거야?"

"응. 깜빡 놓고 갔어."

"자, 받아. 내가 챙겨놓으면 되는데 번거롭게 뭣하러 와."

하진이 카디건 주머니 속에 챙겨두었던 휴대폰을 연우의 손에 넘겨주며 말했다. 휴대폰을 건네받은 연우가 어서 돌아가기를 바라면서.

"오빠가 저녁 전이라 근처에서 식사했거든. 난 너 당연히 집에 간 줄 알았는데…… 어떻게 된 거야?"

연우가 현욱을 한 번 흘깃 돌아보며 궁금한 듯 물었다. 하진은 미소를 지어 보였지만 그 표정은 지극히 어색했다.

"내일 얘기할게. 태준 씨, 차에서 기다리지……."

하진이 제대로 다 잇지 못하고 말끝을 흐렸다. 천천히 그녀에게서 멀어지는 연우의 눈길을 따라 오른쪽으로 고개를 돌리자 그곳에 현욱이 서 있었다.

이 남자는 소리도 없이 언제 다가온 거야.

"안녕하세요, 이현욱입니다."

"네, 안녕하세요. 이연우예요."

먼저 매너를 갖추고 건네는 그의 인사에 연우가 머리를 가볍게 아래위로 움직였다. 밝은 미소를 머금은 연우의 눈이 그를 쳐다보았다.

"신기하네요."

"뭐가요?"

"대단하신 스타를 직접 보게 돼서요."

한쪽으로 씩 올라가는 현욱의 입꼬리를 보며 연우가 물었다.

"왜 웃으세요?"

"누군가도 똑같은 말을 했었거든요."

하진은 그의 시선이 떨어지는 정수리 위가 뜨끔거렸고 가시방석 위에 서 있는 것처럼 발바닥도 따끔거렸다.

"친구니까요."

"그러네요."

그 누군가가 그녀라는 것을 눈치챈 연우의 낮은 웃음소리에 그가 고개를 까딱거렸다. 둘은 첫 만남인데도 불구하고 편하게 대화를 나누고 있었다.

현욱은 그렇다고 치고 연우가 이렇게 친화력이 좋았었나? 깨볶는 사랑을 하더니 전보다 성격이 많이 밝아진 건 반가운 일인데 이 순간만큼은 반갑지 않았다.

"아, 내일이 생일이라면서요?"

"어떻게 아셨어요?"

"하진이한테 들었어요. 내일 초대받아서 가기로 했다고."

하진은 질끈 눈을 감았다. 아랫입술을 지그시 깨물고 긴 한숨을 흘려보냈다. 우려했던 일이 결국 터져 버리고 만 것이다. 정말 그와는 전생에 원수가 맞았나 보다.

"아, 그렇군요."

"생일 미리 축하드려요. 내일 즐겁게 파티 하세요. 우리 하진이도 잘 챙겨주시고요. 하진이가 이현욱 씨 팬이거든요."

그녀는 자포자기한 심정으로 어깨를 축 늘어뜨렸다. 따갑게 와닿은 그의 시선이 길게 머물고 있다는 것이 느껴졌지만 고개를 들수 없었다. 할 수만 있다면 50분 전으로 돌아가 입술을 꿰매 버리고 싶었다. 그를 이용해 연우를 속였던 핑계가 화살이 되어 돌아와 박힐 줄은 전혀 몰랐다.

"고맙습니다."

"그럼, 전 먼저 가볼게요. 반가웠어요. 하진아, 나 갈게. 내일 보자."

하진은 이 자리를 쑥대밭으로 만들어놓고 유유하게 사라지는 연우의 뒷모습을 원망스럽게 바라보았다. 오늘처럼 연우가 원망스러웠던 적이 또 있었던가. 일주일 전 그날의 상황이 그대로 재현되는 것 같았다.

"유하진 씨."

그가 이름을 불렀지만 하진은 돌아보지 않았다. 도저히 화끈거리는 얼굴을 들고 그를 볼 자신이 없었기 때문이었다. 그녀는 조용히 숨을 고르고 그에게 부탁하듯 말했다.

"이만 가주세요."

"나 아직 제대로 커피도 못 마셨는데."

"알잖아요. 내가 지금 어떤 마음일 거라는 거."

하진의 음성이 가느다랗게 떨렸다. 능력만 있다면 이곳에서 사라져 버리고 싶었다.

"알죠, 충분히."

"그러니까, 그만……."

"이제 고개 좀 들지?"

현욱이 그녀의 말을 가로챘다. 한쪽으로 머리를 비스듬히 기울이고 그녀를 내려다보며 말했다.

"무슨 죄졌어요? 고개도 못 들고. 창피한 건 알겠는데, 그게 죄는 아니잖아."

"창피해서 얼굴 들 수 없는 경우도 많아요."

"하긴. 거짓말을 했으니, 죄긴 죈가?"

"뭐라고요?"

하진은 발끈하듯 시뻘게진 얼굴을 들었다. 눈가에 장난스러운 미소를 가득 담고 있는 그의 시선과 마주쳤다.

"이제야 얼굴을 드네. 역시 사람은 자극을 줘야 한다니까."

웃음기가 가시지 않은 그의 목소리에 그제야 자신이 낚였다는 사실을 알아차린 그녀는 표정을 찌푸리며 다시 고개를 숙였다.

"일단 앉읍시다."

그가 요지부동으로 서 있는 그녀의 팔을 잡아챘다. 그녀가 화들짝 놀란 눈으로 올려다보자 그는 싱긋 웃으며 커피가 놓여 있는 테이블로 이끌었다.

유하진, 정신 똑바로 차려.

그녀는 자꾸만 멍해지려는 정신을 추슬렀다. 그의 손아귀에 잡힌 팔목이 화끈거렸고, 그 화끈거림이 전신으로 퍼져 나가자 눈앞이 몽롱해졌던 것이다.

"앉아요."

마침내 팔목에서 그의 손이 떨어져 나갔다. 그녀는 나직이 숨을 내쉬며 의자에 앉았다. 테이블 아래에서 그에게 잡혀 있었던 팔목을 다른 손으로 어루만져 보았다. 아직까지 남아 있는 따뜻한 온기가 손바닥으로 전해졌다.

"자, 이제 이유 좀 들어볼까요?"

그가 단도직입적으로 물었다. 그의 음성은 단호하면서도 부드러웠다. 오늘은 이만 돌아가 주기를 바랐지만 그는 전혀 그럴 생각이 없는 것 같았다. 체념한 듯 마음을 정리한 그녀는 이미 식어 버린 커피를 한 모금 마신 뒤 조심스럽게 말문을 열었다.

"지금, 제가 이현욱 씨한테 얼마나 엉뚱하게 보일지 알고 있어요."

"맞아요. 무척 엉뚱해 보여요."

그는 순순히 인정했다. 그렇지 않다는, 엉뚱해 보일 것까지는 없다는 그런 입에 발린 소리 같은 건 하지 않았다.

"친구한테 이현욱 씨 생일파티에 간다고 한 건 친구가 크리스마스이브를 연인과 단둘이 오붓하게 보내도록 하려고 했던 거였어요. 이 부분은 이해해 주세요. 하지만 다른 이유는 말씀드릴 수 없어요."

이 모든 것이 꿈에서 비롯되었다고 어떻게 말할 수 있는가. 꿈 속에서 나는 당신의 신부였고 당신은 나의 신랑이었다. 웨딩드레스를 입고 있는 나와 턱시도를 입은 당신이 뜨거운 행위를 나누는 직전까지 갔다가 깨어났다는 사실을, 그리고 그날 바로 당신을 만났고 꿈속에서 벌인 행위를 떠올리다가 저도 모르게 거짓말까지 하게 되었고 그것이 꼬리를 물고 이어지고 이어져 이 지경까지 오게 된 것이라고 절대 발설할 수 없었다.

"그러니까 엉뚱해 보여도, 내가 이상해 보여도 그냥 이대로 넘어가 주세요."

"그냥 넘어가 달라……."

그가 눈을 가늘게 접으며 부탁하듯 내뱉은 그녀의 말을 나직하게 읊조렸다.

"그래도 어느 정도는 날 납득시켜 줘야 하는 거 아닌가?"

"납, 득요?"

"내 팬이라면서?"

"그건……."

그녀는 말끝을 얼버무렸다. 그의 팬이라고 했던 건 연우에게 핑계로 둘러대기 위해 한 말이었는데……. 그가 직접 물어오자 긍정도 그렇다고 부정도 할 수 없는 난감한 상황이 되어버렸다.

"내 팬이라면서 내 영화를 보고도 안 봤다는 거짓말을 하고. 내 인터뷰기사까지 챙겨 보면서 나하고 친분 쌓는 건 또 내키지 않는다고 하고. 유하진 씨 행동이 내 쪽에선 이해가 안 돼서 말이죠."

이해…… 당연히 할 수 없을 것이다. 그녀가 그의 입장이었어도 마찬가지였을 거다. 그렇지만, 그에게 아무런 대답을 해줄 수 없다는 것은 그녀의 입장이었다.

보경은 어째서 그녀가 그와 친분 쌓는 걸 내키지 않아 한다는 소리를 그에게까지 한 걸까. 혼자서만 듣고 흘려버릴 것이지.

"납득, 안 시켜줄 거예요?"

"그냥 모른 척 넘어가 주세요."

아무 말도 되돌려줄 수 없었던 그녀는 다시 한 번 넘어가 달라고 할 수밖에 없었다.

"음…… 그러죠."

잠시 곰곰이 생각하는 듯 보이던 그가 흔쾌히 받아들였다. 비로소 끝이구나, 다행이라며 속으로 안도의 한숨을 내쉬던 그녀의 표정이 굳어진 것은 그다음 순간이었다.

"이유가 무척 궁금하지만, 유하진 씨가 대답하기 곤란해하니 이쯤에서 묻어두죠. 대신, 조건이 있어요."

"조건이요?"

입술 끝을 쓰윽 올리며 빙글 웃는 그의 미소에 그녀의 어깨가 긴장으로 딱딱해졌다.

"오늘 일까지 유하진 씨가 나한테 갚아야 할 빚이 두 가지로 늘어났어요. 따라서 내 조건도 두 가지예요."

"빚이라뇨?"

저도 모르는 빚이 하나도 아니고 둘이나 있다니. 그녀가 영문을 모르겠다는 듯 동그래진 눈으로 그를 바라보았다.

"첫 번째. 내 영화를 보고도 안 본 척 거짓말했을 때 보경이, 아니, 형수 앞에서 유하진 씨가 곤란해지지 않도록 조용히 넘어가 준 것. 두 번째는 오늘, 내일 내 생일파티에 올 마음도 없었으면서 친구한테는 간다고 했던 거짓말을 유하진 씨 입장 생각해서 입 다물고 가만히 있어준 것."

그러니까 그걸 빚으로 남겨두었으니 이제는 갚으라는 뜻인가. 그의 친절한 설명에 그녀는 참으로 어이가 없었다.

"내 조건을 받아들일 수 없다면 난 오늘 유하진 씨가 한 거짓말의 이유에 대해서 들을 겁니다."

"치사하시네요."

"뭐, 경우에 따라선."

그가 어깨를 으쓱거리며 능청을 떨었다.

"조건이 뭔데요?"

그녀는 입술을 악물고 물었다. 그는 그녀가 조건을 받아들이지 않는다면 정말 카페를 나가지 않을 기세였다. 사방에 그물을 쳐놓고 빼도 박도 못하게 민드는 그가 진심으로 얄미웠다.

"첫 번째. 지금부터 내가 편하게 말을 놓을 건데, 기분 나빠하지 말 것."

"네?"

"나와 친분을 쌓고 싶지 않은 유하진과 달리 난 유하진하고 친분을 만들고 싶거든. 나보다 나이도 한 살 아래니까, 받아들이기 어려운 조건은 아닐 테고."

그녀의 눈동자가 일렁거렸다. 그의 말대로 받아들이기 어려운 조건은 아니다. 다만, 도대체 왜 무엇 때문에 그가 그녀와 친분을 만들고 싶어 하는지 그 의중이 궁금할 뿐. 그때 두 번째 조건이 귓가에 스쳤다.

"두 번째. 친구에게 한 거짓말을 만회할 기회를 주지."

"……."

"내일, 우리 집으로 와."

어느새 그의 입가에서 맴돌던 장난스러운 웃음기는 사라졌다. 그녀는 꿀꺽 침을 삼켰다. 그윽하게 응시하는 그의 눈빛 은근한 음성에 심장 박동이 불규칙적으로 뛰기 시작했다.

3

크리스마스이브 날이 되었다. 카페 안에는 크리스마스가 돌아오면 늘 그랬듯 캐럴송이 울려 퍼지고 있었다. 하진은 눈동자를 움직이며 내부를 둘러보았다. 크리스마스이브답게 카페를 찾은 손님들의 대부분이 연인이었다. 연인들의 모습은 가지각색이었다. 테이블을 사이에 두고 마주 앉아서 두 손을 꼭 붙잡고 사랑의 눈길을 보내는 커플, 소파에 나란히 붙어 앉아 서로의 체온을 나누며 다정하게 속삭이는 커플, 분명 연인의 모습인데 마치 따로 와서 합석을 한 것마냥 각자의 휴대폰을 만지작거리며 필요한 대화만 주고받는 커플 등, 연인이라는 공통점을 가지고 그들이 연출하는 모습은 참 다양도 했다.

어찌 되었거나, 다들 저렇게 짝이 있는데 내 님은 어디에 있는 것인지.

하진은 한탄하며 속으로 중얼거렸다. 크리스마스이브를 오늘처럼 심란하게 맞이한 적이 있었을까. 아니, 없었다. 남들은 하나같이 제짝을 만나 즐거운 성탄절을 보내려고 하고 있는데 누구는 전혀 예상치도 못했던 빚이나 갚으며 보내야 하니 말이다.

아니야. 어쩜 저들의 입장에서는 나를 부러워할 수도 있어.

마음 같아서는 카페에 있는 여자 손님들에게 묻고 싶었다. 크리스마스이브에 사랑하는 연인과 보내는 것과 우리나라 최고의 영화배우 이현욱이 있는 곳에서 보내는 것, 두 가지의 선택권이 주어진다면 어느 쪽을 택하겠는지. 그럼 열이면 열, 백이면 백 모두가 후자를 선택할 것이다. 대한민국 톱스타와 함께 크리스마스를 보낼 수 있는 기회가 흔치는 않으니까. 평생 한 번도 오지 않을 순간을 놓치려 하진 않을 테지. 그런데 그 어려운 기회가 그녀에게는 왔다.

그래, 비록 빚을 갚는다는 목적이 있지만 남들은 잡지 못할 기회가 나에게 왔으니 마음껏 즐기지 뭐.

하진의 입가에 몽글몽글한 미소가 번졌다. 생각을 긍정적으로 바꾸니 심란하고 우울했던 마음이 한결 나아지는 기분이었다.

"남들 연애하는 모습이 그렇게 흐뭇해?"

"응?"

하진은 무슨 소리냐는 듯 연우를 돌아보았다.

"커플 손님들 보면서 웃고 있었잖아."

"아, 그냥. 보기 좋네."

하진이 대강 둘러대며 말했다. 누구는 크리스마스이브에 빚을 갚아야 하는 처지인데 제짝을 만나 사랑을 속삭이는 저들을 부러워했다고는 왠지 말하기 싫었다.

"우리 유하진 씨도 얼른 좋은 남자 만나서 연애를 해야 할 텐데."

"이 넓은 하늘 아래에 과연 내 님이 있기는 할까?"

"연애할 마음이 생기긴 한 거야?"

연우가 약간은 놀란 얼굴로 하진을 쳐다봤다. 지나가듯 몇 번, 너도 이제 연애해야지? 라는 말을 던지면 언제나 할 때가 되면 하겠지, 연애 그런 거 꼭 해야 하나? 난 아직은 자유로운 게 좋아. 라고 답하던 하진이 연애에 관심이 생긴 듯한 발언을 한 건 6년 전 마지막 연애를 한 이후로 처음이었기 때문이다.

"마음이 생겼다기보다는 요즘 많이 생각은 해. 이제는 할 때가 된 것 같다고."

연예인을 상대로 그런 야시시한 꿈을 꾼 이유는 바로 연애를 너무 오랫동안 하지 않은 탓이라고 하진은 생각했다. 남자를 만나 연애를 하고 사랑을 했다면 저도 모르는 깊은 곳에 성적욕망이 잠재되어 있지도 않았을 것이고 어쩜 그런 꿈을 꾸지 않았을지도 모른다.

하지만 과연 그랬을까. 꿈은 내 의지대로 내가 꾸고 싶은 꿈만을 꿀 수는 없으니까.

"어쨌든 좋은 발전인 건 분명해. 그래, 어떤 남자랑 연애하고 싶은데?"

"네가 소개라도 시켜주려고?"

"내 소중한 친구 유하진 씨가 드디어 연애할 마음이 조금이라도 생긴 것 같으니까 이제부터 눈 크게 뜨고 찾아봐야지."

즐거운 듯 연우의 만면에 웃음꽃이 만개했다. 한층 들뜬 목소리로 하진에게 물었다.

"말해봐 봐. 연애하고 싶은 남자."

"음."

연우의 말에 곰곰이 생각을 해보던 하진이 빙그레 웃으며 입을 열었다.

"성격은 기본! 난 키가 크니까 상대방 키는 한 185정도 됐으면 좋겠고. 적당히 잘생긴 외모, 기왕이면 어깨도 넓으면 좋고. 직업은 평범하더라도 어느 정도 능력은 있어야 하는, 뭐 이 정도?"

하진이 마치 별로 까다롭지는 않다는 듯 원하는 상대방의 조건을 쭈욱 나열하자 연우가 짐짓 어이없다는 표정을 지었다.

"그러니까 결론은. 성격 좋고 키 크고 잘생기고 몸 좋고 능력 있는 완벽한 남자를 원한다는 거잖아?"

"성격 좋고 키 크고 잘생기고 몸 좋고 능력 있는, 덧붙여 너를 끔찍하게 사랑해 주는 완벽한 남자 서태준 씨와 결혼을 앞둔 네가 놀라워할 정도는 아닐 텐데?"

하진은 게슴츠레하게 뜬 눈으로 연우를 보며 웃음이 섞인 톤으로 대꾸했다.

"후후. 그런가?"

연우가 한쪽 어깨를 올렸다 내리며 인정한다는 듯한 제스처를 취했다.

"그리고 누구나 다 나처럼 말하지 않나? 세상에 어느 여자가 성격 나쁘고 키 작고 뚱뚱하고 능력 없는 남자랑 만나고 싶다고 하겠어."

"하하, 맞아. 그것도 그러네."

이번에도 역시 인정한다는 듯 웃으며 연우가 고개를 끄덕였다.

"그래서 이건 그냥 해본 말이고."

"그냥?"

"물론, 이런 조건들도 당연히 중요하지. 하지만 요즘 내가 정말 연애하고 싶은 남자는……."

말끝을 흐리며 한 박자 쉬어간 하진이 다소 진지한 눈빛으로 연우를 보며 말을 이었다.

"내 심장을 뜨겁게 뛰도록 해줄 수 있는 남자야."

"심장을, 뜨겁게?"

하진이 아래위로 머리를 가볍게 한번 움직였다.

"응. 아무리 완벽한 남자라도 내가 그 남자를 보고 가슴이 두근대지 않으면 무슨 소용 있어."

그녀의 나이 서른둘, 며칠이 지나면 서른셋. 어느덧 그녀도 노처녀 계열에 들어섰다. 인정하고 싶지는 않지만 인정할 수밖에 없었다. 남들의 시선이 그러하니까. 제가 알아서 하겠지 하며 잠잠히 기다리고 있던 집안에서도 그녀의 나이가 서른한 살을 훌쩍 뛰어넘자 시집가라는 압박을 가하기 시작했고 엄마의 잔소리도 날이 갈수록 늘어나기만 했다. 친구들은 적당한 혼기에 맞춰 시집장

가를 간 자식들이 낳은 손자손녀의 재롱에 흠뻑 빠져 즐거운 시간을 보내는데 딸이라고 하나 있는 게 시집은커녕 연애도 하지 않으니 속이 터진단다. 그 나이에 연애는 늦었으니 선을 봐서라도 결혼하라는 엄마의 말에 그녀는 필사적으로 반대했다.

아무리 노처녀라지만 조건 맞는 남자랑 선을 보고 어느 정도 마음이 맞으면 하는 결혼, 싫었다. 노처녀는 여자 아닌가. 늦었다고는 생각지 않았다. 이 나이에도 충분히 누군가를 만나 가슴 떨리는 사랑 같은 거 할 수 있다. 만나기가 쉽지 않아서 그렇지.

자고로 결혼이든 연애든 상대에게 가슴이 두근거리고 막 설레고 그래야 할 맛이 나지. 불타오르는 감정이 따라온다면 더 좋고.

"그럼, 심장을 뜨겁게 뛰게 해주는 남자가 나타나면 무조건 연애할 거야?"

연우가 궁금하다는 듯 눈동자를 반짝 빛내며 묻자 하진이 호쾌하게 대답했다.

"당연하지. 그런 남자가 나타나면 콱 물어줘야……."

하진은 끝까지 말을 잇지 못했다. 이현욱이 떠올랐던 것이다. 비록 꿈에서 시작되었다고는 하나 그 남자 때문에 일주일 동안 가슴 떨렸던 적이 종종, 아니, 꽤 있었다. 게다가 어제는 설레기까지 했으니.

"내일, 우리 집으로 와."

분명 빚을 갚으라는 명목으로 생일파티에 참석하라는 뜻이었는데. 단둘이 보내는 것도 아니고 보경과 제호도 함께 하는 자리일 텐데 그 말이 왜 그렇게 은밀하게 들렸던 것인지. 심장이 미친 듯이 쿵쾅거렸었다.

하필이면 가슴을 뛰게 만들어준 남자가 이현욱이라니. 그는 오르지 못할 나무다. 심장이 반응을 보였다고 해서 그녀가 콱 물어줄 수 있는 상대가 아니었다. 만인에게 스포트라이트를 받는 그는 부담스러웠다. 물론 그 역시 그녀와 연애를 할 마음이 있을 리는 만무하겠지만.

"왜 말을 하다 말아?"

"아. 아니야, 아무것도. 그런 남자 나타나면 연애한다고."

하진은 머릿속에 떠올랐던 현욱의 생각을 떨쳐 버리고 어색한 웃음으로 마무리 지었다. 그런데 그녀가 떨쳐 내었던 현욱을 연우가 다시 도마 위에 올려놓았다.

"오늘 저녁 먹기로 한 거야?"

"응."

오늘 아침 얼굴을 보자마자 어제저녁 카페에 등장한 현욱에 대해서 물었던 연우였다. 연우에게 거짓말을 했던 것만 제외를 하고 그동안 있었던 일들을 털어놓고 답답했던 마음을 조금이라도 풀어볼까 했던 하진의 고민은 마침 일찌감치 카페를 찾은 손님 덕분에 무산되었다. 그래서 대충, 지나가다가 커피 마시러 들렀대, 라고 간단히 답해주고 말았다.

"어디서?"

"이현욱 씨 집에서."

"집에서?"

"응. 얼굴이 알려진 인물이라 밖에서 외식을 하는 것보다 집에서 보내는 것이 편할 테니까. 사람들의 이목을 전혀 신경 쓰지 않아도 되잖아. 그래서 그런 것 같아."

이건 그녀의 생각이었다. 다른 곳이 아닌 집으로 오라고 했던 현욱의 말에 그럴지도 모른다고 스스로 판단한 것이다.

"몇 시에?"

"저녁 먹는 거니까 여섯 시나 일곱 시쯤이겠지. 근데 난 카페 문을 닫고 가야 하니까, 천천히 갈 거야. 뒤에 합류하지 뭐."

"무슨 소리야. 생일이라서 저녁 먹는 걸 텐데, 시간은 맞춰서 가야지. 어차피 태준 오빠 일 일찌감치 마치고 이리로 온다고 했어. 오빠가 도와주면 되니까 카페는 신경 쓰지 마. 요 며칠 나도 내 볼일 보느라 카페 일 너한테 다 맡겨서 미안했는데, 오늘은 네 볼일 봐."

하진은 난감한 얼굴을 했다. 사실 정확한 약속 시간은 알지 못했던 것이다. 어젯밤 그녀의 휴대폰 번호를 받고 돌아가면서 시간과 집은 메시지로 알려주겠다던 그에게서 아직 받은 연락이 없었다.

보경이한테도 연락이 없네.

"아, 형하고 보경 형수에게는 내가 말해놓지. 유하진도 내일 온다고."

그래서 그녀는 따로 보경에게 아직 오늘 파티에 참석할 거라는 연락을 하지 않고 있었다. 현욱을 통해 들었다면 분명 전화가 왔을 텐데, 못 들은 걸까. 아무래도 그녀가 먼저 연락을 넣어봐야겠다.

보경은 전화를 받지 않았다. 카페에서 한 번, 나서면서 한 번, 택시 안에서 한 번, 세 번이나 했는데 모두 받지 않았다.

"왜 전화를 안 받지?"

하진은 미간을 좁혔다.

내가 간다는 것을 듣지 못했나? 아니면 벌써 놀고 있느라 전화를 못 받는 건가?

전화를 하지도 않고 받지도 않으니 이상했다. 휴대폰 화면에 보경의 번호를 띄우고 다시 한 번 통화버튼을 눌렀다. 신호음을 들으며 보경이 전화를 받기를 기다리는 사이 택시는 목적지에 도착했다.

휴대폰을 턱과 목 시이에 낀 채 택시비를 지불한 그녀는 택시에서 내렸다. 올겨울 들어 가장 심한 한파라고 하더니 택시에서 내리기 무섭게 사나운 바람이 그녀를 덮쳤다. 코트 속에 옷을 몇 겹이나 껴입었음에도 소용없었다.

[여보세요.]

다섯 번의 시도 끝에 마침내 보경과 전화가 연결되었다.

"왜 이렇게 전화를 안 받아?"

장갑을 챙긴다는 것을 그만 깜빡했다. 휴대폰을 쥔 손이 꽁꽁

얼 것 같은 기분이다. 시리다 못해 아리기까지 했다. 케이크를 들고 있는 다른 손도 마찬가지였다.

[미안. 영화 보는 중이었었어.]

"영화?"

[응.]

"어디서?"

[어디긴, 영화관이지.]

영화관이라니? 하진은 고개를 갸우뚱했다.

"이현욱 씨 생일은? 저녁에 크리스마스파티 겸 생일파티 한다고 하지 않았어?"

[아, 그거? 현욱 씨가 갑자기 다른 약속이 잡혔다고 해서 점심으로 먹었어.]

"점심?"

[응, 왜? 언니 안 온다고 해서 일부러 연락 안 한 거였는데, 마음 바뀐 거야?]

"아, 어……. 가려고 했었지."

[정말? 그럼 언니 이쪽으로 와서 같이 놀래? 제호 오빠랑 저녁 겸 해서 맥주 한잔 마시러 갈 건데.]

"아, 아니야, 저녁 맛있게 먹어. 우린 나중에 보자."

하진은 얼떨떨한 목소리로 통화를 마쳤다. 그녀의 표정이 어리둥절하게 변했다.

생일 밥은 점심으로 먹고 저녁 약속은 취소되었다면서…… 그럼 나에게 보낸 메시지는 뭐지?

그녀는 한쪽 눈썹을 찌푸리며 메시지 함을 열어보았다. 그리고 전화번호부에 저장되어 있지 않아 이름이 없는 휴대폰 번호를 터치했다. 몇 시간 전 그에게서 받은 문자메시지를 다시 확인해 보았다.

「청담동, ＊＊하우스 702호. 7시까지 올 것. 빌라현관 비밀번호 ＊＊ ＊＊＊＊＊」

메시지 안에는 빌라 안으로 들어갈 수 있는 공동현관 출입구 비밀번호까지 친절히 안내되어 있었다.

이건 대체 무슨 상황인 거야. 다른 약속이 있어서 원래 계획이었던 오늘 약속을 취소했다고?

그럼 다른 약속이…… 나?

보경은 오늘 그녀가 파티에 가게 되었다는 것을 아예 모르는 눈치였다. 그건, 즉 현욱이 그녀에 관해 아무 소리도 하지 않았다는 뜻이다.

대체, 왜?

그의 속셈은 무엇인 걸까. 당연히 보경과 제호가 함께 하는 자리인 줄 알고 조금이나마 가벼운 마음으로 온 것인데, 두 사람이 오지 않는다면 그와 단둘이서 있어야 한다는 거다. 순간, 그녀의 표정이 미묘하게 변했다.

혹시, 나한테 다른 관심이 있나?

그의 행동을 돌이켜 생각해 보면 꼭 그런 것처럼 느껴진다. 남자가 호감이 있는 여자에게 보이는 관심. 따분하다고는 했지만 커피도 마실 겸 그녀도 볼 겸 카페를 찾아온 것도, 굳이 빚을 갚으라는 조건으로 집에서 하는 파티에 오라고 한 것도, 제호와 보경에게는 그녀의 이야기는 하지도 않고 다른 약속을 핑계로 파티를 취소한 것도. 모든 게 의문투성이였다.

에이, 설마.

하진은 머리를 절레절레 흔들었다. 그가 그녀에게 관심을? 말도 안 된다. 주위에 예쁘고 아름답고 몸매도 좋은 여배우들이 널리고 널렸을 텐데 그가 그녀에게 관심을 가질 이유가 있겠는가. 괜한 오해나 착각은 하지 말아야 한다. 또다시 망신을 당할 순 없었다.

Rrrrrrr, Rrrrrrr.

그때, 하진의 손에 들려 있던 휴대폰이 진동하며 벨소리를 냈다. 화면에 뜬 이름 없는 휴대폰 번호의 주인은 현욱이었다. 그녀는 서둘러 전화를 받았다.

[어디쯤이지?]

"보경이랑 제호 씨한테 약속 취소됐다고 했어요?"

그의 물음을 가뿐히 넘긴 하진이 동문서답을 하듯 되물었다.

[음.]

그가 아주 태연한 음성으로 짧게 대꾸했다. 그녀가 기막히다는 듯 탄식했다.

"왜요? 그럼 나한테 보낸 문자는 뭐죠? 아무 소리 없었잖아요."

[오면 알게 될 텐데 뭐 하러.]

"그래도 말은 해줬어야죠."

[그래서, 어딘데 지금?]

"……빌라, 앞이에요."

하진은 고개를 들고 주위를 둘러보았다. 한눈에도 고급스러워 보이는 빌라가 시야에 가득 잡혔다.

[우선 들어와. 밖이 꽤 추울 텐데?]

춥긴 엄청 추웠다. 입술이 덜덜 떨리고 몸이 부들부들 떨렸다. 말을 할 때마다 하얀 입김이 허공으로 흩어졌다.

[설마 이대로 돌아갈 생각은 아니겠지? 어차피 나한테 빚 갚으러 온 거잖아? 들어와, 기다리고 있을 테니까.]

그렇게 전화는 끊어졌다. 하진은 아랫입술을 꾹 깨물었다.

치사한 인간. 얄미운 인간! 그럼 그렇지. 관심은 무슨!

분한 듯 속으로 소리쳤다. 유하진 인생에 앞으로 거짓말이란 절대 없다. 그게 순간적인 거짓말이든 선의의 거짓말이든 두 번 다시는 거짓말 따위 하지 않으리라. 거짓말을 하면 어떻게 된다는 것을 이번에 뼈저리게 느꼈다.

땡!

7층에서 멈춰 선 엘리베이터의 문이 스르르 열렸다. 엘리베이터에서 내린 하진은 그의 집인 702호 앞으로 걸어갔다. 크게 심호흡을 하는 것으로 마음을 다스리며 초인종을 눌렀다. 시선을 바닥으로 두고 발뒤꿈치를 살짝 올렸다 내렸다 하면서 기다렸다. 얼마 지나지 않아 도어락이 풀리는 소리가 울리더니 현관문이 열렸다.

"어서 와."

모습을 드러낸 현욱은 입가에 잔잔한 미소를 머금고 있었다. 머리를 가볍게 까닥인 하진이 그를 올려다보았다. 그는 검정색 바지에 회색 니트를 입고 있었다. 아주 간편하게 입은 차림이었지만 잘생기고 키 크고 몸이 좋아서 그런지 스타일이 남달랐다. 누가 연예인 아니랄까 봐 연예인포스가 줄줄 흘렀다.

"들어와."

현관 문고리를 잡고 있던 손을 놓고 길을 터주며 그가 턱짓으로 도 들어오라는 신호를 보냈다. 하진이 안으로 발을 디디자 곧바로 현관문이 닫혔다. 등 뒤로 바짝 다가선 그의 존재를 느끼며 하진은 서둘러 신발을 벗었다. 길게 늘어진 복도를 따라 걸어가자 운동장처럼 넓은 거실이 나왔다.

이게 도대체 몇 평이야.

그녀는 집 안을 둘러보며 감탄했다. 혼자 사는 사람 집치고는 굉장히 넓었다. 블랙과 화이트가 잘 어우러진 세련되고 깔끔한 분위기의 인테리어도 돋보였다.

"밖에서 오래 있었어?"

곁으로 다가와 선 현욱의 음성이 귓가에 내려앉았다. 그녀가 고개를 돌리자 여전히 미소를 담고 있는 그가 이어서 말했다.

"코랑 귀가 빨개."

"날이 워낙 추워서요."

"그냥 돌아갈까, 고민하고 있었던 게 아니고?"

하진은 가늘게 눈을 접고 그를 흘겨보았다. 왠지 그녀의 속을 꿰뚫어 보는 듯한 그가 얄미웠다.

"누구 말대로 빚 갚으러 온 거라서요."

빚을 갚으러 온 사람이 무슨 할 말이 더 있으랴. 비꼬는 듯한 그녀의 말투에 현욱이 피식 웃었다.

"그런데 어떻게 된 거예요?"

"뭐가?"

"오늘 일 말이에요. 보경이랑 제호 씨."

"우선 저녁부터 먹자, 배고프다. 코트 벗어두고 따라와."

대답을 미루고 주방으로 걸어가는 그의 뒷모습을 바라보며 하진은 나직한 숨을 내쉬었다. 그의 집에 그와 단둘이 있다고 생각하니 긴장하지 않으려야 않을 수가 없었다. 최대한 아무렇지 않은 척 애를 쓰고 있지만 편치는 않았다.

코트를 벗어 가방과 함께 소파 한편에 가지런히 놓아둔 그녀는 자신이 사가지고 온 케이크를 들고 주방으로 향했다.

음. 무슨 냄새지?

주방 입구에서부터 고소한 향이 그녀의 코끝을 찔러왔다. 별로 배가 고프지 않았던 그녀의 입맛을 돋울 정도로 맛있는 냄새였다.

"앉아."

현욱이 조리대 앞에서 몸을 열심히 움직이며 말을 건넸다. 하진은 케이크를 식탁에 내려놓고 의자에 앉았다. 그녀가 오기 전부터 준비를 하고 있었던 것인지 어느 정도 세팅이 되어 있었다. 두 개의 숟가락과 포크, 두 개의 와인 잔과 와인 한 병, 중간에는 닭 가슴살 샐러드와 빵이 올라와 있었다.

잠시 후, 양손에 넓은 접시를 들고 현욱이 조리대를 돌아 식탁으로 다가왔다. 접시 하나를 그녀의 앞에 놓아주고 남은 하나는 자신의 자리에 놓으며 의자에 앉았다. 뜨거운 김이 모락모락 올라오는 요리를 내려다보며 그녀는 침을 꼴깍 삼켰다. 오늘의 메인 요리는 새우크림스파게티였다.

"와아. 이걸 직접 만든 거예요?"

감탄사가 절로 나왔다. 두 눈으로 직접 보았음에도 불구하고 하진이 의외라는 눈빛으로 그를 바라봤다.

"봤잖아 직접. 막 만들어서 가지고 온 거."

현욱이 으스대듯 어깨에 힘을 주며 입꼬리를 슬쩍 말아 올렸다. 이어 와인오프너로 와인을 딴 그는 그녀와 자신의 잔에 차례대로 와인을 따랐다.

"건배할까?"

그가 와인 잔을 들자 그녀도 잔을 들었다.

"생일 축하해요."

"고마워."

생일을 맞은 그에게 축하인사를 건네며 가볍게 잔을 부딪쳤다. 두 개의 와인 잔이 부딪히는 소리가 청량하게 울렸다.

하진은 와인의 맛을 음미하듯 한 모금 들이켰다. 혀를 감도는 맛이 달콤하면서도 쌉싸름했다.

"먹자. 배고프겠다."

"잘 먹을게요."

하진은 왼손에는 숟가락 오른손에는 포크를 쥐고 스파게티를 돌돌 말아 입안으로 집어넣었다.

"어때?"

직접 요리를 한 사람들의 습성은 다 똑같았다. 자신들이 한 요리를 상대가 맛을 보기 전에는 먼저 먹지를 않는다. 그리고 상대가 한입 맛을 보면 기다렸다는 듯 물어본다. 맛이 괜찮으냐고. 그도 마찬가지였다. 입안에 스파게티를 넣고 오물거리고 있는 그녀에게 물어왔다. 마치 요리에 대한 그녀의 평가가 궁금하다는 듯이.

"맛있어요."

예의상 하는 빈말이 아니었다. 부드럽고 고소한 새우크림스파게티의 맛은 썩, 아니, 상당히 괜찮았다.

"다행이군."

그의 입가에 흐뭇하고 만족스런 웃음이 걸렸다.

"요리 잘하나 봐요."

"이모가 요리를 잘하셔. 어깨너머로 보면서 따라 해봤는데, 재밌더라고. 맛도 나쁘지 않고."

"재주가 좋네요."

그녀는 스파게티를 또 한입 먹었다. 오늘 일에 대해서 묻고 싶은 건 산더미였지만, 일단은 저녁부터 마저 먹기로 했다. 명색이 생일이니까. 식사는 편하게 해야지.

"그런데 웬 케이크?"

케이크를 이제야 본 것일까. 현욱이 와인을 마시며 식탁 끝부분에 놓여 있는 케이크를 가리켰다.

"파티에 케이크는 기본이니까. 생일선물을 미처 준비하지 못하기도 했고요."

"생일노래도 불러주는 건가?"

"뭐, 지독한 음치를 감당해 낼 자신이 있다면요."

"음친지 아닌지는 이따가 들어보면 알고."

정말 노래를 시킬 셈인가? 저 남자라면 그러고도 남을 것이다. 하진의 눈썹이 가운데로 모아졌다. 노래는 진짜 못하는데. 케이크를 괜히 사왔나 하는 뒤늦은 후회가 밀려들었다.

하지만 다행히도 그는 유치하다고 생각됐는지 노래는 시키지 않았다. 그런대로 식사도 편하게 마쳤다. 알코올이 몸속으로 스며들어서인지 긴장도 한결 풀어졌고. 자연스럽게 대화를 주도해 나갔던 그의 덕분이기도 했다.

"맥주? 아니면 와인?"

거실로 자리를 옮긴 현욱이 거실 테이블 위에 또 한 번 세팅을 했다. 테이블에는 그녀가 사온 생크림케이크 두 조각이 놓인 접시와 먹음직스러운 딸기, 캔 맥주 6개, 그리고 저녁을 먹으며 마시던 남은 와인과 잔으로 채워져 있었다.

"맥주요."

"술 잘해?"

"좋아하는 편이에요."

하진이 캔 맥주를 들이켜며 고개를 끄덕였다. 자주는 아니지만 포장마차에서 마시는 소주를 가장 좋아했고 집에서도 맥주 정도는 혼자서도 종종 마셨다. 확실히 와인보다는 소주나 맥주가 그녀에게 맞았다.

그래, 유하진. 마음을 비우고, 이 순간을 즐기자. 둘이면 어떻고 넷이 아니면 어때. 내가 언제 또 톱스타와 톱스타의 생일을 함께 보내고 언제 또 인기배우가 해주는 음식을 먹어보겠어. 비록 빚을 갚는다는 명분으로 오긴 했지만 좋은 게 좋은 거라고 한 번 즐겨보지 뭐. 뭐든지 긍정적으로 생각하는 것, 그게 유하진의 장점 아니겠어? 그 긍정적인 마인드가 유독 이 남자 앞에서는 가져지지 않았지만, 오늘은 예외로 하자. 오늘만 무사히 잘 넘기면 이 남자와 이런 식으로 또 얽힐 일은 없을 테니까.

그래도 궁금한 건 궁금한 거다. 어느 정도 자리가 무르익어 갈 때쯤 세 번째 맥주의 캔을 따서 건네준 그에게 물었다.

"그런데 왜 보경이하고 제호 씨 약속은 취소했어요? 원래 같이 보내기로 한 걸로 알고 있는데요."

"유하진 배려해서 한 결정인데?"

"무슨 소리예요?"

하진의 의아한 시선이 그에게 닿았다. 적지 않은 와인을 마신 상태에서 맥주까지 마셔서 그런지 조금씩 두 볼이 뜨거워지기 시작했다. 오늘따라 술이 술술 잘 넘어간다 싶더니 평소보다 취기가 빠르게 올라왔다.

"보경 형수가 삐칠까 봐."

"보경이가 왜 삐쳐요?"

"형수에게 거절한 초대를, 내가 한 초대에는 냉큼 응했는데 안 서운하겠어?"

현욱의 능청스러움에 하진은 기막히다는 듯 헛웃음을 날렸다.

"냉큼 응하다니요? 빚을 갚으라고 치사하게 나온 사람이 누군데."

"물론 유하진이 한 거짓말에 대한 조건으로 빚을 내세우긴 했지만 그 말 한마디에 냉큼 온 건 맞잖아. 거절한 적 없잖아. 내 말이 틀렸나?"

하진은 할 말을 잃었다. 배우라서 그런지 말은 참 잘한다. 그와 대화를 하다 보면 자꾸만 말리는 기분이었다.

"그래서 날 위한 배려였다고요?"

"음."

"무척 고맙네요."

현욱은 싱긋 웃었다. 참 이상하다. 얼굴에서 미소가 떠나질 않았다. 첫 만남에서 느낌이 좋았고 때문에 다시 보고 싶었다. 두 번째와 세 번째 이뤄진 만남에서는 엉뚱한 거짓말이 들통나고 붉어진 얼굴에 웃음이 나왔다. 그래서 그런가. 그녀를 보고만 있어도 저절로 미소가 지어진다. 그녀와 함께 있으면 즐겁고 기분이 좋아진다. 겉모습은 보이시하게 보일지 모르겠지만 대화를 나누다 보면 여성스러운 면이 훨씬 많았다. 반짝거리는 눈동자와 입술은 그의 심장을 간질거리게 할 만큼 예쁘고 앙증맞았다. 지금도 케이크를 입에 넣고 오물오물거리는 입술을 삼켜 버리고 싶은 심정이었다.

"하지만 이현욱 씨도 나한테 거짓말한 건 인정해야 해요."

"무슨 거짓말?"

"보경이하고 제호 씨한테는 나 오늘 이 자리에 온다는 거 이현욱 씨가 말한다고 내가 보경이한테 따로 말할 필요 없다는 듯이 말했잖아요. 그래 놓고 뒤에서 날 배려한답시고 취소시키고. 이게 거짓말이지 뭐예요?"

사실 제호와 보경에게 다른 약속을 잡았다는 핑계로 오늘 파티를 취소시킨 것은 의도적이었다. 그녀와 단둘이 있고 싶은 마음도 물론 있었지만 아무래도 말이 많은 제호와 보경이 있으면 그녀와 대화다운 대화는커녕 제대로 말도 섞지 못했을 것이 뻔했기 때문이었다.

"인정하지."

그의 쿨한 인정에 하진은 왠지 김이 새는 듯한 기분이 들었다.

하긴, 이제 와 억울해하면 뭐하겠는가. 이미 늦은 것을.

"그런데 유하진."

"네."

"나하고는 왜 친분을 쌓기 싫은 거지?"

뜬금없는 그의 질문에 포크로 케이크를 뜨고 입안으로 넣던 하진의 동작이 멈칫거렸다.

"얼핏 사람들하고 어울리는 걸 좋아하는 편이라고 들었는데. 나하고도 잘 좀 어울려 보지 그래?"

진지하게 변한 그의 눈길이 그녀에게 닿았다. 그녀의 얼굴에 신나서 피어올랐던 미소가 점점 거두어졌다.

"나도 한 가지 물어볼게요."

"물어."

"이현욱 씨는 왜 나하고 친분을 만들고 싶은 건데요? 순간적이었지만 만날 때마다 엉뚱한 거짓말을 했던 나하고?"

"글쎄, 왜일까?"

현욱이 깊고 강한 눈빛으로 그녀를 응시하며 말끝을 늘어트렸다.

"엉뚱한데 내 눈에는 귀여워. 유하진의 엉뚱함에 자꾸만 시선이 가고 나도 모르게 미소가 지어져."

현욱은 솔직하게 털어놓았다. 현재 그녀에게 느끼고 있는 감정을. 그녀에게 향해가는 마음을.

"혹시…… 나한테 관심, 있어요?"

머뭇거리던 하진은 결국 묻고 말았다. 내내 궁금하고 의문투성이였던 것을. 그녀의 머릿속을 어지럽혔던 문제를. 오해일지 몰라도 착각일지 몰라도 또 한 번 망신을 당할지라도 묻지 않을 수가 없었다.

"내 인터뷰 기사를 봤다면, 유하진한테 보이는 내 행동에 대한 이유를 알 수 있을 텐데."

인터뷰?

하진의 이마에 주름이 지어졌다. 분명 어제 그녀가 읽은 인터뷰 내용을 말한 걸 것이다. 그런데 도무지 떠오르지가 않았다. 그의 시선을 받아내는 지금 머릿속이 텅 빈 듯 아무것도 생각이 나질 않았다. 미련하게도 가슴만 두근두근 뛰어대고 있을 뿐이다.

"내가 너무 놀라게 했나? 입가에 생크림을 묻혔어."

케이크를 먹다가 날아든 질문에 놀라 그만 생크림을 묻힌 모양이었다. 긴 숨을 토해내며 방망이질 치고 있는 심장을 달래보던 하진은 휴지를 찾았다. 그런데 휴지를 찾기도 전에 그의 엄지손가락이 입술에 닿았다. 순간, 그녀의 모든 사고가 정지되었다. 아무것도 할 수 없었다. 입술에 닿은 그의 손가락이 불에 덴 듯 뜨거웠다. 그리고…… 그녀를 보고 있는 그의 시선도. 애써 달래고 있던 가슴이 조금 전보다 더욱 강하게 질주를 하기 시작했다.

그때였다. 뜨겁게 입가를 누르고 있던 손가락이 아래로 내려와 그녀의 턱을 잡았다. 휘둥그레 뜬 그녀의 눈동자가 일렁거리는 순간, 그의 입술이 그녀의 입술을 부드럽게 덮쳤다.

"달콤하군."

그녀의 입술 전체를 머금었던 현욱의 입술이 떨어지면서 감미로운 목소리가 흘러나왔다.

"생크림보다도 더 달콤해."

그윽한 미소를 건 그의 눈이 그녀를 내려다보았다.

"유하진 입술은."

하진의 얼굴이 화르륵 타올랐다. 짧지만 강렬했던 입맞춤. 그의 입술의 온기가 아직 남아 있는 듯 입술도 뜨거웠다.

"다시 한 번 맛보고 싶을 정도로."

"지, 지금……."

뭐 하는 짓이냐고 따지려고 했다. 그러나 쥐어짜내듯 낸 그녀의 목소리는 현욱으로 인해 막혀 버렸다. 그의 입술이 보드레한 그녀의 입술을 그대로 다시 삼켜 버린 것이다. 또 한 번 커다랗게 뜨여진 그녀의 동공이 비정상적으로 떨렸다. 턱을 잡고 있던 그의 손이 위로 올라오더니 떨리고 있는 그녀의 눈을 덮고 눈꺼풀을 스르르 감기게 만들었다. 그렇게 눈에서 멀어진 커다란 손은 이내 그녀의 뒷머리를 강하게 감쌌다. 남은 한 손으로는 조금의 틈도 허락하지 않겠다는 듯 가는 허리를 바싹 끌어안으며 그녀의 입술 사이로 혀를 밀어 넣었다.

그의 혀가 입속을 파고든 순간 하진은 모든 시간이 멈추는 듯했다. 이성은 그를 밀어내라고 아우성을 쳐대고 있었지만, 그녀는 그 어떤 자세도 취할 수가 없었다. 사슬에 묶인 것처럼 몸이 움직여지지가 않았다. 시간이 멈춰 버린 듯한 이 순간, 석상이라도 된 듯 꼼짝도 못하고 있는 이 순간, 심장만이 혼자서 팔딱거리며 날뛰어댔다.

그럴수록 키스의 농도는 짙어져만 갔다. 그녀의 혀를 휘어감은 그가 힘차게 빨아들였다. 촉촉한 타액이 섞이는 소리가 은밀하게 울렸다. 그는 생크림케이크가 머물렀던 입안을 유영하며 그녀의 달콤함을 마음껏 탐하고 음미했다.

밀어내야 돼. 이제 그만 멈추게 해야 해.

하지만, 그를 밀쳐 내야 한다는 제 이성을 배반한 것처럼 그녀는 키스를 고스란히 받아내고 있었다. 감히 거부할 수 없는 강한 이끌림. 그 속에 깊이 빠져들어 도저히 밀어낼 수가 없었다. 그의 키스가 길어지면 길어질수록 짜릿한 전율이 머리부터 발끝까지 훑어 내리는 것을 반복했다. 긴장으로 딱딱하게 굳었던 몸은 서서히 이완되기 시작했다.

왜 이러지. 취기가 올라와서 그런가. 내 몸이, 내 몸이 아닌 것
같아.

부딪힌 입술 사이로 열기가 피어오르듯이 그녀도 전신이 뜨겁
게 달아올랐다. 그의 입술과 혀가 격렬하게 움직일수록 호흡도 거
칠어졌다. 몽롱해진 정신은 꿈을 꾸고 있는 기분이었다.

맞아, 꿈. 꿈속에서도 이렇게 격한 키스를 나누었었다. 현재 두
사람의 모습은 그녀가 꾸었던 꿈속에서의 상황과 매우 흡사하게
닮아 있었다. 꿈을 꾸고 그날 그를 만났을 때, 그를 앞에 두고 이
런 상상을 한 적이 있었다.

그의 키스는 꿈처럼 달콤할까.

그의 손길은 꿈처럼 뜨거울까.

그런데…… 정말 그랬다. 아니, 아니다. 현실에서의 그의 키스
는 꿈보다 더 달콤했으며 손길은 방금 불구덩이에서 건진 것처럼
뜨거웠다.

그녀는 깨달았다. 온몸이 달아오른 것은 술기운 때문이 아니라
불치럼 뜨거운 그의 손길 때문이다. 깊숙한 곳에 잠재되어 있던
욕망이 꿈틀거리는 기분이 들었다. 이상하게도 그의 키스가 그의
손길이 싫지가 않았다.

그래서였을까. 단단한 품에 갇혀 어정쩡하게 굳어 있던 두 팔이
조심스레 그의 목에 둘러졌다. 서투르지만 그에게 맞춰 같이 혀를
굴렸다. 미동도 없이 키스를 받아들기만 하던 그녀가 조금씩 입술
과 혀를 움직이자 짧은 순간 움찔거렸던 그가 이내 탄력을 받은
듯 한층 더 저돌적으로 그녀를 몰아붙였다.

말캉하고 뜨거운 두 개의 혀가 서로의 입안에서 본격적으로 움직이기 시작했다. 강하게 등을 감싸고 있던 그의 손이 그녀의 니트 끝자락으로 내려갔다. 은근하게 니트를 들치고 안으로 파고든 손에 그녀는 흠칫 놀랐다. 그러나 그녀의 흠칫거림에 그는 아랑곳하지 않았다. 그녀의 맨살을 쓰다듬듯 부드럽게 매만지다가 등줄기를 훑듯이 쓸어내렸다. 야릇하게 살결을 오르내리던 손의 움직임은 그녀의 온몸에 난 솜털이 곤두서도록 오스스한 소름을 돋게 만들었다. 머리의 끝부터 시작된 찌르르한 감각은 허벅지 사이로 흘러내렸다.

얼마나 긴 시간이 지났을까. 한참 동안 그녀의 입술을 탐하던 그가 천천히 입술을 떼어내었다. 그녀의 맨살을 은밀하게 어루만지던 그의 손길도 서서히 멀어졌다.

"하아, 후."

"하, 하아……."

그가 그녀의 이마에 이마를 맞대며 거칠게 숨을 토해냈다. 집요하게 밀어붙이던 그가 물러나자, 마찬가지로 가쁘게 숨을 몰아쉬는 그녀의 가슴이 빠른 속도로 오르락내리락거리고 있었다. 맞닿은 이마 아래에서 터져 나오는 두 사람의 더운 숨결이 하나로 뭉쳐졌다.

"아쉽지만."

그가 이마를 떼었다.

"오늘은 여기까지."

그의 엄지손가락이 키스로 인해 번들거리는 그녀의 입술을 천천히 쓸고 지나갔다. 안 그래도 붉게 부풀어 오른 입술이 불에 덴 듯 화끈거렸다.

"지금 멈추지 않으면 놓아주기가 힘들 것 같아서 말이지."

지독히도 탁하고 갈라진 음성. 벌겋게 달아오른 그녀의 얼굴에 닿은 그의 눈빛이 타오르듯 이글거렸다. 그녀를 갈망하는 감정이 고스란히 전해졌다.

나를 안고 싶었다는 뜻이다, 저 말은.

그녀는 혼란스러웠다. 그가 멈추지 않고, 그녀가 그를 밀어내지 않았더라면…… 이후에는 어떤 일이 벌어졌을까. 지금쯤 나신이 되어 그의 품에 안겨 있었을까. 오늘 밤을 그와 함께 보냈을까.

아니, 아니야. 설마, 그럴 리가.

그녀가 부정하며 고개를 저었다. 그러나 확신도 할 수 없었다. 그가 멈추지 않고, 그녀가 밀어내지 않았더라면, 이라는 생각이 메아리처럼 울리며 그녀의 머릿속을 어지럽혔다.

"이제, 대답이 됐나?"

그의 음성에 그녀는 번뜩 정신을 차리고 가쁜 호흡을 진정시켰다.

"대답, 이라뇨?"

보통 정황상 갑작스러웠던 그의 무례한 행동에 화를 내야 정상이었지만 그녀는 화를 낼 수 없었다. 처음에는 당황스러워서, 그 다음에는 뻣뻣하게 굳어서 그를 밀어내 버리지 못했던 그녀가 몸이 이완되면서부터는 그의 키스를 받아들였으니까. 응했으니까. 심지어 그의 손길을 느끼기까지 하며 그의 목에 팔을 둘렀으니까.

"유하진이 물었던 질문에 대한 대답."

아. 내가 물었었지. 나에게 관심이 있느냐고.

그의 키스와 손길에 매료되어 그만 새카맣게 잊고 있었다. 그녀는 그와 거리를 두고 앉아 있던 자리에서 일어났다.

"……충분히요."

관심이 있냐는 물음에 뜨거운 키스로 대답을 한 남자다. 그 대답을 알아듣지 못할 정도로 그녀는 어수룩하지 않았다. 다만 그이유가 궁금할 뿐. 만인에게 사랑을 받는 인기스타 이현욱이 평범한 일반인인 그녀에게 관심을 갖는 이유, 말이다.

"알아들었다니 다행이군."

"이유가, 뭐죠?"

그녀는 담담한 어조로 물었다. 아직도 거실 안은 후끈한 공기로 둘러싸여 있었다. 불과 5분 전까지 그들이 뜨거운 키스를 주고받았다는 흔적이었다.

"무슨?"

"나한테 관심이 생긴 이유."

그가 그녀를 따라 일어섰다. 서서 그를 내려다보고 있던 그녀의 머리가 자연스럽게 위로 올라갔다. 조금 전과는 반대로 그녀를 내려다보고 있는 그의 시선과 마주쳤다. 여전히 가슴은 떨리고 다리도 후들거렸지만 그녀는 태연한 척 굴었다. 어느새 거의 이성이 제자리로 돌아온 듯한 그에게 이러한 감정들을 들키고 싶지 않았던 것이다.

"얘기했는데."

"언제요?"

"엉뚱한데, 내 눈에는 귀엽다고. 너를 보고 있으면 나도 모르게 미소가 지어진다고."

"그게, 이유라고요?"

그녀의 눈매가 가늘어졌다.

"이유가 더 필요한가?"

그렇다는 듯 그녀는 짧게 고개를 끄덕였다. 그는 머리를 비뚜름하게 기울이며 어깨를 으쓱거렸다.

"상대에게 끌리는데 다른 이유가 있을까? 그냥 처음부터 유하진에게 끌렸고 유하진에게서 느껴지는 느낌이 좋았어."

"처음, 부터요?"

"음. 그다음엔 문득문득 생각나더라고. 그러다가 보고 싶어지고 만나고 나면 또 보고 싶고. 유하진이라는 여자에 대해 궁금하고 알고 싶어졌어. 그래서 말인데 유하진……."

그가 그녀의 이름을 부르며 미묘하게 입매를 늘렸다. 나머지 말을 기다리는 사이 그녀는 저도 모르게 침을 꼴깍 삼켰다. 긴장이라도 한 듯이.

"연애하자, 우리."

그녀의 검은 눈동자에 동요의 빛이 일었다. 심장이 물결처럼 출렁거렸다.

"여, 연애요?"

얼마나 놀랐는지 말투가 저절로 더듬더듬해졌다.

"서로에게 관심이 있으면 당연히 연애해야지."

"서로라니요?"

알 수 없는 그의 말에 그녀의 미간이 가운데로 모아졌다. 그녀는 그에게 관심 있다는 표현을 한 적이 결코 없었다.

"나에게 관심이 있어서 그리고 내가 궁금해서, 내 인터뷰 기사를 찾아보고 그랬던 거 아니었나?"

"그, 그건……."

그녀는 머뭇거렸다. 당당하게 아니라는 대답을 돌려주지 못했다. 속이 뜨끔거렸다.

"팬이라서 그렇다는 말은 하지 않는 게 좋을 거야. 유하진이 내 팬이 아니라는 건 알고 있으니까."

그녀가 그의 팬이 되었다는 연우의 말을 곧이곧대로 믿지 않았던 모양이다. 그는 그녀의 입에서 다른 소리가 나오지 못하도록 미리 차단을 하듯 말했다. 왠지 속이 뜨끔거렸다.

연애. 배우 이현욱과의 연애라. 아무리 내가 연애를 해야겠다는 마음을 갖긴 했어도 이현욱은…….

그녀는 오늘 오후에 연우와 주고받았던 대화를 하나 떠올렸다.

"요즘 내가 정말 연애하고 싶은 남자는, 내 심장을 뜨겁게 뛰도록 해줄 수 있는 남자야. 아무리 완벽한 남자라도, 내가 그 남자를 보고 가슴이 두근대지 않으면 무슨 소용 있어."

"그럼, 심장을 뜨겁게 뛰게 해주는 남자가 나타나면 무조건 연애할 거야?"

이때도 이현욱이 떠올라 잠시 말문을 잃었었다. 오르지 못할 나무라고, 심장이 반응을 보였다는 이유로 그는 그녀가 연애할 수 있는 상대는 아니라고 생각했던 게 불과 오늘이었는데. 오늘이 지나기 전에, 그에게 연애하자는 고백을 듣게 되다니. 꿈에도 예상치 못했다. 도무지 믿겨지지가 않았다.

머릿속이 복잡해졌다. 그리고 마음도.

일주일이라는 짧은 기간 동안 그녀에게 갖가지의 감정을 안겨주었던 이가 바로, 그다. 창피함이 가장 많았지만 꽤 오랜만에 가슴이 두근거리기도 하고 설레기도 했다. 그리고 오늘은 심장이 아니라 몸까지 뜨겁게 달아오르게 만들었다. 이러한 반응으로만 본다면 그는 확실히 그녀가 연애하고 싶은 남자임이 분명했다. 하지만 그는 연예인이다. 연인이 되기에는 부담스러운.

"생각할 시간이 필요해요."

지금은 머리가 무거워서 아무 생각도 할 수 없었다. 그리고 이 자리에서 선뜻 결정을 내릴 수 있는 문제도 아니었다. 충분히 고민을 하고 생각을 한 다음 후회 없는 선택을 해야 했다.

"그 뜻은, 나에게 관심 있다는 걸 인정한다는 뜻인가?"

"그런 거 같아요."

그녀는 순순히 인정했다. 그가 흐뭇한 미소를 입가에 가득 지어 보이며 그녀의 머리를 다정하게 헝클어뜨렸다.

"엉뚱한 유하진은 귀여웠는데, 솔직한 유하진은 예쁘네."

그의 미소와 손길에 심장이 간질간질, 또 반응을 보인다.

이현욱이 배우가 아니라 평범한 직업을 가진 남자였으면 좋았을 텐데. 그럼 연애를 하고 싶은 남자의 고백에 고민 따위는 하지 않았을 텐데, 하는 부질없는 아쉬움이 문득 밀려들었다.

"이만 가봐야겠어요."

저녁을 먹고 맥주를 마시고 또…… 여러 상황들이 지나간 현재 시간은 어느새 10시 30분을 향해가고 있었다. 생각할 것들도 많았고 더 늦어지기 전에 집으로 돌아가고 싶었다. 그에게 등을 돌린 그녀는 코트를 몸에 걸쳤다.

"기다려. 대리 불러서 데려다 줄게."

"괜찮아요."

휴대폰을 집어 드는 그를 그녀가 말렸다.

"내가 괜찮지 않아."

"혼자 가고 싶어서 그래요."

"밤이 늦었어."

"그럼 콜택시 불러줘요."

그녀가 계속 고집을 부리자 그의 눈매가 못마땅하다는 듯 치켜 올라갔다. 그래도 그녀는 뜻을 굽히지 않았다. 깊은 밤이었다. 괜히 집을 나서서 그녀를 데려다 주다가 사람들 눈에 띄기라도 한다면 그의 입장에서 좋을 게 없었다.

"부담스러워서 그래요."

"뭐가?"

"이현욱 씨를 알아보는 사람들의 눈이요. 그 시선이 이현욱 씨한테만 향하겠어요?"

당연히 그녀에게까지 향할 것이다. 늦은 밤 그와 함께 있는 여자는 누굴까. 친구일까 아는 동생일까, 누나일까 아니면…… 애인일까. 온갖 추측들을 해댈 것이다.

"이 시간에 누가 그렇게 알아본다고."

"혹시 모르잖아요. 여기서 인사해요."

"고집도 세군."

결국 그가 마지못해 손을 들었다. 콜택시를 부르는 그를 지켜보며 그녀는 가방을 챙겼다. 콜택시는 빠르면 5분 이내에 도착할 것이다.

"유하진."

낮게 깔린 그의 음성이 그녀의 이름을 불렀다. 현관 쪽으로 걸어가던 그녀가 그를 돌아보았다. 천천히 다가온 그의 손이 그녀의 두 어깨를 가볍게 짚었다.

"이틀 후에 카페로 갈게. 대답, 그날 들을 거야."

"알았어요."

"너무 어렵게 고민하지 마. 연예인 이현욱 말고, 유하진에게 관심 있는 남자 이현욱만 생각하면 돼."

"그래 볼게요."

잘될지는 모르겠지만.

"집에 도착하면 바로 연락주고."

그녀는 고개를 한번 끄덕이는 것으로 대답을 대신하고 현관을 나섰다. 엘리베이터를 타고 내려와 빌라 밖으로 빠져나오자 강한 밤바람이 그녀를 반갑게 맞이하듯 온몸을 휘어 감았다. 택시는 아직 도착 전이었다.

택시를 기다리는 동안 그녀는 스산한 겨울의 밤하늘을 올려다 보았다. 날이 흐린 탓인지 반짝이는 별들은 보이지 않았다.

하, 어떤 선택을 해야 후회를 하지 않을까.

그녀의 입술 사이로 깊은 고뇌의 한숨이 하얀 입김에 섞여 흘러 나왔다. 왠지, 잠 못 이루는 밤이 될 것 같았다.

4

하진은 눈을 떴다. 아직 해가 뜨지 않은 새벽, 방 안은 어둠으로 둘러싸여 있었다. 그녀는 침대에 누운 채 옆에 있는 테이블로 길게 손을 뻗었다. 손을 더듬더듬하며 휴대폰을 집어 들었다. 오른쪽 사이드 버튼을 누르자 휴대폰 화면이 밝게 켜졌다. 그 빛에 반사적으로 찌푸려진 그녀의 두 눈이 시간을 확인했다.

오전 4:55

내내 뒤척이고 뒤척이다 간신히 잠이 들었는데 겨우 세 시간밖에 지나지 않았다니.

그녀는 낮게 숨을 내쉬며 휴대폰 화면을 꺼버렸다. 방 안은 또다시 암흑 속에 잠겼다. 일어나기에는 많이 이른 시간, 다시 잠을 청하려고 두 눈을 감았다.

"연애하자, 우리."

그날 밤 이후로 한시도 떠나지 않았던 그의 음성. 그 음성은 찰나의 틈을 놓치지 않았다. 잠깐 잠에서 깬 것뿐인데 기다렸다는 듯 어김없이 그녀의 귓속을 파고들어 왔다.

그녀는 머리를 세차게 흔들었다. 생각이 더 깊은 곳으로 떨어지기 전에, 얼른 잠속으로 빠져들고 싶었다. 그러나 그녀의 바람은 쉽게 이루어지지 않았다. 한참을 뒤척거렸지만 정신만 말똥해졌다. 잠이 오지 않을 때 최후의 방법으로 쓰곤 하던 별까지 세어보았다.

별 하나, 별 둘, 별 셋, 별 넷, 별 다섯…….

허나 소용없었다. 삼백서른일곱 개의 별까지 세고 두 손을 들었다. 역시. 진즉에 그녀를 버리고 저 멀리 달아나 버린 잠은 끝내 돌아오지 않았다.

야속한 잠 같으니라고! 어제도 그러더니 오늘도야?

자연적으로 짜증이 따라왔다. 설치다가 가까스로 든 잠이건만 세 시간 만에 깨어났으니 당연했다. 결국 잠을 포기하고 몸을 일으켰다. 침대에서 내려와 거실로 나온 그녀는 익숙한 동작으로 벽면에 있는 스위치를 찾아서 눌렀다. 마찬가지로 캄캄하던 거실 안이 순식간에 환해졌다.

그녀의 걸음이 주방으로 향했다. 막 잠에서 깨어난 탓인지 갈증이 났다. 무거운 머리도 좀 맑게 해줄 필요가 있었기에 냉장고에서 냉수를 한 병 꺼내 쭈욱 들이켰다. 차가운 물이 식도를 타고 넘어가자 조금은 상쾌한 기분이 들었다. 물병을 그대로 들고 거실로 돌아온 그녀는 소파에 앉아 다리를 길게 뻗었다.

"뭐 하지?"

하진은 멍하니 중얼거렸다. 한참 자고 있어야 할 새벽에 눈을 떴으니, 이 시간을 어떻게 보내야 할지 모르겠다.

아, 맞아. 나한테는 할 일이 있었지.

바로, 고민. 이현욱과 연애를 할 것인가 말 것인가에 대한 고민 말이다. 어제와 오늘 잠을 설치고 몸을 뒤척인 것도 모두 그 고민 때문이었는데, 결정을 하지 못했으니 또 한 번 본격적으로 고민의 늪으로 빠져들어야 할 때인가?

내일, 아니, 오늘 저녁이 되면 그에게 대답을 주어야 한다. YES 아니면 NO. 둘 중에 하나를 선택하는 건 결코 쉽지 않았다.

이현욱이라는 남자에게 관심이 있는 것은 틀림없는 사실이다. 그저 멋지고 근사한 모습으로 그가 꿈속에 등장한 탓이라며 일시적인 감정일 거라고 자신했는데 단지 여파가 길어지고 있는 것뿐이라고 여겼는데, 아니었다. 그의 프로필을 훑고 기사를 찾아보고 인터뷰를 보았던 건 모두 그에 대해 관심이 있어서였다. 그녀 역시도 그에 대해 알고 싶었던 거다. 그동안 깨닫지 못했던 이러한 감정을, 그의 고백을 계기로 깨닫게 된 것이다.

「집이에요.」

그날 밤 집으로 돌아온 그녀는 약속대로 그에게 문자메시지를 보냈다. 얼마 흐르지 않아 답장 대신 전화가 걸려왔다.

[잘 도착했군.]
"덕분에요."
[피곤할 텐데 오늘은 아무 생각 말고 푹 쉬어.]

고민을 한 보따리 안겨주고서는 푹 쉬라니. 이틀 밤을 거의 새다시피 하고 있다는 걸 알기나 할는지.

[아까도 말했듯이 너무 어렵게 생각하지 마. 남자 이현욱만 생각해. 그리고 네 마음이 움직이는 대로 끌려가면 되는 거야. 알았어?]

그가 재차 강조하듯 말했다. 연예인 이현욱이 아니라, 남자 이현욱만 보라고.

"노력해 볼게요."
[좋아. 대답 기대하지.]
"부담은 주지 말아요."
[후후. 알았어. 잘 자.]
"이현욱 씨도 잘 자요."
[유하진.]
"네."

[메리 크리스마스.]

메리 크리스마스. 수화기 너머로 그의 목소리가 그윽하게 울렸다. 마치 연인에게 속삭이는 것처럼 부드럽고 감미로웠다. 두근거림이 가슴을 스치고 갈 만큼.

심장을 뜨겁게 뛰게 해주는 남자. 가슴을 설레게 해주는 남자. 그리고…….

"처음부터 유하진에게 끌렸고 유하진에게서 느껴지는 느낌이 좋았어. 엉뚱함이 내 눈에는 귀엽고 너를 보고 있으면 나도 모르게 미소가 지어져. 문득문득 생각나고 보고 싶고 만나고 나면 또 보고 싶고. 유하진이라는 여자에 대해 궁금하고 알고 싶어졌어."

처음부터 나에게 끌렸다는 남자. 내가 보고 싶다는 남자. 그는 참 감정에 솔직한 남자였다. 숨기지 않고 전부 표현했다.

내가 언제 또 이런 남자를 만나겠어. 그 사람 말대로 감정이 움직이는 대로 끌려가 볼까. 그와 연애를 해볼까?

하다가도 금방 고개를 저어버린 그녀는.

아니야. 아무리 심장이 반응해도 연예인인 이현욱은 부담스러워. 견뎌내야 할 일이 많을 거란 말이야.

이렇게 십 분 단위로 마음이 흔들렸다. 결국 어떠한 결론도 내리지 못한 채 갈등만 하고 있었다. 이현욱이 연예인만 아니었다면, 이라는 생각이 가시질 않았다. 부질없는 생각이라는 걸 알면서도.

아, 어떡해야 하지?

벌써 몇 번째인지도 모르게 되돌아온 원점. 처음으로 돌아와 다시 선택의 기로에 선 그녀는 머릿속이 백지처럼 하얗게 변해 버리는 기분이었다.

피트니스 센터에서 돌아온 현욱은 곧장 주방으로 직행했다. 냉장고 문을 열고 꺼낸 시원한 냉수 한 병을 쉬지 않고 벌컥벌컥 들이켰다. 세 시간의 운동 끝에 밀려드는 갈증이 아니었다. 집으로 돌아오는 차 안, 정확히는 하진의 문자메시지가 도착한 시점부터 시작된 갈증이었다.

「오늘 9시 30분까지 카페로 와요.」

그녀의 대답을 듣는 날이 오늘이라는 건 알고 있었다. 잊을 리없었다. 그런데도 그녀의 메시지는 그를 긴장하게 만들었다. 그에게 먼저 메시지를 보냈다는 건 그녀가 마음의 결정을 했다는 뜻이었으니까. 그때부터 입이 바싹바싹 마르면서 갈증이 났다. 그녀의 마음은 과연 어느 쪽으로 기울어졌을까 조마조마하면서 속이 타들어갔다.

"치사한 놈. 그걸 못 기다리고 혼자 가버리냐?"

냉수 한 병을 단숨에 비워낸 현욱이 거실로 나오자 제호가 투덜거리며 집 안으로 들어왔다. 제호가 주차장에 차를 주차하고 뒷좌석에서 무엇을 꺼내는 사이 그는 그런 제호를 내버려 두고 먼저 집으로 올라왔던 것이다.

"이거나 받아."

"뭔데?"

"네 생일 축하편지다!"

제호가 심술을 부리며 제 몸처럼 커다란 박스 하나를 현욱이 서 있는 바닥 앞에 던지듯 내려놓았다. 현욱은 소파에 앉아서 상자를 열어보았다. 그 안에는 일일이 셀 수조차 없을 정도의 무수한 편지들이 빼곡하게 들어차 있었다. 그의 입가에 흐뭇한 미소가 걸렸다.

벌써 8년째였다. 팬들에게 생일선물로 편지를 받게 된 것은. 연예인이 되고 많은 인기를 얻게 되자 자연스럽게 선물도 늘어났다. 생일만 되면 소박한 선물부터 고가의 선물까지 가지각색이었지만, 고가의 선물이 대부분이었다. 그는 그 선물이 달갑지 않았다. 부담스러웠다. 어린 소녀 팬들은 온갖 애교와 투정으로 부모님의 주머니를 털었을 것이고, 이십십대의 팬들은 힘들게 일해서 받은 월급을 모아 선물을 장만했을 것이다. 그는 이미 팬들이 주는 사랑으로 넘치는 선물을 받았고 지금도 하루하루 그 선물을 받으며 살아가고 있는 중이었다. 물질적인 선물보다는 마음으로 보여주는 선물이 더 고마웠고, 그 선물에 더 감동했고 힘이 났다. 그래서 오래전, 생일선물 거절을 선언한 그는 직접 쓴 편지를 받겠다는 것으로 자신의 의사를 팬들에게 전달했고 대부분 착한 그의 팬들은 지금까지 잘 지켜주고 있었다. 해마다 이맘때가 되면 소속사 사무실로 도착하는 대부분의 우편물은 그의 것이었고, 그 우편물은 하나도 빠짐없이 제호의 손을 거쳐 그에게 전달되었다. 솔직히 바쁘게 돌아가는 일정 속에 그 편지들을 전부 읽기란 무리였지만 시간이 날 때마다 틈틈이 읽으려고 노력했다.

"이제 말해보시지?"

주방에서 캔 음료를 하나 손에 들고 나온 제호가 소파에 털썩 주저앉으며 말했다. 현욱이 제호를 돌아봤다.

"뭘?"

"뭐긴 뭐야? 우리 하진 처형 말하는 거지."

"아."

"3일이면 많이 기다렸다, 나."

현욱은 어이없다는 듯 웃었다. 성격 급한 제호에게 3일은 꽤 오랜 기다림이었다는 건 인정하지만, 그 기다림은 그가 준 것이 아니었다.

"난 기다리라고 한 적 없는데."

"그동안은 보경이가 있어서 일부러 모른 척해준 거 아냐. 너 배려해서."

"배려해 달라고 한 적도 없고."

"이 자식이!"

제호의 인상이 있는 대로 찌푸려졌다. 딴에는 생각해서 보경이 없을 때 물어보려고 궁금해도 참고 미루고 또 미뤘건만 고마워하는 기색도 하나 없이 무성의한 태도를 보이다니. 괘씸하게.

"나, 네가 처형 카페가 어디인지 물어봤을 때 얼떨결에 군소리

없이 알려주긴 했다만. 이유가 뭐야?"

제호가 다시 물었다. 괘씸해도 어쩌겠는가. 궁금한 쪽이 접고 들어가야지.

"이유가, 뭐겠어?"

"뭐?"

"한 남자가 한 여자를 따로 만나고 싶어 하는 이유가 뭐겠느냐고."

"너, 너 설마……."

두 눈을 휘둥그레 뜬 제호가 말을 잇지 못하고 어버버거렸다.

"형이 생각하는 그 설마가 정답일 거야."

"지, 진심이야?"

"진심이야."

현욱이 진지하게 대답했다. 크게 부풀어 오른 제호의 두 눈이 믿을 수 없다는 듯 그를 바라보았다.

"언제부터?"

"처음부터."

"처음, 부터?"

"그래."

"처형의, 어디에 반한 건데?"

하진과의 첫 만남을 떠올리는 현욱의 만면에 잔잔한 미소가 번져 나갔다.

"어디를 콕 집어서 보고 반한 게 아니야. 그냥 좋았어. 유하진이."

"뭐?"

"나를 보는 눈빛이 다른 사람들과는 달랐어. 처음 나와 인사를 나누면서도 아무런 동요도 하지 않는 모습이 좋았고 나를 전혀 연예인 보듯이 보지 않아서 좋았어. 굳이 예쁘게 보이려고 노력하지 않는 모습이 내 눈에는 예쁘게 보였어."

애초부터 제호에게 숨길 생각이 없었던 현욱은 현재 자신이 하진에게 품고 있는 감정을 제호에게 모두 알려주었다. 유하진에게 연애를 하자고 했고 오늘 그 대답을 듣기로 했다는 것까지 전부.

그의 마음을 들으면 들을수록 놀라움을 감추지 못했던 제호가 서서히 정신을 제자리로 되돌려놓았다. 그리고 장난기 하나 없는 목소리로 말했다.

"네 연애를 막을 생각은 없어."

"막는다고 안 하진 않아."

"하지만 상대가 나와 관계된 사람이라면 달라."

"무슨 뜻이지?"

"아주 잠시잠깐의 호기심에서 비롯된 관심이라면 접는 게 좋을 거야. 금방 시들어서 끊어질 관심이라면 지금 멈추라는 뜻이야."

현욱은 불쾌하다는 듯 눈썹을 확 일그러뜨렸다.

"나를 몰라?"

"아주 잘 알지."

누군가를 만날 땐 그 누구보다 진지하고 신중하게 생각하고 또 생각하고 결정한다는 것을. 그리고 상대가 마음이 변해 떠나거나 배신하기 전까지는 절대로 먼저 등 돌리지 않는다는 것을. 마주

잡은 손을 먼저 놓지 않는다는 것을. 그럼에도 제호는 걱정을 안 하려야 안 할 수가 없었다.

"그런데도 그런 식으로 말을 해?"

현욱은 기분이 몹시 불쾌했다. 그를 향한 제호의 불신이 서운했다. 다른 누구도 아닌 10년 넘게 옆에서 그를 보고 겪어온 제호라서 더 그랬다.

"마음 상했다면 미안해. 말했잖아. 그 상대가 나와 관계된 사람이라면 다르다고. 걱정, 안 할 수가 없잖아. 그러니까 오해하지 말고 내 말도 다시 한 번 더……."

"그만해."

현욱이 차갑게 제호의 말을 가로막았다. 그런 그의 눈매가 사납게 꿈틀거렸다.

잠시잠깐의 호기심? 금방 시들어서 끊어질 감정?

그런 거였으면 애당초 시작조차 하지 않았을 것이다. 지금 이 순간에도 그녀가 어떤 대답을 들려줄까. 예스일까 노일까. 거절이면 어떡하나, 어떡하나, 걱정하며 가슴 졸이고 있는 줄도 모르면서.

그녀와 제대로 시작도 하기 전부터 제호와 감정싸움은 하고 싶지 않았다. 길게 한숨을 토해내며 흥분된 마음을 가라앉힌 현욱은 제호에게 말을 건넸다.

"걱정하지 마. 그 어느 때보다 진지하니까."

그러니까 믿어달라고.

눈이 내린다. 늦은 오후부터 흩날리기 시작하던 눈발은 날이 저물고 어두워지면서 함박눈으로 변했다. 어두운 밤거리를 밝혀주는 오색찬란한 네온사인 사이로 떨어지는 하얀 눈송이들이 무척이나 아름다웠다.

허나, 눈으로 보이는 것은 아름다울지 모르나 점차 굵어지는 눈발은 앞이 보이지 않을 정도였고 도로는 마비가 되었을 게 분명했다. 때문에 한 시간 전 하진은 현욱에게 연락을 했었다.

"눈 와서 많이 미끄러울 거예요. 전화로 얘기하던가 아니면, 내일 와요."

[안 그래도 눈 때문에 여유롭게 출발했어. 지금 가고 있는 중이야. 카페에서 봐.]

그리고 그녀가 정한 약속 시간에서 정확히 10분이 더 흐른 뒤, 현욱이 머리와 어깨 위로 내려앉은 눈을 털어내며 카페 안으로 들어왔다.

"왔어요?"

"음."

평소와 다름없이 매력적인 미소를 뽐내며 그가 가볍게 고개를 끄덕였다.

"여기 앉아요, 뭐 줄까요?"

"커피 말고 아무거나."

그는 하진이 가리킨 커피 바 앞에 비치된 의자에 앉으며 대답했다.

"레몬티 괜찮아요?"

"음, 좋아."

잠시 후, 따뜻한 레몬티가 그의 앞에 놓여졌다. 하진도 자신의 몫으로 만든 레몬티 잔을 들고 그와 마주 보고 앉았다. 사실 레몬티보다는 진한 커피가 더 간절했지만, 오늘 하루에 마신 커피만 다섯 잔이었다. 평소보다 적은 양이긴 하나 이틀 밤을 새다시피 했기에 더 마신다면 오늘마저 잠을 설치게 될 것 같아 포기했다.

하진은 레몬티를 한 모금 들이켜는 그의 모습을 지켜보았다. 우아한 분위기를 풍기며 차를 마시는 남자. 마치 CF의 한 장면을 보고 있는 것 같았다. 그 자태에 가슴이 주책없이 두근거렸다.

안 돼, 유하진. 더는 흔들려선 안 돼.

흔들리는 마음을 털어내듯 그녀는 세차게 고개를 저었다.

"그럼, 바로 들어볼까?"

진을 내려놓은 그의 시선이 그녀에게 머물렀다. 그리고 단도직입적으로 물었다.

"유하진 선택을?"

조금의 머뭇거림도 없는 음성. 솔직하고 거침없는 성격, 역시 이현욱다웠다. 오히려 대답을 해야 하는 쪽인 그녀가 망설이며 머뭇거렸다.

"결정하고 메시지 보낸 거 아니었나?"

"맞아요."

"그러니까 들어보자고."

하진은 마른 입술을 달싹였다. 입이 떨어지지가 않았다. 어렵지만 말해야 하는데, 꼬박 이틀을 바람처럼 이리 흔들리고 저리 흔들리며 고민하고 생각해서 힘들게 내린 결정을.

"유하진."

"나는."

그의 부름에, 마침내 그녀의 입술이 떨어졌다.

"안 할래요."

"뭐?"

현욱의 눈빛이 깊어졌다. 두근거리는 마음을 가다듬은 하진은 그의 깊은 눈동자를 마주 보며 정확하게 자신의 선택을 다시 한 번 말했다.

"이현욱 씨와 연애, 안 해요."

하진의 거절로 카페 안의 공기는 삽시간에 무거워졌다. 현욱의 어두워진 시선이 하진을 바라보며 물었다.

"안 한다고?"

"……네."

"인정하지 않았나? 나에게 관심이 있다고."

"그랬죠."

"그런데?"

"부담스러워요."

"내가?"

"네."

하진은 짧게 대답했다.

남자, 이현욱. 톱스타, 이현욱.

아무리 노력을 해봐도 둘을 따로 떨어트릴 수가 없었다. 남자 이현욱이든, 톱스타 이현욱이든, 서로 다른 인물이 아닌 한 사람이다. 연예인이라는 직업을 배제해 놓고 생각할 수가 없다는 뜻이다.

그와 연애를 시작하면 감당해야 할 일들이 무수히 따를 것이 분명했다. 데이트다운 데이트는 아예 포기를 해야 한다. 평범한 연인들처럼 편하게 영화를 보는 것은 둘째 치고 식당에서 제대로 된 식사도 못할 것이다. 많은 사람들의 따가운 시선들이 따라붙을 것이고 자연스럽게 이현욱의 옆을 차지한 유하진에 대한 평가도 끝없이 따라올 것이다.

그런 것들을 내가 감당할 수 있을까? 과연, 견뎌낼 수 있을까?

수도 없이 스스로에게 묻고 또 물었지만 결론은 아니다, 였다. 그녀는 감당해 낼 자신이 없었다. 견뎌낼 자신이 없었다. 부담이라는 것이 그녀의 전신을 무섭게 휘어 감았다.

"내가 연예인이라는 걸 모르지도 않았고, 알면서도 시작된 관심 아닌가?"

"맞아요."

"그런데?"

현욱이 방금 전과 똑같은 물음을 되풀이했다.

"부담스런 마음이 이현욱을 이긴 거죠."

부담이 감히 이현욱을 무찌르다니. 현욱은 속으로 쓰게 웃었다.

"커다란 부담을 감당해 낼 자신이 없어요, 나는. 어차피 우리가 서로 사랑해서 연애를 시작하는 상황도 아니고 지금은 단지 서로에게 호감을 느끼고 있는 것뿐이잖아요. 부담을 뿌리칠 수 없다면 감정이 깊어지기 전에 시작하지 않는 게 좋겠다고 판단했어요."

"그렇군. 거절이었어, 유하진 대답은."

현욱이 독백처럼 낮게 읊조렸다.

"미안해요."

밀려드는 미안함에 하진은 고개를 숙였다. 솔직히 그녀도 마음이 좋지 않았다. 이제야 가슴이 뛰는 남자를 만났는데 그녀를 좋아한다는 남자가 나타났는데. 그런 상대에게 거절하는 그녀의 심정도 안타까웠다. 쓰리고 아렸다.

"미안해하지 않아도 돼."

"……."

하진이 조용히 고개를 들었다.

"난 괜찮으니까."

"아……."

하진은 허탈한 듯 나직한 신음을 흘렸다. 솔직하고 적극적인 성격이라는 건 며칠 겪으면서 알게 되었지만 성격대로 그녀의 거절도 시원스럽고 쿨하게 받아들이는 건가. 그녀는 거의 이틀 밤을 꼬박 지새우다시피 하며 고민하고 또 고민하고 계속 고민했건만. 왠지 허무한 기분이 들었다.

"역시 이틀은 짧았지?"

그때, 현욱의 묻는 음성이 부드럽게 들렸다.

"이번에는 길게 시간을 주지."

"네?"

의미를 알 수 없는 소리, 하진이 고개를 갸웃했다.

"다시 생각해 줘."

"다시 생각을 하라뇨?"

하진의 곱게 다듬어진 눈썹이 가운데로 모아졌다.

"부담스러운 네 마음, 당연해."

"그런데요?"

"유하진 머릿속에는 온통 부담으로 꽉 차 있었을 거야. 이 남자랑 연애하면 이래서 부담스러울 거야, 저래서 부담스러울 거야. 그 부담 때문에 정작 이현욱이란 남자에 대해서는 제대로 생각하지 못했을 테지."

현욱은 그녀의 마음을 충분히 이해했다. 이해하면서도 서운한 마음이 드는 건 어쩔 수 없는 감정이었다.

"그러니까 이번에는 온전히 이현욱이라는 남자 하나만 놓고 생각해 봐."

"남자 이현욱이든 톱스타 이현욱이든 결국 한 사람이에요."

"알아."

"그런데요?"

이번에는 하진이 같은 물음을 반복했다.

"유하진과 연애하고 싶어."

"대답했어요, 난."

"고작 거절 한 번에 포기하고 물러설 줄 알았나, 내가?"

현욱은 전혀 그럴 생각이 없었다. 제호에게 말했듯이 이렇게 쉽게 포기할 거였다면 애초에 시작조차 하지 않았을 것이다. 그 녀가 이현욱이라는 한 남자에게 느끼고 있는 호감과 관심으로 그 를 받아들여 줬으면 좋았겠지만 어느 정도의 거절도 예상하고 나 온 그였다. 평범한 그녀에게 그는 존재 자체가 부담일 테니 쉽게 받아들이지는 못할 수도 있다고 여겼던 것이다. 때문에 겉으로는 비교적 담담한 자세로 그녀의 앞에 앉아 있긴 하지만, 어느 정도 품고 있던 기대와 바람은 중심을 잡지 못하고 와르르 무너져 내 렸다.

"난 이미 결정을 내렸고, 대답도 했어요. 내 결정을 존중해 줬으 면 좋겠어요."

"네 결정을 무시하는 게 아니야. 유하진과 연애하고 싶은 한 남 자를 다시 한 번 더 생각해 달라는 부탁이야."

"이틀 밤을 꼬박 새워가며 고민하고 정말 힘들게 내린 결정이 에요. 반복한다고 결정이 달라질까요?"

"그럼, 이대로 내가 포기하기를 원해? 정말 그걸 바라는 건가?"

하진은 멈칫했다. 그러기를 원한다고, 이틀 내내 밤낮으로 꼬리 처럼 따라붙었던 고민을 더 이상 하고 싶지 않다고 답을 돌려주어 야 하는데 어찌 된 일인지 입술이 열리지 않았다.

"대답, 못하네?"

"……."

"대답을 못하는 건, 유하진은 스스로도 확신할 수 없는 결정을 내린 거야. 크나큰 부담을 감당할 자신이 없어서 어떻게든 피하고 싶었던 거지. 그러니까, 이번에는 길게 시간을 준다는 얘기야. 충분히 생각하고 고민한 다음에 정확한 확신이 서면 그때 대답해 줘."

하진은 헷갈렸다. 그의 말대로 부담이라는 커다란 산을 피하고만 싶은 마음에 확신도 서지 않는 결정을 내린 건가. 힘겹게 내린 결정인 건 분명한데 이대로 포기하기를 바라냐는 그의 물음에는 어째서 선뜻 대답하지 못했을까. 거절은 했지만 정확한 속내는 거절이 아니었던 걸까. 아닌데, 그런 건 정말 아닌데. 이중으로 겹친 생각에 머릿속이 또다시 얽히고 얽혔다.

굵은 눈발은 계속되었다. 그치지 않고 아직도 펄펄 흩날리는 하얀 눈송이들이 카페를 나선 하진의 시야를 가렸다.

"데려다 줄게, 가지."

카페 문을 잠그자, 옆에서 기다리고 있던 현욱이 그녀의 손목을 잡고 남은 한 손으로 우산을 폈다.

"괜찮아요."

하진은 그에게 잡힌 손목을 슬그머니 뿌리쳤다. 느지막한 밤 시간에 눈까지 내리고 있는 탓인지 인적이 드문 거리는 한산했고 다행히 그녀와 나란히 서 있는 배우 이현욱을 보는 이들도 없었다.

"오늘은 아무리 고집부려도 소용없어."

"눈이 너무 많이 내려요."

"내 운전 실력을 못 믿는 건가? 이래 봬도 십 년째 무사고야."

"현재 도로 상황을 좀 보시죠?"

하진이 어깨를 으스대는 그에게 도로 쪽을 가리키며 말했다. 수북이 쌓인 눈으로 도로는 여전히 마비 상태였고, 마비가 된 도로 위에서 차들이 거북이처럼 느릿느릿하게 기어가고 있었다. 아무리 운전 실력이 뛰어나다고 해도 오늘 같은 날은 조심하는 게 좋았다.

"걱정하지 마. 유하진은 집까지 무사히 모셔다 드릴 수 있으니까."

현욱은 다시 그녀의 팔목을 잡았다. 이번에는 뿌리치는 것을 허용하지 않겠다는 듯 손아귀에 힘을 주었다. 그리고 그녀를 우산 속으로 이끈 그는 카페 근처에 주차해 놓았던 차로 향했다.

"타."

현욱이 조수석 문을 열고 턱짓을 했다. 하진은 짧게 숨을 내쉬었다.

"이현욱 씨를 못 믿어서 걱정하는 게 아니라……."

"그런 거 아니면 오늘은 고집부리지 마."

그가 그녀의 말을 딱 잘랐다.

"고집부리는 게 아니라……."

다른 날도 아니고 눈 때문에 길이 미끄럽고 위험한 날이다. 교통사고가 일어날 확률이 높은 그런 날. 이곳에서 20분이면 갈 수 있는 거리를 그녀의 집까지 들렀다가 가면 1시간을 훌쩍 넘긴다. 오늘 같은 날은 그 배 이상의 시간이 걸릴 수도 있었다. 고로, 이대로 각자 갈 길을 가면 편할 텐데 굳이 왜 돌아서 가느냐고 말하려고 하는데 그가 또 잘라먹었다.

"하루에 두 번이나 거절당하게 만들지 말라고. 내가 얼마나 서글프겠어. 안 그래?"

하진은 합죽이가 된 것처럼 입을 꾹 다물었다. 하루에 두 번 거절당하게 하지 말라는 그의 음성이 정말 서글프게 들려왔던 것이다.

"타."

그녀가 머뭇거리자 현욱이 꿈틀, 눈썹을 올렸다.

"안 타?"

"오늘은 그냥……."

쪼옥!

현욱이 입술이 그녀의 입술을 한 번 꾹 누르고 떨어졌다. 그녀의 눈동자가 왕방울만 하게 커졌다. 무방비 상태에서 순식간에 당한 일에 가슴이 쿵 하고 내려앉았다.

"이래도 안 타?"

"지, 지금……."

"또 할까? 주위에 보는 사람도 없고 이번엔 짧게 안 끝낼 건데."

능글거리는 말투. 마치 좀 전과 달리 지금의 모습은 여자에게 고백하고 차인 남자가 아닌 것 같았다.

"뭐, 유하진이 그걸 원한다면."

고개를 숙인 그의 입술이 다시금 다가오려 했다. 그녀는 허둥지둥 두 손바닥을 펴고 그의 행동을 저지시켰다.

"타요, 탄다고요. 타면 되잖아요."

그리고 황급히 조수석에 올라탔다. 그는 결과가 만족스러운 듯 입꼬리를 말아 올리며 운전석에 올랐다.

"춥지?"

하진은 묵묵부답이었다. 짧지만 강하고 뜨거웠던 입맞춤. 아직 두근대는 가슴을 달래기 위해 숨을 고르는 중이었다.

"곧 따뜻해질 거야."

현욱이 시동을 걸고 히터를 틀자 뜨거운 바람이 흘러나왔다. 그의 말대로 얼마 지나지 않아 차가운 냉기를 밀어내고 찾아온 따스한 온기가 차 안을 가득 메웠다.

현욱은 안전벨트를 두르다가 하진을 돌아보았다. 그녀는 벨트를 두르지 않은 채 마치 생각에 빠져 있는 듯한 얼굴로 정면을 응시하고 있었다. 그는 상체를 그녀 쪽으로 기울였다. 기다란 팔을 쭈욱 뻗고 손을 안전벨트에 가져다 대자 본의 아니게 그녀를 품에 가두는 자세가 만들어졌다.

"뭐, 뭐예요, 또?"

그녀가 화들짝 놀란 눈으로 그를 바라봤다. 입맞춤의 여파 때문인지 코앞에 있는 잘생긴 그의 얼굴에 달래고 있던 심장이 팔딱팔딱 뛰었다.

"벨트 해야지."

"말, 말을 하죠. 내가 할게요."

그를 제자리로 돌려보내고 그녀는 안전벨트를 맸다.

"난 또, 해줄 때까지 기다리는 줄 알았지."

그가 얄궂은 어조로 말했다.

"뭐라고요?"

"농담이야."

"나 놀리면 재밌어요?"

"놀리는 거 아닌데."

얄밉다는 듯 눈을 흘리는 그녀를 보며 그가 어깨를 으쓱거렸다.

"유하진 마음 좀 편해지라고 장난 조금 친 건데."

처음에는 무슨 소리를 하는 거야, 하다가 곧 그 말의 의미를 깨달은 그녀의 두 볼이 화르륵 타올랐다. 안전벨트를 해주려고 가슴이 거의 밀착되다시피 붙었던 순간에 거센 두근거림이 고스란히 그에게로 전해진 모양이었다.

"그리고 내 마음도 편하게 하고 싶었고. 하지만 그대로야. 가라앉지가 않아."

"무, 무슨."

"나만 느낀 게 불공평할 테니 너도 느껴봐."

현욱은 그녀의 손을 붙잡아 자신의 가슴에 가져다 댔고 꾹 눌렀다.

"어때, 느껴져?"

그윽하게 묻는 그의 목소리에 그녀의 동공이 흔들렸다. 콩닥콩닥, 고동치는 그의 심장이 손바닥으로 느껴졌다.

"겉으로 보기엔 그저 담담해 보이지, 내가?"

"……."

"전혀 안 그래. 나도 너와 함께 있으면 심장이 뛰고, 막 설레어.

그래서 유하진을 이대로 포기하기 싫어. 난 오랜만에 찾아온 이런 느낌을, 이런 설레임을 준 네가 좋아."

다시 한 번 전해진 가슴 떨리게 달콤한 그의 고백. 그 고백이 그녀의 마음을 혼란스럽게 만들었다.

"그러니까 이런 나를 다시 돌아봐 봐."

5

하진은 간밤에도 거의 뜬눈으로 밤을 지새웠다. 벌써 며칠째 잠 못 이룬 밤에 다크서클은 턱 아래까지 내려올 기세였다. 지난밤에 는 현욱과의 연애에 대한 고민 때문에 잠을 이루지 못한 것이 아 니었다.

"도착하면 연락 꼭 줘요."
"알았어."

어제 분명 그녀를 데려다 주고 집에 도착하면 연락을 준다고 했 던 현욱이었다. 그런데 다음날인 오늘 아침, 카페 문을 열었는데 도 그에게서는 아무런 연락이 없었다. 기다리고 기다려도 연락이 없어 먼저 전화를 걸어보았지만 받지 않았다. '잘 도착했나요?' 메시지를 넣어보았는데도 감감무소식이었다. 집에 무사히 도착했다는 답장을 받지 못했으니 잠을 잘 수 있을 리 만무했다.

이 남자, 도대체 어떻게 된 거야.

그녀는 초조한 듯 입술을 깨물었다. 가슴이 불안정하게 뛰었다. 평소라면 이런 걱정은 하지 않았을 것이다. 하지만 어제는 다르다.

폭설에 가까운 눈의 양, 미끄러운 길.

설마, 사고라도 난 건 아니겠지?

어젯밤부터 지금까지 그녀의 머릿속을 지배하고 있는 생각. 서둘러 컴퓨터의 전원을 켰다. 혹시나 하는 마음에 그에 관해 새로 올라온 기사가 없는지 수시로 확인을 해보았던 그녀였다. 마지막으로 확인한 것이 아침에 집을 나서기 전이었다. 다행히 그때까지는 사고에 대한 기사는 보이지 않았다.

하진은 인터넷 창을 띄우고 현욱의 이름을 넣고 검색했다. 빠르게 마우스를 움직이며 눈으로 기사를 훑어 내렸지만 역시 없었다. 온통 영화 혹은 광고 촬영, 인터뷰에 관한 기사뿐이었다. 그것도 며칠 전에 올라온. 사고가 있었다면 틀림없이 기사가 났을 것이고 이현욱의 이름이 검색순위 1위를 차지하고 있었을 것이다.

그래, 지금까지 아무런 기사도 뜨지 않은 걸 보면 사고는 아닌 거야. 그러니까 이제 그만 걱정은 덜어두자.

세상에 알려진 인물이라 좋은 점도 있다. 이런 일이 있을 땐 바로바로 기사화되어 실시간으로 알 수 있으니 말이다.

이 남자, 진짜. 메시지를 보냈으면 답장은 줘야 할 것 아냐. 부재중 전화도 찍혔을 텐데. 여태 확인도 안 한 거야, 뭐야.

하진이 속으로 투덜대듯 말했다. 초조하고 불안하고 걱정스러웠던 마음이 조금은 가라앉았지만, 말 그대로 조금이었다. 역시 기사고 뭐고 직접 그와 연락이 닿아야지만 싹 사라질 것 같았다. 그녀는 휴대폰을 꺼내 들었다.

「무사히 도착한 거 맞죠?」

메시지를 작성하고 전송을 했다. 이번에도 아무런 답이 없다면 그녀도 더는 신경 쓰지 않을 것이다. 걱정도 하지 않겠다고 다짐했다.

"커피 좀 마셔볼까?"

뒤늦게 모닝커피를 한잔 마시기 위해 하진이 몸을 움직이는데, 문에 달린 종소리가 울리더니 연우가 카페 안으로 들어섰다.

"일찍 나왔네?"

"나도 방금 전에 왔어. 나 커피 마시려던 참인데, 뭐 마실래?"

"그럼 난, 우유를 부탁해도 될까?"

"아침 안 먹었어?"

"응, 생각이 없어서."

"입덧이 오래가네."

걱정스러운 하진의 말투에 연우가 옅게 웃었다.

"괜찮아지겠지 뭐."

"기다려, 우유 따뜻하게 데워줄게."

"땡큐."

하진이 커피 바로 걸음을 옮기자, 연우는 파티션 안으로 들어갔다. 코트를 벗어두고 다시 돌아온 연우가 하진의 얼굴을 자세히 들여다보았다.

"왜?"

연우의 시선을 느낀 하진이 고개를 들고 물었다. 뭔가 할 말이 있는 눈치였다.

"유하진."

"응?"

"나한테 할 말 없어?"

"할 말? 갑자기 무슨?"

하진이 눈을 동그랗게 떴다. 할 말은 연우가 있을 거라고 생각했는데, 반대로 연우가 그녀에게 할 말이 없느냐고 묻는다.

"분명히 있을 텐데. 요즘 얼굴 상태도 썩 좋지 않고 말이야. 얼마 전부터 내내 느꼈던 건데. 확실히 이상해, 너."

하진은 피식 웃었다. 역시 함께 보낸 15년 세월은 무시 못한다. 그녀가 연우의 표정만으로 모든 걸 알 수 있듯 연우도 그럴 것이다.

"연우야."

"그래, 말해봐. 뭐든지."

연우에게라도 털어놓으면 과연, 답을 찾을 수 있을까? 아무래도 혼자 끙끙거리는 것보다야 나을지도 모른다.

"오늘 일 끝나고 별일 없으면, 상담 좀 받자."

결국, 하진은 연우에게 상담을 요청했다.

"오케이!"

연우는 흔쾌히 받아들였다. 마치 기다렸다는 듯이.

Rrrrrrr, Rrrrrrr.

그때, 하진의 카디건 주머니 속에서 휴대폰 벨소리가 시끄럽게 울려대기 시작했다.

"너, 전화 오나 보다."

"잠깐만."

휴대폰을 꺼낸 하진은 액정에 뜬 이름부터 확인했다.

이현욱.

어젯밤부터 지금까지 그녀의 속을 애태우던 현욱이었다. 단지 이름 세 글자일 뿐인데, 애가 탈 정도로 긴장하고 걱정하며 기다리고 있던 전화라서 그런지 쿵쿵 가슴이 뛰어댔다.

"여보세요."

하진은 파티션 쪽으로 걸음을 옮기며 전화를 받았다. 등 뒤로 한껏 궁금해하는 연우의 시선이 따갑게 느껴졌다.

[미안. 연락이 늦었지?]

후우. 그녀는 그제야 안도하듯 숨을 내쉬었다. 휴대폰 너머로 들려오는 그의 목소리에 잔뜩 졸이고 있던 마음이 사르르 풀어졌다.

"어떻게 된 거예요?"

[걱정, 많이 했어?]

"어떻게 걱정을 안 해요? 도착하면 연락한다던 사람이 연락도 없고, 받지도 않고. 눈길에 사고라도 난 건 아닌지. 얼마나 마음 졸였는지 알아요? 잠도 못 자고."

처음이었다. 그녀가 그에게 속사포처럼 말을 쏟아낸 것은.

[내 걱정에 잠도 못 잤단 말이지.]

"어떻게 잠을 자요!"

그녀가 소리치듯 말했다. 내내 불안하고 걱정에 사로잡혀 있던 마음이 고스란히 원망으로 표출되었다.

[후후.]

"지금, 웃어요?"

그녀의 눈썹이 확 치켜 올라갔다. 나직한 그의 웃음소리에 열이 올랐다.

"이 상황에 어떻게 웃음이 나올 수 있어요?"

그녀가 어이없다는 듯 물었다. 밤새 초조해하며 걱정했던 사람의 입장을 조금이라도 생각했다면 절대 그럴 수 없었다.

[기분 좋아서.]

"뭐라고요?"

[유하진이 잠도 못 잘 정도로 나를 걱정해 줘서 기분이 좋다고.]

"하!"

그녀의 잇새로 기막힌 탄식이 터졌다.

[미안하기는 한데. 그래도 좋아.]

하진은 할 말을 잃은 듯 입술을 다물었다. 이 남자, 화를 낼 수 없게 만드는 재주도 뛰어나다. 눈으로 보지 않아도 눈앞에 훤히 그려지는 그의 미소에 화가 나도 화를 낼 수가 없었다.

[무슨 일이 있을 걸 그랬나 봐.]

"뭐라고요?"

휴대폰 건너에서 들려오는 소리에 그녀는 미간을 좁혔다.

[유하진이 내 걱정에 잠도 못 자고, 내 연락을 애타게 기다리고 있는 줄 알았다면 말이야.]

"장난하지 말아요."

[장난 아닌데. 진심으로 아쉽다고. 일이 있었다고 했으면 당장에 날 보러 달려올 기세였는데.]

"그 정도는 아니었어요."

[확인해 볼 수 있었던 기회를 놓친 것도 아쉽군.]

"아무튼 무사하면 됐어요."

그녀는 더 이상 그의 장난에 말려들지 말자는 생각을 했다. 대화를 마무리하는 쪽으로 몰아가려는데 그가 이름을 불렀다.

[유하진.]

"왜요?"

[이게 네 마음이야.]

"네?"

[밤새도록 내 걱정에 초조해하며, 내 연락을 기다렸던 네 마음. 내가 부담스러워서 밀어냈지만, 어쩔 수 없이 나에게 향하는 네 심장.]

역시, 방심하면 안 되는 거였어. 이 남자 걱정에 잠시 잊고 있었는데. 갑자기 그가 자신의 감정을 정확하게 꼬집자 그녀는 달리 할 말이 떠오르지 않았다.

"그만, 끊어요."

[그래. 오늘은 여기까지.]

"쉬어요."

[좋은 하루. 조만간 보자고.]

전화가 끊기고 그녀의 고개가 한쪽으로 기울어졌다.

조만간 보자고? 오늘, 내일 아니면…… 모레?

얼마 전에 한 번 불쑥 나타난 전적이 있기에 그가 말한 조만간이 언제인지 그녀는 예측할 수 없었다.

"그런데 연락을 왜 안 해준 거지?"

그러고 보니 지난밤, 그가 무슨 이유로 연락을 주지 못했던 건지를 듣지 못했다.

뭐, 아무 일도 없으면 된 거지.

하진은 이내 어깨를 한 번 들었다 내렸다. 아무런 사고도 없이 무사하다는 그의 연락에 아주 편안해진 마음으로.

하진과 통화를 마치고 흐뭇한 미소를 감추지 못하고 있는 현욱에게, 주방에서 생수 한 병을 들고 나오던 제호가 못마땅하다는 듯 노려보았다.

"그렇게 좋냐?"

"좋다, 됐냐?"

소파에 기대앉은 자세로 현욱이 너무나도 태평하게 대꾸하자 제호의 눈썹이 매섭게 치켜 올라갔다.

"거절당했다면서 좋기도 하겠다. 폭설에 얌전히 집에나 있지 거긴 왜 가?"

"말했잖아. 대답 들어야 했다고."

"그 대답을 꼭 어제 들었어야 해? 어제만 날이야?"

제호의 잔소리가 또다시 시작되었다. 지난밤 사고 이후부터 반복되는 레퍼토리. 현욱이 한쪽 눈을 찡긋거렸다.

"나에게는 그 어떤 것보다 중요한 대답이었어. 그런데 다른 날로 미뤘어야 해?"

"내가 너 때문에 수명이 십 년은 줄어들 뻔했다고."

"미안하다고 했잖아. 큰 사고도 아니었고, 다치지도 않았고."

현욱의 음성은 다시 열을 올리기 시작한 제호를 달래주는 것처럼 부드러웠다. 누구나 그렇듯이 교통사고는 전혀 예측하지 못한다. 그도 그랬다. 하진을 데려다 주고 돌아오는 길, 거의 빌라 근처에 다다랐을 때였다. 신호가 바뀌는 것을 확인하고 멈춰 선 그의 차를 뒤에서 따라오던 차가 눈길에 미끄러지면서 박아버린 것이다.

큰 사고가 아니라 가벼운 접촉사고였고 그는 조용히 넘어가고 싶었다. 가벼운 사고로 언론에서 시끄럽게 떠들어대는 걸 원치 않았다. 어두운 밤이었고, 뒤에서 그의 차를 들이받은 운전자도 나이가 지긋하신 분이라서 그런지 그를 알아보지 못하는 눈치였다. 그는 바로 눈 속에서 운전하기 싫다며 자신의 빌라에 눌러앉아 있던 매니저인 제호에게 전화를 걸었다. '사고가 났어.' 한마디에 허겁지겁 제호가 달려왔고 처리를 부탁했다.

"운이 좋았던 거지. 안 그랬으면 지금쯤 너……."

제호가 생각도 하기 싫다는 듯이 고개를 세차게 흔들었다. 그러고는 곧 걱정스러운 어조로 그에게 물었다.

"병원은, 정말 안 가봐도 되겠어?"

"안 가도 돼."

"너, 교통사고 후유증이 얼마나 무서운 건 줄 몰라서 그래? 모레 출국해야 하는데, 간단한 검사라도 받아보는 게 좋지 않겠어?"

이번 주 토요일, 광고 촬영차 태국으로 출국하는 일정이 잡혀 있었다. 혹시 모를 후유증을 대비해 아침부터 병원을 가보자는 제호의 말을 그가 거절했다.

"그 정도 사고가 아니었다는 걸 형도 봐서 알잖아. 좀 자고 일어났는데도 불편한 곳 전혀 없어."

여러 번 반복된 거절에 이제는 체념한 듯한 한숨을 내쉬며 제호가 생수를 한 모금을 들이켰다.

"그런데 왜 하진 처형한테는 사고 얘기는 왜 일절 안 꺼낸 거야?"

"미안해할까 봐."

"뭐?"

"이런 사태가 생길까 봐 혼자 간다는 걸 내 고집으로 집까지 바래다줬는데, 바래다주고 오는 길에 정말 사고가 나버렸어. 비록 가벼운 사고였다 하더라도 자신을 데려다 주고 가다가 난 사고니까 미안해할지도 모르겠다는 생각이 들었거든."

그런데 미안함보다 더 큰 걱정을 안겨줄 줄은 그도 몰랐다. 지난밤, 집에 도착하면 연락을 주겠다고 약속했던 하진에게 전화를 하지 못한 건 의도적인 것이 아니었다. 사고 후 빌라로 돌아온 다음에는 끝이 보이지 않는 제호의 잔소리를 감당하느라 정신이 없었고, 하진에게 전화를 하기 위해 휴대폰을 들었을 땐, 새벽 시간이었다. 당연히 잠이 들었을 거라고 판단한 것이다.

기다리는 줄 알았다면 시간이 늦었어도 연락을 해주는 건데.

하지만 한편으로는 반대의 생각도 들었다. 하진의 마음을 조금이라도 들여다볼 수 있는 계기가 되었으니까. 썩 기분이 좋았다. 절로 웃음이 지어진다.

"그런 배려. 나한테도 보여봐라, 좀."

"후후."

제호의 핀잔 섞인 말투에 현욱이 낮게 웃음을 깔았다.

"질해봐."

"뭐?"

현욱의 눈에 놀란 빛이 스쳐 갔다.

"밤새 걱정하면서 네 연락 기다렸던 거 보면 처형도 너한테 아예 마음이 없지는 않은 모양이니까."

"형."

제호가 하진에게 품은 그의 감정에 대해 불신의 말을 전한 것이 불과 어제 오후였다. 친형과도 같은 존재인 제호이기에 그 불신이 많이 서운했고 마음도 상했다. 그런데 그랬던 제호가 이제는 잘해 보라는 격려 비슷한 말을 건넸다.

"어제는 미안했어. 누구보다 너에 대해서 잘 아는 인간이 난데, 네 마음보다는 걱정부터 앞섰어. 서운했다면 마음 풀라고."

내심 어제의 일을 내내 마음에 품고 있었던 모양이었다. 제호가 뒷머리를 긁적이며 겸연쩍게 말했다.

"형이라서 서운하긴 했는데, 이해는 했어. 괜찮아."

다른 사람도 아니고, 결혼할 상대의 사촌 언니였다. 그것도 보경이 매우 따르는. 제호의 입장에서는 충분히 걱정이 먼저 앞섰을 것이다. 아직 시작도 하지 못한 그들의 관계가 좋지 않게 마침표를 찍게 될 경우가 염려스러웠을 테니까.

"그런데 말이다, 현욱아."

"응."

"너무 몰아붙이진 마라."

현욱이 쳐다보자 제호가 충고하듯 덧붙였다.

"가뜩이나 네가 연예인이라서 하진 처형이 많이 부담스러워한 다며. 천천히 다가가라는 뜻이야. 자연스럽게 조금이라도 부담을 덜 느끼도록. 넌 이 사람이다, 확신이 서면 밀어붙이는 성격이라 힘들긴 하겠지만."

"안 그래도 이번에는 충분히 생각할 시간을 주고 기다려 보려고."

"그래."

"고마워."

"고마우면 오늘 내일은 집에서 얌전히 있어."

"……."

현욱에게서 돌아오는 대답이 없자, 제호가 미간을 찌푸렸다.

"왜 대꾸가 없어?"

"오늘은 얌전히 있을게."

모레 출국을 하면 최소한 일주일은 걸릴 것이다. 출국하기 전까지 이틀의 시간밖에 없었다. 오늘 내일 못 본다면 촬영을 끝내고 돌아와서 만나야 한다는 건데 이틀 중 하루는 만나고 출국해야 하지 않겠는가.

"그럼, 내일은 나가시겠다고?"

게슴츠레하게 변한 제호의 눈을 마주한 현욱은 미소로 대답했다. 그러하다는 뜻을 가득 담은 미소를.

어둠이 깔린 늦은 밤.

카페를 마감하고 하진을 마주하고 있는 연우의 눈동자가 믿을 수 없다는 듯이 아주 크게 확대되었다.

"이현욱?"

"응."

"내가 아는, 그러니까, 우리가 모두 아는 그 영화배우 이현욱이 연애를 하자고 했다는 말이지?"

"그렇다니까."

하진은 입술을 삐죽거렸다. 연우의 반응을 보고 있자니, 마치 그녀가 없는 소리를 만들어서 하고 있는 듯한 기분이 들었다.

"와아."

연우가 느긋한 동작으로 의자에 등을 기대며 입매를 늘렸다.

"어쩐지, 이상하더라니."

"뭐가?"

"이현욱 씨, 눈빛 말이야."

"눈빛?"

"왜, 이현욱 씨 생일파티 간다고 했던 크리스마스이브 전날. 이현욱 씨 카페에 와서 너랑 같이 있는 거 봤잖아, 내가."

"그런데?"

"인사는 나하고 하면서도, 시선은 줄곧 너를 보고 있더라고."

"그랬, 어?"

하진은 왠지 마주하고 있을 때면 늘 짓고 있던 현욱의 멋들어진 미소가 떠오르는 것 같았다. 그날 현욱이 연우와 인사를 나누고 있을 때는, 밀려들었던 창피함에 얼굴을 들 수 없었던 경우라서 그가 어떤 표정으로 어떤 눈빛을 하고 있었는지, 그녀는 모른다.

"은근히 미소 짓고 널 보는 눈이 좀 수상쩍다 싶었는데. 설마했었지."

하진은 커피를 한 모금 마셨다. 그녀도 그랬다. 현욱이 보이는 행동에 나에게 관심이 있느냐고 묻기는 했지만 대답을 듣기 직전까지도 에이, 설마 했었으니까.

"언제부터 너한테 마음이 생겼대?"

"……처, 음부터였다고 하더라고."

하진의 두 볼에 붉은 기가 돌았다. 현욱이 그녀를 보고 첫눈에 반했다는 말을 하기가 왜 이리 부끄러운지 모르겠다. 오히려 그 대단한 이현욱이기에 자랑스러워해도 되건만.

"어머. 인기스타께서 우리 유하진 양을 첫눈에 보고 반하셨단 얘기네?"

"첫눈에 반했다라기보다, 처음 봤을 때부터 끌렸대. 첫 느낌이 좋았다고."

"이봐요, 유하진 양. 그게 그 뜻이지 뭐야."

"아무튼."

하진이 쑥스럽다는 듯 머리를 긁적였다. 늘 결혼을 앞두고 있는 연우의 연애상담을 해주다가, 아주 오랜만에 그것도 서른이 넘어서 반대 입장이 되어 연우에게 연애를 상담받으려니 어색하고 이상했다.

하진은 그동안 현욱과의 사이에서 있었던 일들을 모두 연우에게 털어놓았다. 그녀가 현욱에게 느끼고 있는 지금의 감정들까지 전부 다.

그리고 하진의 모든 것을 듣고 한동안 침묵을 지키며 생각에 잠겨 있던 연우가 마침내 입을 열었다.

"하진아."

"응."

"너 얼마 전에 나한테 한 말 기억해?"

"무슨 말?"

"심장이 뛰는 남자가 나타나면 연애할 거라고 했던 말, 말이야."

"아……."

당연히 난다. 어떤 남자와 연애를 하고 싶은지 물었던 연우의 물음에 한 대답이었다.

"아무리 완벽한 남자라도, 그 남자를 보고 가슴이 두근대지 않으면 무슨 소용이냐고 말했었잖아."

"그랬지."

"그런 네 가슴이 지금 이현욱 씨로 인해 두근거리고. 너는 막으려고 애를 쓰고 있지만, 네 심장은 이현욱 씨를 향해 달려가고 있어. 그렇지?"

성격답게 차분한 어조로 묻는 연우를 보며 하진은 천천히 고개를 끄덕였다. 부정할 수 없었다. 사실이니까. 이현욱이라는 남자가 부담스러우면서도 자꾸만 신경이 쓰였다. 그래서 괴로운 것이고, 결론을 내리기가 힘든 것이다.

"그럼, 연애해 봐."

하진의 끄덕임에 연우가 간단명료하게 말했다.

"이현욱 씨는. 그렇게 간단하게 받아들일 수 있는 단순한 사람이 아니잖아."

"이현욱 씨가 서 있는 위치가 있으니까 그럴 수 있지. 네가 참고 감당해야 할 부분도 무척 많을 거야. 연예인과의 연애가 쉽지는 않을 테니까. 부담스러울 네 감정, 이해해. 하지만 하진아."

"……."

"난, 네가 용기를 냈으면 좋겠어."

하진의 복잡한 시선이 연우에게 닿았다.

"서로 같은 마음인 사람을 만나는 건 쉬운 일이 아니잖아."

그래서 그녀도 흔들리고 또 흔들리고 있는 것이다. 솔직히 그녀도 현욱과 연애…… 하고 싶었다. 오죽했으면 연예인이 아니라 평범한 남자였으면 좋았을 것이라는 생각을 수없이 했겠는가.

"톱스타? 그 사람들도 결국 우리랑 똑같은 사람이야. 그 사람들도 다, 연애하고 사랑하고 결혼도 해."

"그렇긴 하지만."

"무엇보다 6년 만에 네 심장을 뜨겁게 뛰게 만들어준 남자야. 언제 또 그런 남자가 나타나겠어. 많이 부담스럽다는 이유 때문에 좋은 감정이 생긴 사람과 시작도 안 해보고 이대로 물러서는 거 아쉬울 거 같지 않아?"

많이, 아쉽겠지. 연우의 말대로 남자로 인해 마음이 설레고 가슴이 두근거린 건 6년 만이니까. 때문에 다시 생각해 보라는 현욱의 말을 거절하지 못했던 걸지도.

"정 힘들면 하나만 생각해."

"무슨?"

"후회."

"후, 회?"

"응. 나도 태준 오빠랑 처음 시작할 때, 마음 열기가 쉽지 않았잖아. 그때 정말, 생각 많이 했거든. 이 남자를 놓치고 내가 후회를 안 할 자신이 있을까, 하고 말이야. 너도 해봐. 이대로 이현욱 씨를 놓치고 후회 안 할 자신이 있는지. 그럼 네 마음이 결정을

151

내려줄 거야."

후회, 후회라…….

하진이 흔들리는 두 눈을 꼭 감았다. 그리고 생각해 본다.

끝까지 그를 밀어내고 놓쳐 버린 후에 난, 후회를 안 할 수 있을까?

하진은 탁상 달력을 들여다보았다. 앞으로 사흘. 며칠 남지 않은 올해도 사흘만 보내면 새로운 해가 찾아온다. 그건 즉, 한 살을 더 먹게 될 그녀의 나이도 서른둘에서 서른셋으로 바뀌게 된다는 의미다. 굳이 상기시켜 주지 않아도 잘 알고 있건만, 그녀의 모친임 여사는 5분째 같은 말로 잔소리를 늘어놓고 있다.

지치지도 않으신지.

하진은 귀에 댄 휴대폰을 손으로 가리고 나직이 한숨을 내쉬었다. 연우가 운영하던 카페에 합류해 함께 동업을 시작한 지도 어느덧 5년이 흘렀다. 카페에 몇 시쯤 손님이 없고, 언제가 한가한 시간대인지 파악하고 있는 엄마는 바쁘다는 그녀의 핑계에도 핑계라는 것을 눈치챈 듯 전화를 끊지 않았다.

[엄마 친구 딸들은 다 제짝 만나 시집가서 잘살고 있는데, 넌 뭐하고 있는 거야?]

"나도 지금 아주 잘살고 있어요."

[엄마 말은 그 뜻이 아니잖아!]

그녀의 말대답에 엄마가 답답한 듯 소리를 꽥 질렀다.

[너도 이제 서른셋이라고. 언제까지 세월아 네월아 하고 그렇게

있을 거야?]

"엄마 친구분 딸들은 진즉에 짝을 찾아서 결혼을 한 거고. 난 아직 내 짝을 못 만나서 그런 걸 어떡하라고요."

[넌 노력을 안 하잖아, 노력을.]

"굳이 노력하지 않아도 내 짝이 있다면 나타나겠죠."

[그러다 안 나타나면?]

"혼자 살아야죠 뭐."

[유하진!]

귓속으로 크게 울려 퍼지는 엄마의 외침에 그녀는 휴대폰을 귀에서 잠시 떨어트렸다가 다시 가져다 대었다.

"그만해, 엄마. 지치지도 않수?"

[엄마가 오죽 애가 타면 이래. 주위에서 하루가 멀다 하고 물어봐. 국수 언제 먹을 수 있는 거냐고.]

"난, 참 이해가 안 돼. 널리고 널린 게 국수고만. 왜 국수를 엄마한테 찾고들 그런대?"

[너 진짜! 이런 식으로 지꾸 엄미 말에 토 달 거야?]

그럼 어쩌란 말인가. 만나고 있는 사람이 있는 것도 아니라서 당당하게 조금만 참고 기다려요, 라고 말할 수 있는 입장도 아니다. 그러나 더 이상의 말대답은 금물. 엄마의 신경이 더 날카로워지기 전에 하진은 입을 꾹 다물었다.

[엄마가 당장 결혼하라고는 하지 않을게. 제발 누구라도 좀 만나고 그래. 만나야 연애를 하고 결혼을 하지.]

그녀의 머릿속에 잠시 현욱이 떠올랐다. 허나 곧 고개를 흔들었다. 아직은 시작도 하지 못한 관계다. 아직 확실하게 마음의 결정을 하기 전이지만, 만약 현욱과 연애를 한다고 해도 결혼은 염두에 두지 않은 연애가 될 것이다. 아마, 그도 마찬가지일 것이다. 연애와 결혼은 상당한 차이가 있으니까. 또 한 가지. 톱스타와의 연애가 쉽지 않은 만큼 그와 연애를 시작하게 되더라도 그녀는 당분간 주위에는 알리고 싶은 생각이 없었다. 엄마나 가족에게는 더더욱.

"알았어요. 만나보려고 노력은 해볼게. 이제 됐죠?"

하진은 우선 후퇴했다. 최대한 통화를 빨리 마무리 짓기 위해서였다.

[그렇게 카페 집, 집 카페만 왔다 갔다 하면서 어떻게? 그래서 하는 말인데, 하진아.]

갑자기 부드럽게 변한 엄마의 음성에 그녀의 눈이 가느다랗게 변했다.

[아니다. 신정에 집에 올 거지?]

엄마가 돌연 말을 돌렸다. 뭔가 석연찮은 예감이 그녀를 훑어내렸고, 그 예감은 늘 적중했기에 이번에도 맞을 것이다.

"엄마, 설마……."

그 예감에 대해서 물으려는 찰나, 종소리를 울리며 카페 문이 열렸다. 그리고 카페 안으로 들어오는 손님, 아니, 남자의 얼굴에 심장이 땅으로 꺼지는 듯했다.

그 남자는, 이현욱이었다.

마주친 시선 속에서 현욱이 싱그럽게 웃어 보였고 그녀는 당황스러움을 감추지 못했다. 항상 어두운 밤, 손님이 모두 빠져나가고 카페를 마감했을 때 찾아왔던 그가 아직 해가 지기도 전에 나타난 것은 오늘이 처음이었다.

[얘가 왜 말을 하다 말아. 얘, 하진아?]

예기치 못한 현욱의 모습에 휴대폰을 귀에 댄 채 부동자세로 서 있던 그녀는 퍼뜩 정신을 차렸다.

"나중에 다시 전화할게요, 엄마."

[신정에 올 거지?]

"응, 갈게요."

하진은 서둘러 전화를 끊었다. 그녀에게 다가오는 듯싶던 현욱은 비어 있는 자리를 찾아 앉았다.

"가봐, 너 보러 온 거 같은데?"

옆으로 다가온 연우가 말을 걸었고, 그녀는 그에게 다가가는 대신 카페를 둘러보았다. 아니나 다를까. 카페에 있던 손님들의 시선이 일제히 현욱을 쳐다보고 있었다. 쳐다보는 것뿐만이 아니라 조용하게 속삭거리던 대화가 순식간에 소란스러워졌다.

"어머, 어머! 이현욱 아니야?"

"아니긴 왜 아니야. 딱 봐도 이현욱이고만."

"이현욱이 여긴 웬일이지? 지나가다가 들렀나?"

"나 이 카페 단골인데 처음 보니까 그런가 봐. 아, 이현욱을 이렇게 가까이서 보게 되다니. 나 좀 꼬집어봐 봐."

"정말 환상적으로 잘생겼다. 저 기럭지 좀 봐. 아, 가슴 떨려."

"싸인 해달라고 할까? 언제 이런 기회가 오겠어."

"음, 안 돼. 그냥 이렇게 보는 것만으로 만족해하는 게 좋아."

"왜?"

"일이 아니라 사적인 일정으로 움직일 때는 싸인 같은 거 잘 안 해준대. 동생이 이현욱 팬클럽 회원인데 전부터 그랬대. 정중하게 부탁했다고 하더라고. 자신 때문에 주위에 피해를 주고 싶지 않으니까 이해해 달라고."

"하긴. 연예인도 사람인데 사생활은 배려해 줘야지. 언제 어디서나 따라붙는 사람들의 시선에 항상 조심하는 것도 피곤할 텐데."

"하지만 연예인이라면 그것도 톱스타면 그 정도는 감수해야 하는 거 아니야? 괜히 톱스타가 아니잖아. 다 많은 사람들이 좋아해 주니까……."

대화가 갑자기 토론회식으로 바뀌었다. 현욱에게 향한 시선을 거두어들이지 않았지만, 선뜻 다가가지도 못했다.

"하진아."

연우의 손이 어깨를 툭 건드렸다. 그녀는 그제야 손님들의 대화에 관심을 끊었다. 고개를 돌리자 연우가 턱짓으로 현욱을 가리켰다. 천천히 옮겨진 시선이 다시 현욱에게로 가 닿았다.

주문.

그가 소리 없이 입모양으로 말을 건넸다.

후우. 절로 한숨이 터져 나온다. 메뉴판을 들고 그에게 다가가는 걸음이 참 무거운 반면, 놀란 만큼 가슴도 두근거렸다.

"달달한 게 마시고 싶은데."

하진이 메뉴판을 내려놓기도 전에 현욱이 주문했다.

"카라멜라떼 만들어다 줘요?"

"음."

"그런데 연락도 없이 이 시간에 오면 어떡해요?"

그녀는 최대한 소리를 낮춰 타박하듯 말했다. 그의 등장해 어수선해진 지금, 주문을 받고 있는 그녀도 덩달아 여러 사람들의 시선이 주목된 상황이 되어버렸다.

"연락도 없이, 이 시간에 오면 안 되나?"

그가 전혀 개의치 않다는 듯한 표정으로 물었다.

"유하진 카페 손님은 오기 전에 연락을 하고 와?"

"……아뇨."

하진은 반박할 만한 말이 떠오르지 않았다. 당연히 그녀를 만나러 온 줄 알았는데, 단순히 손님으로 온 것이라는 뉘앙스에 얼굴이 화끈거렸다.

내가 너무 과민했나? 하지만 내 입장에서는 그럴 수밖에 없지 않나?

"아님. 난 좀 특별해서 그런가, 유하진한테?"

"카라멜라떼, 준비해 드릴게요."

능글거리는 말투 그리고 미소에 그녀는 마음을 바로잡았다. 그와 마주하고 있는 시간이 길어질수록 그들에게 집중되어 있는 손님들의 관심도도 점차 높아질 것이다. 그야 그런 관심이, 시선이 익숙하겠지만 그녀는 아니었다.

"두 잔."

"네?"

"혼자 마실 거 아니라고."

순간, 그녀의 고운 미간이 슬쩍 좁혀졌다.

설마…… 나와 함께 마시겠다는 뜻은 아니겠지?

하지만 카페를 홀로 찾은 그다. 혼자 마시지 않겠다는 말은 누군가와 같이 마시겠다는 의미이고 카페 안에 그와 마주하고 있을 확률이 높은 사람은 아무리 생각해도 그녀밖에 없었다.

"나는……."

아직은, 적어도 아직은 마음의 준비가 되지 않았다. 손님들의 시선 속에서 나란히 마주 앉아 카라멜라떼를 마실 생각이 없다고 말하려던 참이었는데 요란스럽게 카페 문이 열리는가 싶더니 제호가 모습을 드러냈다.

"처형!"

제호가 환한 웃음을 띠고 반갑게 그녀에게 다가왔다. 그녀는 얼떨떨해진 눈으로 제호를 바라보았다.

"제호 씨. 같이, 오신 거예요?"

"네. 저 녀석 요 앞에 먼저 내려주고, 주차하고 왔어요."

"아, 그러셨구나."

슬쩍 현욱을 돌아보자, 그녀를 보고 있던 현욱이 입술을 비죽 움직이며 한쪽 어깨를 가볍게 들었다 내렸다. 그 시선은 곧 제호에게 옮겨졌다.

"카라멜라떼 시켰어. 괜찮지?"

"좋지."

제호가 시원스럽게 대답하며 그의 맞은편에 앉았다. 그리고 잠시 기다리라는 말을 남기고 돌아선 하진은 두 볼이 훗훗해지는 것을 느꼈다. 하마터면 혼자 착각해서 오해를 하고 그 오해에 거절을 할 뻔하지 않았는가. 그 직전에 때마침 나타나 준 제호가 진심으로 고마웠다.

아, 정말 나 왜 이러지? 저 남자하고만 있으면 내가, 내가 아닌 거 같아.

하진은 손바닥으로 뜨겁게 달아오른 제 두 볼을 식히며 혼잣말을 하듯 중얼거렸다.

현욱은 카페에서 오랜 시간을 머무르지 않았다. 고작 20분이었다, 그가 카페에 머문 시간은. 그 짧은 20분이 하진에게는 20시간처럼 길게만 느껴졌다. 제호와 함께 카페를 나서는 그의 뒷모습에 꽉 막혀 있던 숨통이 트였으니까.

하지만 그가 휘젓고 간 여파는 그대로 남아 있었다. 손님들의 대화 주제는 여전히 이현욱이었고, 끝이 보이지 않았다. 현욱과 함께 있었던 매니저인 제호와 그녀가 친분이 있는 관계라는 걸 알아차렸는지, 대화 중간중간 그녀를 힐끔거리며 쳐다보기도 했다.

"진짜 커피만 마시러 온 거야?"

연우가 고개를 갸우뚱거리며 물었다.

"그런가 봐."

제호의 등장 이후로, 현욱은 그녀에게 별다른 말을 건넨다거나 아는 척을 하지 않았다. 정말 손님으로 온 사람처럼 내내 제호하고만 대화를 주고받았으며 카라멜라떼를 다 마신 뒤에는 제호에게 계산을 맡기고 먼저 카페 밖으로 나갔다.

그녀에게 '갈게.'라는 그 흔한 인사 한마디도 없이.

"너 만나러 온 건 줄 알았는데."

연우의 음성은 매우 낮았으며 조심스러웠다.

"이 근처 지나가다가 잠깐 들어왔나 보지 뭐."

"서운해?"

"좀, 서운하긴 하네."

하진은 입술 끝을 살짝 비틀었다. 그리고 두 갈래로 나누어진 제 마음에게 조소를 보냈다. 카페에 손님으로 온 그의 존재가 또 다른 손님들에게 시선집중이 되고 덩달아 그녀에게 보이는 관심도 커져 가는 것이 부담스러워 얼른 마시고 일어나기를 바라는 마음이었으면서 그가 막상 아무런 말도 그 어떤 인사도 남기지 않고 갔다는 사실에는 또 서운한 마음이 들었으니 말이다.

"나 웃기지?"

"뭐가?"

"밀어낼 땐 언제고, 사소한 일에 서운해하고 있잖아."

"원래 사람 마음이란 게 다 그런 거야. 그건 네 마음이 그 남자한테 향해 있다는 증거이기도 하고."

주위를 의식해서인지 연우는 평소처럼 현욱의 이름을 거론하지 않았다.

"결정은 한 거야?"

"어느 정도는."

말 그대로 어느 정도였다. 아직까지는 완전하게 마음의 확신이 서지 않았다. 여전히 망설여졌으며 부담도 안고 있었다. 그렇지만 어제 연우에게 받았던 상담은 확실히 많은 도움이 되었다.

"좋은 쪽으로?"

무척 궁금한 듯 연우가 눈동자를 반짝 빛내며 물었다. 그러나 그때 마침 울려대는 하진의 휴대폰 벨소리에 대답을 듣진 못했다.

"잠시만."

하진은 카디건 주머니에서 휴대폰을 꺼내 들었다. 액정에 뜬 이름의 주인은 현욱이었다.

역시, 그냥 돌아간 것이 마음에 걸렸던 걸까? 그녀는 크게 한 번 숨을 몰아쉰 다음 전화를 받았다.

"여보세요."

[주차장이야.]

"네?"

[카페 근처 주차장이라고. 며칠 전에 내가 차 세워놓았던.]

"간 거, 아니었어요?"

하진의 표정이 의아해졌다. 그대로 돌아갔을 거라 생각했는데 아니었던 걸까?

[내가 왜, 인사를 안 하고 나왔을까?]

"아……."

하진은 그제야 그의 행동을 이해할 수 있었다. 어째서 인사의 말 한마디도 없이 그렇게 카페를 나섰던 건지를.

[카페에 손님 많지 않던데, 잠깐 나오지?]

"조금, 기다려요."

[주차장으로 오면 검은색 밴이 보일 거야. 뒷좌석으로 타면 돼.]

"알았어요."

통화를 마친 그녀는 우선 연우에게 양해를 구했고, 연우는 기다렸다는 듯 아주 흔쾌하게 받아들이며 '얘기 잘하고 와.' 라는 말까지 덧붙였다.

하진은 간단히 코트만 몸에 걸치고 카페를 나섰다. 겨울이라는 계절답게 꽤 쌀쌀했고 바람도 매서웠다. '뼛속까지 시리다' 라는 것이 어떤 것인지 절실하게 느끼게 해주는 그런 날씨였다.

그래서일까. 그에게 향하는 발걸음이 빠르게 움직이는 것은? 견딜 수 없이 추운 날씨 탓일까, 아니면…… 그를 만나러 간다는 설레임 때문일까?

주차장으로 가는 내내 그녀는 자신의 마음이 둘 중 어느 쪽인지 헤아려 보았다. 앞서 인사도 없이 돌아섰던 그에게 가졌던 서운함은 달아난 지 오래였다.

주차장에 도착한 하진은 그가 알려주었던 검은색 밴을 단번에 찾아내었다. 검은색 밴은 짙은 선팅으로 내부의 모습이 전혀 보이지 않았다.

"올라와."

안에서 보고 있었던 것인지 그녀가 밴 앞에 서기 무섭게 현욱이 문을 열어주었다.

"제호 씨는요?"

밴 안에 혼자뿐인 현욱을 보고 하진이 물었다.

"자리 피해준다고 하면서 사라졌어."

"자리를, 피해줘요?"

하진은 혹시나 하는 눈으로 그를 바라보았다. 그녀의 눈동자에 담긴 의미를 알아챈 현욱이 대답하듯 말했다.

"형은, 알아. 내가 너한테 무슨 감정을 가지고 있는지."

"알아, 요?"

반문하듯 되물었지만 부질없는 것이었다. 그의 매니저인 제호가 모를 리 없다는 생각이 왜 이제야 든 것일까.

"그럼, 보경이는."

"걱정 마. 아직 몰라, 형수는. 형, 보기보다 입 무겁거든."

하긴, 보경의 성격에 이 사실을 알았으면 이렇게 잠잠하진 않았을 것이다. 그녀는 일단 보경이 모르기를 바랐다.

"간 줄 알았는데."

하진은 자신과 현욱 사이에 일어난 일들에 대해 제호가 무슨 생각을 했는지 궁금했지만 묻지 않았다. 아직은 그와 연인이라는 관계로 엮인 사이가 아니었으니까.

"유하진 얼굴 제대로 보지도 못했는데 이대로 가면 아쉽지. 앞으로 최소한 일주일을 못 볼 텐데."

"어디, 가요?"

"태국 가, 내일."

"태국이요?"

"광고 촬영 때문에."

“아.”

인터뷰 기사에서는 천천히 차기작을 검토하며 일 년은 쉴 계획이라고 했던 것 같은데, 마냥 쉬는 것은 아닌 모양이었다.

“그래서 온 거예요, 카페는?”

“응. 가기 전에 보고 가고 싶어서.”

차 안에 현욱의 음성이 은은하게 울러 퍼졌다. 이보다 더 작았던 그의 차 안에서도 단둘이 있어봤는데, 바로 옆에서 들려오는 그의 목소리에 새삼 가슴이 떨렸다.

“흠흠. 그럼, 이렇게 전화를 해서 나오라고 하지, 왜 카페로 와서 사람을 당황시켜요?”

하진은 두근거리는 마음을 헛기침으로 감추며 갑작스러웠던 그의 등장에 화들짝 놀랐던 감정을 늘어놓았다.

“오해하지 마.”

“오해요?”

“카페는 정말 순전히 손님으로 간 거였어. 말했잖아, 달달한 게 마시고 싶었다고. 모르나 본데, 나도 카페 잘 다녀. 너를 보러 온 건 사실이지만 마침 가장 가까운 위치에 유하진이 하는 카페가 있어서 들어간 것뿐이야. 그래서 달달한 카라멜라떼만 마시고 곧장 나온 거잖아. 유하진은 지금부터 본격적으로 만나는 거고.”

늘 하는 생각이지만, 이 남자는 정말…… 할 말을 잃게 만드는 재주가 뛰어나다. 틀린 말이 아니었기에 반박도 할 수 없게 만들었다.

“근데, 이틀 사이에 얼굴이 좀 야윈 것 같네?”

현욱이 그녀의 얼굴을 찬찬히 들여다보더니 살짝 미간을 찌푸
렸다.

"나, 때문인가?"

"잠을 잘 못 자서 그런 걸 거예요."

하진은 제 볼을 어루만져 보았다. 체중이 2kg 정도 빠지긴 했
지만 겉으로 표시가 날 정도인 줄은 몰랐다.

"그러니까, 나 때문이네."

현욱의 목소리에 미안한 기색이 묻어 나왔다. 하진은 고개를 저
었다.

"아니에요."

"고맙네."

현욱이 잔잔한 미소로 말했다.

"뭐가요?"

"나 때문이 아니라고 해줘서."

"사실이니까요."

언에히지는 그의 발언에 잠을 못 자고 설친 긴 사실이다. 하지
만 그걸 모두 그의 탓으로 돌릴 수만은 없었다. 비록 연애하자는
것에 대한 답을 돌려주지는 못하고 있지만 분명히 그녀도 그를 마
음이 담고 있었다. 만약 아무런 그에게 아무런 감정도 없었다면
밤을 거의 지새우다시피 하며 또 잠을 설쳐 가면서까지 힘겨운 고
민 따위는 하지 않았을 것이다. 그리고 한 번 했던 거절에 다시 생
각해 달라고 했던 그의 말을 단칼에 잘라 버렸을 것이다. 이대로
포기하기를 원하냐고 진심으로 그것을 바라냐는 말을 거절하지

못하고 또다시 힘든 시간으로 뛰어든 것은 그녀 스스로가 선택한 길이었다.

"유하진."

현욱이 보드라운 그녀의 손등을 감싸며 나직하게 이름을 불렀다. 동그랗게 뜨여진 하진의 흔들리는 시선이 그에게 닿았다. 손을 마주 잡은 것도 아니고 그저 손등을 감싼 것뿐이다. 따뜻함이 느껴지는 그의 손길에 심장이 미친 듯이 뛰어대기 시작했다.

"나하고 연애를 해야 할지, 말아야 할지 결정 내리기가……."

그의 엄지손가락이 손등을 살살 어루만졌다. 전류가 흐르듯 찌릿찌릿한 느낌에 그녀의 몸이 저절로 움찔거렸다.

"그렇게 힘이 들어?"

"솔직히 힘든 건 사실인데. 감당할 만한 정도예요."

어젯밤, 연우에게 많은 조언을 듣고 집으로 돌아간 그녀는 곰곰이 생각하고 또 고민했다. 그리고 연우가 했던 '후회'라는 것에 중점을 두었다.

가벼운 스킨십만으로도 가슴이 세찬 반응을 보이는 이 남자를 밀어내고, 처음 순간부터 그녀에게 끌렸고 만나고 나면 또 보고 싶다는 이 남자를 놓치고 후회를 하지 않을 자신이 있는지를. 결론은…… 후회하지 않을 자신이 없다는 쪽이었다.

이 남자와 힘든 연애를 해도 후회를 하고 놓치고도 후회를 할 것이라면, 심장이 뜨겁게 반응하는 이 남자와 연애를 해보고 후회를 하는 것도 좋지 않을까 하는 생각이 들었다. 하지만 지금 당장 이 자리에서 대답하지 못하는 건 오늘 만남은 전혀 예상치 못했던 것이었고 완벽하게 마음의 준비를 마친 후에 하고 싶었다.

"촬영, 잘 마치고 돌아와요."

"돌아오면?"

기대에 찬 그의 눈빛에 그녀는 입가에 맑은 미소를 띠었다.

"돌아오면. 그때, 대답할게요."

6

마침내 새해가 밝았다. 새해 첫날인 오늘, 이른 아침부터 하얀 눈발이 흩날리기 시작했다. 폭설이 내린 지 불과 얼마 지나지 않았는데 또 눈이라니. 이번 겨울은 확실히 눈 내리는 날이 많았다.

"선봐."

소파에 앉아 뻐근한 어깨를 톡톡 두드리던 하진의 동작이 엄마의 말 한마디로 우뚝 멈춰졌다.

"뭐라고요?"

"선보라고."

하진은 눈살을 찌푸렸다. 한 해의 마지막 날이었던 어제, 연우를 비롯해 여러 지인들과 카페에서 망년회를 보내고 늦은 새벽이 되어서야 집으로 돌아갔던 그녀였다. 마음 같아서는 그동안 밀려 있던 잠을 늘어지게 자고 싶었으나, 그건 헛된 바람일 뿐. 피로가 덜 풀린 몸을 이끌고 일찌감치 집을 나서야만 했던 이유는 며칠 전에 한 엄마와의 약속을 새해 첫날부터 어길 수가 없어서였다.

이런 소리를 듣게 될 줄 알았다면 절대로, 결코 본가를 찾는 일은 없었을 텐데.

"설마 새해 첫날부터 이 소리 하고 싶어서 오라고 한 거야, 엄마?"

"엄마가 설마 그랬겠니? 우리 딸 보고 싶어서 그런 거지."

하진은 의심스러운 눈으로 엄마를 바라보았다.

"마침 너한테 딱 맞는 조건의 남자들이 있기도 했고."

화색이 도는 엄마의 얼굴에 그녀는 말문을 잃었다. 남자도 아니고 남자들이라고? 이건 한 사람이 아니라는 의미다.

어쩐지 어딘가 개운치 않다 했어.

며칠 전 통화 끝에 갑자기 말을 하다가 멈춰 버린 엄마. 느닷없이 카페에 등장했던 현욱으로 인해 완전히 잊고 있었다, 그 찜찜했던 기분을.

"한 사람은 너랑 나이도 같은데 고등학교 교사고, 한 사람은 너보다 세 살 위인데 대기업에 다니고 있다더라고. 키도 크고 인물들도 좋다고 들었어."

"그렇게 잘난 사람들이 왜 여태 결혼을 안 했대?"

"왜겠어. 다 너처럼 제짝을 못 만나서 그렇지. 넌 뭐, 어디가 모자라서 시집 못 갔니?"

"엄마. 난 못 간 게 아니라 안 간 거지."

"나이 꽉 찬 사람들은 다 너처럼 얘기한다더라."

엄마의 입꼬리가 슬쩍 올라가는 것이 마치 비웃는 것처럼 느껴졌다. 새해부터 딸의 가슴에 비수를 꽂는 엄마가 또 있을까?

"이번 주 토요일에 일단 고등학교 교사라는 사람부터 만나봐."

"벌써 날까지 잡았어요?"

하진의 인상이 확 찌푸려졌다. 어떻게 당사자에게 한마디 상의도 없이 날을 잡아버린단 말인가.

"말 나온 김에 보는 게 좋지."

"난 안 봐요, 선."

하진은 망설임 없이 단번에 거절했다. 예상대로 방금 전까지 온화했던 엄마의 표정이 굳어졌다.

"뭐?"

"선 안 본다고요."

그동안 한두 번도 아니고 누누이 말했다. 단순히 나이가 찼다는 이유로 조건 맞는 남자를 골라 선을 보고 어느 정도 마음이 맞으면 하는 결혼은 싫다는 것을. 엄마는 한 번도 동의한 적 없지만 그녀는 자신의 의사를 분명하게 전달했고 그 마음은 그대로였다.

물론 선을 보고 결혼하는 것에 대해 좋지 않은 생각을 가지고 있는 건 아니었다. 다만 그녀는, 맞선이라는 자리에서 우선적으로 조건만 보고 만나는 인연보다는 심장이 먼저 반응을 보이는 사람과 인연을 맺고 싶은 것뿐이었다.

"이미 날 잡아놔서 무를 수 없어. 그러니까 한번 만나만 봐. 기껏 날짜 다 맞춰놨는데 취소하면 엄마가 체면이 뭐가 되니?"

"그러게 왜 묻지도 않고 날을 정해?"

"안 본다고 할 거 뻔한데 물어봐서 뭐해?"

하진이 어깨를 늘어트리며 길게 숨을 뱉어냈다. 아침으로 먹은 밥이 체할 것만 같았다. 아버지라도 계셨으면 조금은 그녀의 편을 들어주었을 텐데, 점심식사 모임이 있다고 외출하셨다.

"잘 알고 계시네. 늦지 않았으니까 취소해 줘요."

"새해부터 얼굴 붉히지 말자. 무조건 봐. 이번에는 엄마 뜻을 좀 따라줘."

"엄마."

"너도 스트레스겠지만 엄마도 스트레스 받아. 네 할머니부터 시작해서 주위에서 하루가 멀다 하고 듣는단 말이야. 너 그게 얼마나 곤혹스러운 줄 알아? 게다가 너보다 어린 보경이도 얼마 안 있으면 결혼해. 그날엔 또 얼마나 말들이 많겠어. 그렇다고 조카 딸 결혼식을 안 갈 수도 없고. 엄만 그날만 생각하면 벌써부터 머리가 지끈거려."

하진은 엄마의 하소연에 아무런 말도 할 수가 없었다. 지금도 머리가 아픈 듯 이마에 손을 올리는 엄마의 스트레스가 이 정도까지일 줄은 몰랐다.

그녀 역시 새해 첫날부터 엄마와 마주 앉아 얼굴 붉히는 일은 하고 싶지 않지만, 엄마의 입장을 이해 못하는 건 아니지만 싫은 건 싫은 거다.

"네가 누구라도 만나고 있으면 엄마가 이러지도 않아."

"죄송해요."

이런 순간, 당당하게 좋은 감정이 생긴 사람이 있다고 말할 수 있다면 얼마나 좋겠는가.

현욱이 광고 촬영을 위해 태국으로 떠나고 며칠 동안 그녀는 이미 마음의 준비를 마친 상태였다. 하지만 이 말을 꺼냄으로써 엄마는 그 상대에 대해 샅샅이 물어볼 것이고 현욱과 연애를 하기로 마음은 굳혔지만 지금은 대답 전이었다. 아직 연애를 시작도 하지 않았을뿐더러, 연애를 하더라도 연예인인 그의 존재를 집에 알릴 생각은 없었다.

"너 정말 이럴 거야?"

"……."

"무조건 잘해보라는 말 안 해. 만나봐서 나쁠 것 없잖아. 만나서 괜찮으면 더 만나보는 거고 아니면 그만두면 되는데 왜 고집을 부려?"

"내키지가 않아서 그래."

"내가 이 얘기까진 안 하려고 했는데, 어젠 네 할머니 댁에 가서 엄마가 무슨 소리까지 듣고 왔는지 아니?"

어제의 일을 되새기는 것만으로도 기가 막힌 듯 숨을 거칠게 몰아쉬던 엄마가 말을 이어나갔다.

대체 뭐라고 하셨기에 엄마가 저리 흥분하는 걸까?

"엄마 노릇을 못한다더라. 자식이 많은 것도 아니고 딸 하나 있으면서 너무 태평하대. 네가 결혼도 안 하고 그러고 있는 게 엄마 탓이래. 너한테 신경도 안 쓰고 무관심해서 그렇다고."

하진은 답답한 듯 손으로 얼굴을 쓸어내렸다. 직접 듣지는 못했어도 깐깐하고 고집스러운 할머니의 목소리가 생생하게 들리는 듯하다.

아 정말, 할머니는 왜 그러시는 거야.

"뭘 모르시는 거지. 내가 아니라 당신 손녀가 천하태평인 것을. 좋은 사람 있어서 들이밀면 뭐해? 만나볼 생각조차 안 하는데."

"죄송해요."

엄마의 스트레스를 마주한 이상 지금으로선 이 말밖에 할 수가 없었다.

"정말 미안하면 눈 딱 감고 두 번만 만나."

"엄마."

"어제 네 할머니한테 한소리 듣고 네 맞선 얘기 말씀드렸어. 잔뜩 기대하고 계신 눈치였으니까 두말하지 말고 봐."

소파에서 벌떡 몸을 일으킨 엄마가 방으로 들어갔다. 더는 군소리 말고 엄마의 뜻을 따르라는 것일 테다.

"아, 미치겠네."

거실에 홀로 남은 하신은 자신의 머리칼을 헝클어뜨렸다. 이럴 수도 저럴 수도 없는 난감한 상황을 어떻게 풀어야 할지 모르겠다.

엄마도 좋고 그녀도 좋은 그런 해결책, 어디 없을까?

태국에서의 일정을 모두 마치고 돌아오자 공항으로 마중 나오지 못한 보경이 현욱의 빌라에서 기다리고 있었다.

"오빠!"

거의 일주일을 떨어져 있었으니 오죽 보고 싶었을까. 보경이 제호의 품으로 와락 달려들었다.

"우리 보경이, 오빠가 보고 싶어서 미치는 줄 알았어."

제호가 보경을 으스러지게 끌어안으며 정수리에 입을 맞췄다.

"남의 집에서 뭐 하는 짓들이야? 돌아가서 해, 돌아가서. 그런 행동은."

두 사람의 애정행각에 제호의 뒤를 따라 들어온 현욱이 눈살을 찌푸리며 퉁명스럽게 한마디 던졌다.

"자식, 부럽냐?"

"쯧쯧."

현욱은 대꾸할 가치도 없다는 듯 혀를 차며 캐리어를 들고 드레스 룸으로 들어갔다. 대충 짐을 풀어놓으며 피식 웃었다.

부럽냐고? 아니, 전혀 부럽지 않다. 왜냐하면 그도 곧 연애를 시작할 예정이니까.

"돌아오면, 그때 대답할게요."

유하진. 아무튼 사람 속 태우는 재주는 탁월하단 말이야.

그러면서도 출국 전 마지막으로 마주했던 그녀의 맑은 미소가 떠오르자, 참으려 해도 자꾸만 미소가 지어진다. 왜 느낌이라는 게 있지 않은가. 그 느낌이 좋았다. 왠지 모르게 그가 원하는 대답을 줄 것만 같은 그런 예감이 강하게 들었다. 처음 거절의 대답을 들었던 폭설이 내렸던 그날, 그녀를 만나러 가기 전부터 그의 마음속에 자리 잡았던 초조함과는 확연히 다른 느낌이었다.

기다리고 있으라고. 이따가 갈 테니까.

촬영을 하는 틈틈이, 촬영이 끝나고 나서는 내내 머릿속에는 온통 그녀로 가득 차 있었다.

하루하루 시간이 거북이처럼 느리게 기어가는 것 같은 기분은 또 처음이었다. 그리고 느리게 흘러온 시간은 드디어 애타게 기대하고 고대하던 날로 다가왔다.

공항에 도착하자마자 그녀에게 연락을 했다. 그녀는 잘 다녀왔냐는 안부부터 물었고 이따가 보자는 말을 마지막으로 전하고 전화를 끊었다.

앞으로 5시간, 5시간만 지나면 그녀를 볼 수 있다. 오늘 밤 그녀를 만날 시간을 생각하자 웃음이 또 한 번 그의 입술 사이를 뚫고 튀어나왔다.

"뭐라고?"

"선본다고요, 오늘."

"선? 처형이?"

제호의 새된 음성에 드레스 룸에서 나오던 현욱이 걸음을 멈칫 멈췄다.

선이라니?

사실 선이라는 단어는 아무런 문제가 없다. 다만, 그 뒤에 붙은 처형은 그의 심기를 건드리기에 충분한 단어였다.

"응. 며칠 전에 엄마한테 듣고 곧장 언니한테 확인해 봤는데, 그렇게 됐다고 하더라고요. 우리 하진 언니, 나처럼 얼른 좋은 사람 만나서 시집갔으면 좋겠다."

"처형이 선이라니. 그럴 리가 없을 텐데."

"뭐가요?"

혼잣말처럼 조용하게 이어지는 제호의 말이 의아한 듯 보경이 고개를 한쪽으로 기울였고 제호는 대충 얼버무렸다. 그러나 그의 표정은 무겁게 가라앉아 있었다.

"어? 아, 아니야, 아무것도."

"실은 언니가 아무한테도 말하지 말라고 하긴 했는데, 나한테는 우리 오빠가 아무나는 아니잖아."

보경이 애교 섞인 눈웃음을 날리며 제호의 어깨에 머리를 기댔다.

"난 절대 우리 사이에 비밀 같은 건 만들고 싶지 않거든요. 그것이 아무리 사소한 일이라도. 오빠도 그렇죠?"

"다, 당연히 그렇지."

제호가 어색한 말투로 대답했다. 현욱과 하진의 문제에 관해 보경에게 아무 말도 하지 않았던 것이 잔뜩 찔렸던 것이다.

"그런데 이상하단 말이야."

"뭐가?"

"언니는 왜 아무한테도 말하지 말랐던 걸까요? 맞선 보는 게 숨길 일은 아니잖아. 선봐서 마음 맞는 사람 만나면 좋은 거 아닌가?"

"사정이 있으셨겠지."

"무슨 사정?"

"그거야, 난 모르지. 그냥 남들한테 알리고 싶지 않았던 건 처형 나름대로 이유가 있지 않았겠어?"

역시 죄짓고는 못산다는 말이 맞나 보다. 보경이 모르는 비밀을 한 가지 가지고 있는 것이 죄는 아니지만 사소한 비밀도 만들고 싶지 않다는 보경의 말에 제호는 내내 속이 뜨끔거렸다. 그렇다고 일전에 당분간 보경에게는 아무 말도 말아달라는 현욱의 뜻을 무시할 수도 없는 노릇이었다.

아마도 현욱은 보경의 입을 믿지 못했던 듯싶었다, 바로 오늘처럼.

"이봐, 서보경 형수님."

들려오는 두 사람의 대화에 잠시 멈칫했던 현욱이 불편해진 심기를 그대로 드러내며 보경을 쏘아보듯 눈초리로 바라보았다.

"유하진 씨가 아무 말 하지 말아달라고 부탁했으면 그 부탁을 지켜주는 것이 도리지. 그게 제호 형이든 누구든. 안 그래?"

"뭐야. 왜 숨어서 듣고 그래요?"

마치 큰 잘못을 한 것처럼 그 행동을 비난하는 듯한 현욱의 질투에 보경의 얼굴이 민망함으로 붉어졌다.

"다 들리게 떠든 사람이 누구지?"

"난 현욱 씨가 방에 있는 줄 알고."

"그리고 여긴 내 집이야. 숨어서 듣는다는 소리 따위는 불쾌하니까, 비밀 얘기 있으면 나가서 하라고."

저답지 않게 유치하다는 것을 알았다. 하지만 현욱은 이미 머리 끝까지 치솟은 감정을 조절하지 못했다.

"무슨, 무슨 말을 그렇게 해요? 난 그냥……."

"왜들 이래? 보경이 그만해. 현욱이 너도."

점점 격해지려는 분위기에 제호가 중재에 나섰다. 보경이 억울하다는 듯 외쳤다.

"오빠? 내 말이 현욱 씨가 저렇게 화낼 일은 아니잖아."

"그만하라니까."

제호가 냉랭해진 현욱의 눈치를 보며 보경을 말렸다. 중간에 끼어 아주 난처한 상황이 되어버렸다. 현욱이 화를 내는 이유도 이해를 하고 보경의 입장도 이해가 갔다.

현욱과 하진의 관계를 전혀 짐작 못하고 있는 보경으로서는 지금 보이는 현욱의 말과 행동을 이해할 수 없을 것이고 현욱의 화를 받고 있는 상황에 억울한 마음이 드는 건 당연했다. 그리고 평소 웬만한 일에는 화를 잘 내지 않는 현욱이기에 많이 놀라기도 했을 것이다.

도대체 처형 마음은 어느 쪽인 거야?

제호는 안타까운 눈으로 현욱을 쳐다보았다. 촬영을 마치고 돌아오면 하진이 대답을 해준다고 했고 이번에는 느낌이 상당히 좋다고 태국에 있는 내내 들떠 있었는데 돌아오자마자 대답도 듣기 전에 맞선을 본다는 소리를 들었으니 그 속이 오죽 상했을까.

"그만 돌아가."

차갑게 등을 돌린 현욱은 주방으로 향했다. 냉장고에서 시원한 생수 한 병을 꺼내 쉬지 않고 들이켰다. 단숨에 한 병을 비워낸 그는 하나를 더 꺼냈다. 마셔도 마셔도 답답한 갈증이 해소되지 않왔다.

하긴, 이 갈증은 물 따위로 해소될 일이 아니지. 유하진을 만나야지만 해소될 갈증이었다.

유하진이 선을 보신다?

현욱은 자조 섞인 웃음을 지었다. 기대로 가득 차 있던 가슴은 바닥으로 곤두박질친 지 오래다. 그녀의 입에서 원하는 대답이 나올 것이라는 좋은 예감은 그를 비웃고 저 멀리 날아가 버렸다. 차라리 듣지 못했더라면 좋았을 것을. 보경에게 화를 낼 문제가 아니란 걸 알면서도 보경이 원망스러웠다.

선을 보고 와서 나를 만나시겠다고?

이미 한 번 거절을 했던 그녀였다. 어쩌면 두 번째 하는 거절은 더 쉬울 것이다. 진작 내려진 그녀의 결정을 그가 혼자 착각해서 느낌이 좋니 어쩌니 하면서 들떠 있었던 건지도 모른다.

다른 날도 아니고 내가 돌아오는 날, 내게 대답을 해주겠다던 오늘 선을 본다는 유하진 씨. 이것이, 네 대답인 거야? 끝내 네 대답은, 거절인 거야?

현욱이 거친 손길로 얼굴을 쓸어내렸다.

하진은 시계바늘이 째깍째깍 소리를 내며 움직일수록 긴장감도 점점 커져 가고 있음을 느꼈다. 이제 한 시간 남짓 남았다, 현욱을 마주할 순간은. 만나기도 전부터 이렇게 가슴이 두근거리면 그를 마주했을 땐 얼마나 뛰려고 그러는지.

"후우, 후우. 진정 좀 해줘, 하진아."

하진이 심호흡과 동시에 손바닥으로 제 가슴을 진정시키듯 웅얼거렸다.

[새해 복 많이 받아. 새해를 함께 맞이하고 싶었는데 아쉽군. 보고 싶다. 여기에 있는 내내 보고 싶을 거야.]

우리나라 시간으로 1월1일이 되자마자 그에게서 걸려온 전화. 휴대폰 너머로 낮게 울리는 그의 목소리. 보고 싶다라는 한마디에 그토록 가슴 설렌 적이 또 있었던가. 그날의 기억을 되새기는 그녀의 입술 사이를 비집고 은은한 웃음이 새어 나왔다.

목소리만으로도 설레면서 무슨 고민을 그렇게 어렵게 했던 걸까. 힘겹게 고민하고 생각했던 시간이 흐르고 현욱과 연애를 하기로 확실하게 굳히자 마음이 한결 가벼워졌다.

하진은 가방이 있는 파티션 안으로 들어갔다. 거울을 꺼내 마지막으로 자신의 상태를 점검했다. 긴 머리가 귀찮아 보이시하게 잘라 버린 커트머리가 오늘만큼은 아쉬웠다. 좋아하는 남자 앞에서만큼은 예쁘게 보이고 싶은 게 당연하다더니. 별로 꾸미는 것에는 관심 없었던 그녀가 적어도 오늘만큼은 그에게 예쁘게 보이기 위해 화장까지 하고 치마는 아니었지만 옷차림도 최대한 여성스럽게 차려입었다.

무척 오랜만에 보는 그녀의 여성스러운 차림새에 오죽하면 연우가 입을 벌리고 그대로 얼음이 되어버렸겠는가.

하진은 거울을 들여다보며 화장을 한 얼굴에 가볍게 립스틱만을 덧바르는 것으로 마무리 지었다.

Rrrrrr, Rrrrrr.

거울과 립스틱을 가방에 넣고 일어서는데 휴대폰이 울렸다. 다시 제자리에 앉은 하진은 휴대폰을 꺼냈다. 제호였다.

제호 씨가 어쩐 일이지?

가까운 사촌 동생 보경과 결혼할 사람이기는 하지만 제호가 그녀에게 전화를 걸어오는 일은 극히 드물었다.

혹시 보경에게 무슨 일이 생겼나? 아니면…… 현욱에게?

하진은 서둘러 전화를 받았다.

"여보세요."

[접니다, 처형.]

"네, 안녕하세요. 태국은 잘 다녀왔어요?"

[그럼요. 그동안 잘 지내셨죠?]

"저야 잘 지냈죠."

제호와 기본적인 안부를 주고받은 하진이 슬쩍 물었다.

"그런데 지한텐 무슨 일로."

[제가 갑자기 전화드려서 놀라셨죠?]

"아니에요."

[보경의 입장도 있고 해서 전화를 드려야 하나 가만히 있어야 하나 한참 고민했어요.]

제호의 음성이 평소의 밝았던 것과 달리 다소 가라앉아 있었다.

"보경이한테 무슨 일 있어요?"

[그게 아니라…… 선을 보셨다고요?]

"네?"

[몇 시간 전에 보경이한테 들었어요.]

"아……."

하진은 그제야 보경의 입장에 대해서 들먹이던 제호의 말뜻을 이해했다.

[저한테만 하는 소리를 현욱이가 들었어요.]

그게 현욱의 귀에까지 들어갔다니. 밀려드는 막막함에 하진은 이마를 짚었다.

며칠 전 선을 보는 것이 사실이냐며 물어오는 보경에게 엄마의 성화에 어쩔 수 없이 그렇게 되었다는 대답을 한 적이 있었다. 이미 듣고 묻는 말에 부정은 소용없었다.

보경에게 혼자만 알고 있어달라고 부탁한 이유는 혹시나 이런 상황이 올까 봐 했던 것이었다. 좋아하는 사람한테 무언가를 숨기는 걸 잘 못하는 성격이라는 건 잘 알고 있었지만, 제호를 보자마자 털어놓을 줄은 몰랐다.

계집애, 하필이면 오늘.

하진의 잇새로 무거운 한숨이 터져 나왔다. 바로 어제 엄마와 대화 끝에 합의 아닌 합의를 보았고, 오늘 그녀가 맞선 자리에 나가지 않았다는 사실을 보경은 몰랐다. 그 사실을 미처 보경에게까지 알려주지 못했던 건 그녀의 잘못이었던 걸까?

[제가 나서는 게 주제넘는 건 아닌가 하는 생각도 들었지만…… 현욱이가 들었다는 걸 알고 계셔야 할 것 같아서요.]

"전화 줘서 고마워요."

진심이었다. 아무것도 모르고 현욱을 만나는 것보다는 미리 알고 있는 편이 나았다.

[그동안 현욱이 기분 굉장히 좋았거든요. 오늘만 오길 기다렸어요. 그런데 그 소리 듣고 현욱이 자식, 마음 많이 상한 것 같더라고요.]

당연히 그럴 것이다. 마음이 상했을 뿐만 아니라 화도 났을 것이다.

[처형.]

"네."

[그런데 왜…… 아니, 아닙니다.]

제호가 머뭇거리더니 말을 거두어들였다. 하지만 그녀는 제호가 무엇을 묻고 싶었는지 알 것 같았다. 현욱에게 연애에 대해 긍정적인 대답을 줄 것처럼 태도를 보이더니 어째서 선을 본 거냐고 묻고 싶은 거겠지. 아마 비난도 하고 싶을지도.

[현욱이 만나면 마음 좀 달래주세요.]

"알았어요. 그리고 제호 씨."

[말씀하세요.]

"나, 선 안 봤어요."

[네?]

"선 안 봤다고요."

후에 알게는 되겠지만 현욱의 걱정에 직접 전화까지 걸어온 제호에게는 알려주는 것이 옳다는 판단이 들었다.

[보경이 말로는 오늘…….]

"취소되었다는 걸 보경이한테 말하지 못했어요. 겨를이 없어서."

[아, 정말이요? 어쩐지! 처형이 그럴 리 없다고 생각했어요. 하하하.]

그녀의 말 한마디에 가라앉았던 제호의 목소리가 금세 밝아졌다. 오늘 밤 현욱을 만나면 대화 잘 나누라는 말을 끝으로 제호는 전화를 끊었다.

하진은 지끈거리는 머리를 손가락으로 꾹꾹 눌렀다. 마음이 상했을 그를 떠올리니 심장이 따끔따끔거렸다. 마치 남편이, 혹은 애인이 출장 간 틈을 이용해 몰래 바람피우다가 걸린 기분이었다. 그녀는 조금 후에 만나면 그가 오늘 들었던 내용에 대해 사실대로 털어놓고 오해를 풀어주어야겠다는 생각을 하며 곧 다가올 시간을 기다렸다.

하지만 약속했던 시간에서 30분이 지나도록 현욱은 나타나지 않았다. 텅 빈 카페에 홀로 남아 그와 만남을 기다리던 그녀는 애가 타는 심장으로 문에서 시선을 떼지 못했다.

나에게 실망을 한 것일까? 그래서 단단히 화가 나서 오지 않으려는 건가?

좀처럼 모습을 보이지 않은 그로 인해 마음이 조마조마해졌다. 연애하자는 말을 그녀가 거절했을 때, 그도 이런 기분이었을까?

이제야 확실히 마음을 정했는데 이젠 원하는 대답을 들려줄 수 있는데. 그가 나타나지 않으면 어떻게 해야 하는 거지?

그 순간 하진은 망설임 없이 마음의 결정을 내렸다. 놓치고 후회하느니 내 남자로 만들고 후회하지 않겠다고. 결정이 끝나자 마음이 급해졌다. 그녀를 향한 그의 오해가 길어지게 내버려 둘 순 없었다. 그녀는 휴대폰 화면에 그의 전화번호를 띄우고 통화버튼을 눌렀다.

신호음이 울리는 내내 쉬지 않고 심장이 발작하듯 뛰어댔다. 긴장으로 입이 바싹 말랐다.

[여보세요.]

긴 신호음 끝에 마침내 그가 전화를 받았다. 무겁게 깔린 나지막한 음성으로.

"나예요."

[알아. 말해.]

평소 다정했던 모습만 봐왔기 때문일까? 딱딱 끊어지는 그의 목소리에 심장이 콕콕 쑤셔왔다.

"할게요."

[뭐?]

"한다고요, 연애. 해보자고요, 우리."

그는 침묵했다. 그 침묵에 그녀의 가슴이 초조하게 타들어가는 순간, 그의 침묵이 깨어졌다.

[유하진.]

"네?"

[그런 말은 만나서 듣고 싶은데.]

"만나서 하려고 했는데, 오지 않았……."

그때였다. 그토록 열리기를 바랐던 카페 문이 활짝 열렸고, 애타게 기다리고 기다렸던 그의 모습이 눈앞에 나타났다. 그리고 크게 흔들리는 그녀의 눈동자를 바라보며 입을 열었다.

"다시 한 번 말해주겠어?"

현욱의 깊고 그윽한 눈빛이 하진에게 닿았다. 점점 가까이 다가오는 그의 모습에 그녀는 마치 석상이라도 된 듯 미동도 하지 않았다. 이미 통화종료를 하고 휴대폰을 코트 안쪽 주머니에 집어넣은 그와 달리 그녀의 손은 아직도 통화를 하고 있는 것처럼 휴대폰을 들고 있었다.

"유하진."

"……."

"유하진."

불러도 대답이 없자 현욱은 재차 그녀의 이름을 불렀다. 그리고 그녀의 손아귀에 붙잡혀 있는 휴대폰을 구제해 주듯 빼내었다.

"언제까지 얼굴만 뚫어져라 보고 있을 거야?"

"안 오는 줄 알았는데……."

"왜?"

마침내 정신을 차린 그녀가 중얼거리듯 하는 말에 현욱이 물었다.

"그야……."

약속 시간에서 30분이 훌쩍 지나도록 나타나지 않았으니까. 선을 봤다는 소리를 듣고 마음이 상했고, 화가 나서 안 오는구나 생각했으니까.

그래서 그의 등장에 무척 놀랐던 것이다. 소리 없는 말을 속으로 삼킨 하진은 이내 그를 향해 부드럽게 입매를 휘었다.

"고마워요."

"뭐가?"

"이렇게 와줘서."

하진의 미소가 더욱 짙어졌다. 늦었더라도 왔으면 된 거다. 그가 그녀를 기다렸던 시간이 얼만데, 그까짓 30분 정도야. 그가 오기를 기다리는 동안 내내 긴장하고 초조해했지만 같은 마음으로 그녀를 기다렸을 그에 비하면 아무것도 아니었다.

"앉아요. 마실 거 가지고 올 테니까."

"마실 건 됐고."

현욱이 옆으로 스쳐 지나가는 그녀의 팔을 잡아 세웠다.

"다시 한 번 말해달라고 했을 텐데?"

"못 알아들은 거, 아니잖아요."

하진은 얼굴을 붉혔다. 그녀에게 듣고 싶어 하는 대답을 요구하는 그를 마주 보고 있자니 잠시 가라앉았던 심장이 또다시 팔딱거렸다.

"내 눈을 보고 직접 말해줘."

약간 상체를 숙인 그가 그녀의 두 어깨를 지그시 누르며 말했다.

"음?"

갈망이 담긴 그의 시선에 하진은 입술이 바싹 타는 듯했다. 전화상으로는 당당하게 잘도 말했는데 직접 그를 마주하고 대답하려니 좀처럼 입술이 떨어지지 않았다. 전화와는 확연히 느낌이 달랐다. 더욱 긴장되었고 가슴이 더욱 떨렸으며 심지어 몸에서 열도 나는 것 같았다.

"어서."

현욱이 재촉했다.

그래, 유하진. 원래는 만나서 해야 할 대답이었잖아. 이 남자의 눈을 보고 직접 네 마음을 전하는 게 옳아.

하진은 조용히 마음을 가다듬었다. 그리고 반짝이는 그의 눈동자를 마주 보며 떨어지지 않았던 입술을 떼었다.

"연애할게요."

"다시."

현욱이 확인하듯 거듭 물었다.

"이현욱 씨와 연애하고 싶어요."

하진은 시선을 그에게 단단히 고정시키고 솔직하게 마음을 전했다.

"연애해요, 우리."

"좋아."

현욱은 특유의 근사한 미소를 지으며 벌겋게 달아오른 그녀의 볼을 어루만졌다.

"얼마나 바랐는지 몰라, 이 대답을."

"많이 기다리게 해서 미안해요."

"아니."

현욱이 고개를 저으며 그녀를 품 안으로 끌어안았다.

"네 입장, 충분히 이해했어. 이해는 하는데 처음부터 느낌이 좋았던 유하진을 놓치고 싶지 않아 했어, 내 마음이."

현욱의 달콤한 고백이 그녀의 가슴으로 스며들었다. 하진은 단단한 가슴에 얼굴을 묻으며 그의 허리에 팔을 둘렀다.

"고마워요. 포기하지 않아 줘서."

"고마운 건 나지. 많이 부담스러울 거라는 거 알아. 네 입장에서는 힘든 연애가 될 거라는 것도 알아. 그래서 거절한 건데 받아들여 줘서 고마워. 최대한 네가 부담스럽지 않도록 힘든 연애가 되지 않도록 노력할게."

"같이해요. 그 노력."

"그러자고. 그런데 유하진."

갑자기 현욱이 안고 있던 그녀를 살짝 떼어내었다. 이내 가늘어진 시선으로 응시하며 말했다.

"나와 연애할 거면서 선 따위는 왜 본 거지?"

"아……."

난노식입석인 그의 물음에 하진의 표정이 어색하게 번졌다. 그는 아직 그녀가 선을 보았다는 것으로 착각을 하고 있었다. 그의 달콤한 고백에 오해부터 풀어줘야 했다는 것을 그만 까맣게 지우고 있었다.

"음?"

"우선 좀 앉아요. 언제까지 서 있을 거예요."

하진은 그의 팔을 이끌고 파티션 안쪽, 자신이 앉아 있던 자리에 앉혔다. 그리고 자신도 옆에 앉았다.

"대답을 피하는 건가, 지금?"

"피하긴 누가 피해요. 계속 서 있을 수는 없잖아요."

"분위기도 평소와 다르고."

"다르긴 뭐가 다르다고."

그에게 예뻐 보이기 위해 아침부터 분주하게 움직이며 있는 솜씨 없는 솜씨 모조리 끌어올려서 꾸미고 나온 주제에 부정하다니, 참 뻔뻔도 하다. 뒤늦게 밀려오는 부끄러움에 하진은 살포시 고개를 숙였다.

"선본다고 옷도 예쁘게 차려입고."

현욱은 짐짓 화난 얼굴로 그녀를 바라보았다. 그가 그녀의 머리부터 발끝까지 쭈욱 훑어 내렸다.

"곱게 화장까지 했잖아. 이래도 부정할 건가?"

"이현욱 씨는 꼭 그렇게 짚고 넘어가야 직성이 풀리죠?"

"짚고 넘어가는 게 아니야."

"아니면요?"

"질투하는 거야."

"질투요?"

하진의 눈동자가 크게 벌어졌다.

"그래, 질투."

현욱이 강조하듯 재차 말했다.

"내가 아닌 다른 남자 만난다고 유하진이 이렇게 잔뜩 꾸몄는데 기분이 좋을 리가 있겠어?"

"그건……."

하진은 두 볼이 뜨거워지는 느낌이었다. 쑥스러우면서도 기분은 나쁘지 않았다. 아니, 솔직히 좋았다. 질투라는 단어가 이렇게 가슴 설레는 단어인지 처음 알았다.

"이현욱 씨 때문에 그런 건데요?"

"뭐?"

이번에는 현욱이 눈을 크게 키웠다.

"이현욱 씨에게 예뻐 보이고 싶었다고요. 맞선남이 아니라."

"나한테?"

그녀가 고개를 끄덕이자 부드럽게 풀어졌던 현욱의 표정이 금세 심드렁하게 변했다.

"역시. 그래도 기분은 나빠."

"……왜요?"

하진의 얼굴에 당황한 기색이 서렸다. 질투라는 단어에 그녀가 막 설레어했듯 그도 그럴 것이라고 생각했었는데.

"네가 예쁘게 보이고 싶었던 남자는 난데, 이 예쁜 모습을 다른 남자가 먼저 봤다는 거잖아."

아아, 그런 거였어? 그녀의 입가에 다시금 엷은 미소가 자리 잡았다. 아무래도 얼른 맞선이 취소되었다는 사실을 알려줘야 할 듯했다.

"다른 남자에게 먼저 보인 건 인정하지만 적어도 맞선남한테 먼저 보이지는 않았으니까 기분 풀어요."

"무슨 말이야?"

그의 미간에 주름이 생겼다.

"카페에 남자 손님도 많아요. 내가 말한 다른 남자는 카페 손님 이라는 뜻이에요. 맞선 같은 건 안 봤으니까."

"안 봤다고, 선을?"

"네, 안 봤어요. 취소했거든요."

"분명 선을 본다고 들었는데."

"엄마의 성화에 보려고 했었죠. 신정 때 집에 갔더니 엄마가 맞선 날짜 잡아놓고 기다리고 계시더라고요. 평소와는 다르게 뜻을 굽히지 않으시더라고요. 싫어도 무조건 보라고."

"그런데?"

"도저히 못 보겠더라고요."

"어째서?"

"이현욱 씨 때문에요. 이현욱 씨와 연애하기로 이미 마음의 결정은 내렸는데, 이런 마음으로 선을 본다는 건 이현욱 씨는 물론이고 맞선 자리에 나올 상대에게도 예의가 아니라는 생각이 든 거죠."

"어머님이 강경하셨다며?"

현욱의 물음에 어제의 일이 자동적으로 머릿속에 떠오르자 하진은 허탈한 한숨을 내쉬었다. 일이 이상하게 흘러가 맞선은 쉽게 취소되었지만 취소되기까지 그녀는 또 머리 아프게 고민을 해야만 했다. 어떤 방법으로 엄마의 마음을 돌려야 하나, 어떻게 해야 엄마가 잡아놓은 맞선자리에 안 나갈 수 있을까. 그리고 마침내 무수한 생각과 고민을 끝내고 어제 아침 엄마에게 전화를 걸었다.

하진은 그에게 어제의 일을 알려주며 엄마와 통화했던 기억을 되새겼다.

'맞선 약속 취소해 줘요, 엄마.'

[하루 전날 취소를 어떻게 해? 안 돼.]

예상대로 엄마는 단호했다.

'당일에 취소하는 것보다는 낫잖아요.'

[얘가 정말 왜 이래?]

'선도 마음이 내켜야 보는 거잖아. 난 정말 내키지 않아. 억지로 끌려 나가는 기분이란 말이야.'

[우선 만나만 보라고 했잖아. 만나만 보는 건데 그게 그렇게 힘든 일이니?]

엄마가 타이르는 듯한 어투로 말했다.

'잘해볼 생각도 없는데 만난들 무슨 소용 있어요?'

[왜 잘해볼 생각이 없어? 네 마음에 드는 상대가 나올 수도 있잖아.]

'그럴 리 절대 없어요.'

[어째서 만나보지도 않고 그렇게 단정 지어서 말을 해?]

'만나는 사람만 있었어도 선보라는 말은 안 하셨을 거라고 했죠?'

[그래.]

엄마의 짧은 대답에 하진은 숨을 크게 한 번 들이마셨다.

'좋아하는 사람이 생겼어요.'

[뭐?]

마치 함께 마주 보고 있는 것처럼 놀란 엄마의 표정이 눈앞에 훤히 그려졌다.

'좋아하는 사람이 있다고. 그래서 그래요. 미리 말씀드리지 못해서 죄송해요.'

[…….]

수화기 건너편에 있을 엄마가 너무 조용했다. 많이 놀라신 건가? 하긴, 놀라실 만하다. 며칠 전까지만 해도, 새해 첫날부터 맞선 문제로 신경전을 벌였을 때만해도 누군가가 있다는 느낌은 조금도 내비치지 않았으니까.

솔직히 그와 연애를 하기로 결정을 내린 거지 연애를 하고 있는 것은 아니었다. 연애를 하고 있었더라고 상대가 어떤 사람인지 샅샅이 파고들 것이 분명하기에 최대한 할 수 있는 날까지 숨겼을 것이다.

그랬던 그녀가 좋아하는 사람이 생겼다는 사실을 엄마에게 알린 건 이보다 확실히 엄마의 마음을 돌릴 수 있는 방법이 없어서였다. 눈 한 번 딱 감고 볼까도 했었지만, 그때마다 현욱이 그 생각을 가로막았다. 미소를 담은 그의 얼굴이 떠오를 때마다 마음이 불편해졌다. 그녀는 그를 좋아했다. 그리고 그와 연애를 할 것이다. 좋아하는 그를 속이고 다른 사람을 소개받고 싶지는 않았다. 차라리 엄마에게 최소한의 사실만 알리고 조금의 시달림을 겪는 쪽이 나았다.

좋아하는 남자가 있다고 한다면 적어도 계속 선을 보라고 강요하진 않으시겠지.

'엄마.'

생각보다 엄마의 침묵이 길어지자 그녀는 엄마를 불러보았다. 그래도 엄마의 목소리는 들려오지 않았다.

왜 아무 말씀도 없으시지?

[하진아.]

얼마나 더 흘렀을까. 드디어 엄마의 침묵이 깨졌다. 엄마가 차분한 어조로 그녀의 이름을 불렀다.

[엄마가 딸을 너무 몰아붙였나 보다.]

'네?'

[누구보다 당사자인 네 뜻을 존중해 줬어야 했는데. 엄마는 우리 딸이 하루빨리 좋은 짝을 만났으면 하는 마음이었는데, 그게 널 무척 힘들게 했나 보구나.]

'엄마…….'

그녀의 낯빛에 의아함이 서렸다. 완전히 빗나간 예상이었다. 당연히 나이는 몇이고, 직업은 무엇이며 어떤 집안인지부터 물어올 것이라 생각했는데 전혀 아니었다. 그뿐만이 아니라 엄마는 그녀가 제대로 이해할 수 없는 말을 하고 있었다.

[그래. 보지 마, 선. 취소할게.]

'엄마?'

그녀의 눈동자가 커다래졌다. 아무것도 묻지 않고 엄마가 순순히 맞선을 취소해 줄 줄은 몰랐다.

[선보는 게 얼마나 싫었으면. 엄마한테 생전 하지 않던 거짓말

까지 다 하고.]

'거, 거짓말?'

[거짓말까지 할 정도로 싫으면 안 봐도 돼. 엄마가 지금 전화해서 취소할게. 엄마 체면이 딸보다 중요한 건 아니니까.]

아…….

그러니까 엄마는 지금, 좋아하는 사람이 있다는 그녀의 말을 믿지 않고 거짓말로 받아들인 것이다.

좋아하는 사람이 있다는 말에 놀라서 침묵했던 것이 아니라 딸이 그동안 하지 않았던 거짓말을 했다는 사실에 놀라서 침묵했던 것이었나?

'거짓말 아닌데, 엄마.'

[거짓말이 아니면? 갑자기 좋아하는 사람이 하늘에서 뚝 떨어지기라도 했어, 며칠 사이에? 없는 사람 만들어서 거짓말할 정도로 보기 싫으면 안 봐도 된다고. 엄마 속상하단 말이야. 기다리다 보면 언젠가 네 짝도 나타나겠지.]

그렇게 머리 아프게 고민하고 생각했던 시간이 무색하리만큼 맞선은 쉽게 취소되었다. 그녀의 진실을 거짓말로 받아들여 주신, 딸이 선을 안 본다고 고집을 부리는 것보다 그로 인해 거짓말을 하는 딸의 모습이 더 속상하시다는 엄마 덕분에.

그녀는 더 이상 엄마에게 거짓말이라고 말하지 않았다. 아니라고 변명까지 했지만 엄마는 끝까지 거짓말이라고 여겼고, 선도 취소해 주었다. 그에 대해서도 아무것도 말하지 않아도 되었다. 잠

자코 있는 것이 그녀에게는 이득이었다. 엄마에게는 미안했지만.

"우리 엄마. 내가 거짓말 한 번 하지 않은 딸로 알고 계신 줄은 몰랐어요. 그 말 듣는데 뜨끔하더라고요. 죄송하기도 하고."

하진은 씁쓸하게 웃으며 현욱에게 말했다.

"아예 없는 건 아닌 모양이지?"

"어떻게 아예 안 해요? 예를 들어 딸 밥 먹었니? 라고 물으셨을 때, 안 먹었으면서 네 먹었어요. 라고 대답하는 것도 거짓말인데."

"그런 거짓말을 했어?"

"왜 입맛 없을 때 있잖아요. 먹기 싫은데 안 먹었다고 하면 굳이 차려주시니까. 그래도 다른 친구들처럼 책 산다고 거짓말해서 돈 받은 적은 한 번도 없어요."

"그럼 착한 딸 맞네. 난 있는데. 우리 이모한테 책 산다고 거짓말해서 돈 받은 적."

하진이 자랑스럽게 어깨를 으쓱여 보이자, 현욱이 장하다는 듯 그녀의 머리카락을 쓰다듬었다.

"혹시 말이야. 제호 형이 이 사실을 알고 있나?"

"네."

"그래서 형이 그렇게 전화를 했었나?"

제호가 전화를 많이 걸었는데 그가 받지 않았다는 뉘앙스다.

"제호 씨가 전화했는데 안 받았어요?"

"응. 여기 오기 전에."

"왜 안 받았어요?"

"받을 기분이 아니었으니까."

기분 좋을 리가 없었다. 이미 한 번 거절을 했던 그녀였다. 그 후 긍정적으로 생각을 했었더라도 그 마음은 언제든지 바뀔 수 있었다. 더군다나 배우라는 그의 직업을 매우 부담스러워했고 끝내 그 부담을 이기지 못했을 수 있다.

그녀가 선을 보았다는 소리에 그의 생각은 이번에도 그녀의 대답은 거절일 것이라는 쪽으로 기울어졌고, 기대로 가득 찼던 가슴은 일순간에 와르르 무너졌다. 불쾌하고 화도 났지만 불안한 마음이 더 컸다.

좋아하는 상대에게 고백했다가 돌아오는 대답이 'NO' 라면 누구나 아프고 힘들고 슬프다. 그리고 그 거절이 연거푸 이어진다면 어떻겠는가.

그래서 늦은 것이다. 카페 앞에는 약속 시간에 맞춰 도착했지만 생각을 정리하고 마음을 정리하느라. 하지만 반대로 어느 정도의 거절을 예상하고 있던 순간에 그녀에게서 긍정의 대답을 되돌려 받았을 때의 그 벅차오르는 감정은 말로 형용할 수 없을 정도로 기쁘고 행복했다.

"그런데 안 받길 잘했단 생각이 드는군."

"어째서요?"

그의 말에 하진은 고개를 갸웃거렸다.

"유하진이 먼저 전화까지 걸어서 대답해 줬잖아. 연애하자고."

"그야, 약속 시간이 지나도록 오지 않으니까."

"애타게 기다렸다는 소리로 들려서 기분도 좋고."

현욱이 그윽한 미소를 품고 그녀를 응시했다. 하진은 가슴 떨리고 얼굴이 뜨거워졌지만 피하지 않았다. 그 시선을 당당하게 마주 보며 말했다.

"애타게 기다린 거 맞아요. 내가 생각보다 이현욱 씨를 좋아하고 있었구나, 라는 걸 이번에 깨달았어요. 오지 않으면 어쩌나 무진장 긴장하고 있었으니까."

그녀의 솔직한 고백에 그가 다소 놀란 듯한 표정을 지었다.

"솔직해졌네, 유하진."

"이제 솔직해야죠. 연애하기로 했는데 이제 감정 안 숨길 거예요."

"좋아. 아주 바람직한 자세야."

현욱이 그녀의 손등을 어루만지며 환하게 웃었다.

"숨기지 말고, 아낌없이 마음껏 표현해 줘."

하진의 입가에도 밝은 미소가 피어올랐다. 처음부터 적극적으로 호감을 드러낸 남자. 언제나 솔직하고 제 감정을 당당하게 보여주었던 이 남자만큼은 못하더라도 그녀는 더 이상 그에게 끌리는 마음을 감추지 않을 것이다.

다만, 한 가지…….

"있잖아요."

하진이 조심스럽게 말문을 떼었다.

"음?"

"현욱 씨가 한 가지 동의해 줬으면 하는 문제가 있어요."

"뭔데?"

"우리 사이, 당분간은 비밀로 해줘요."

"뭐?"

그녀의 고백 이후 내내 웃음기를 달고 있던 현욱이 눈썹을 찌푸렸다.

"우리 연애하는 거 아무한테도 알리지 말자고요."

"아무한테도?"

"네."

"어째서?"

"우리 공개연애하는 거 아니잖아요. 그러니까 주위에도 알리지 않았으면 좋겠어요."

"숨어서 연애를 하자고?"

요즘은 예전과 다르다. 이전과 달리 팬들은 이제 스타들의 열애를 쿨하게 받아들였다. 무조건 숨기고 스캔들이 터지면 아니라고 부정하면서 뒤에서 몰래 만나는 것보다는 당당하게 인정하고 연애를 하는 쪽을 원했다. 좋아하는 스타의 개인 사생활을 존중해주며 응원하겠다는 추세로 이어진 것이다. 그건 소속사도 마찬가지였다. 그래서 그도 그녀가 반대하지 않는 이상 공개연애를 할 생각이었다. 하지만 물어볼 것도 없이 그녀는 공개연애를 하지 않는 것이 아주 당연하다는 듯 말하고 있었다.

"그러고 싶어요. 내가 처음 이현욱 씨와의 연애를 거절했던 건 부담감 때문이었잖아요. 이제 막 시작하는 연애를 많은 사람들의 시선을 받으면서 하고 싶지 않아요."

현욱은 한숨을 흘려보냈다. 연예인이 아닌 평범한 일반인의 입장이기에 그녀의 부담감을 충분히 이해했다. 당당하게 공개를 하고 자유롭게 데이트를 즐기고 싶은 것이 그의 마음이지만 대중들의 시선이 익숙하지 않은 그녀는 많은 불편이 따를 것이다. 데이트를 하는 내내 신경이 곤두설 것이다. 그녀가 원하지 않는다면 그는 그 뜻을 존중해 줄 수밖에 없었다.

"그래, 그렇게 하지. 그런데 말이야."

현욱이 또 다른 하나는 이해할 수 없다는 듯 하진을 바라보았다.

"아무한테도 말하지 말자는 뜻은 주변 사람들도 포함되는 건가?"

"물론이죠."

"그럴 필요까지야 있어?"

"소문이라는 건 무서운 거예요. 한 사람이 알면 퍼져 나가는 건 순식간이라고요."

그러다 보면 걷잡을 수 없을 정도로 세상에 알려질 것이다. 요즘엔 한 개인의 신상정보를 알아내는 것이 너무나도 쉬웠다. 우리나라 최고의 톱배우 이현욱에게 연인이 있다는 사실이 새어나가면 그녀의 신상정보가 알려지는 건 시간문제였다.

"아예 만나지 않는 이상 아무한테도 들키지 않을 수는 없어. 주위에서는 분명 눈치를 챌 거라고."

"음…… 친구라고 하면 되죠. 나이도 비슷하잖아요."

잠시 고민하던 하진이 답을 내놓았다. 그 답에 그가 기막히다는 듯 웃었다.

"친구? 나더러, 철저하게 유하진의 숨겨진 남자가 되라?"

"조용히 연애해요, 우리."

"언제는 더 이상 감정을 숨기지 않는다더니?"

그의 말에 그녀가 싱긋 웃었다. 그리고 은밀하게 속삭이듯 말했다.

"감정은, 둘이 있을 때만 보여줄게요."

연애를 하는 기분이 이런 것일까?

살랑살랑 봄바람이 불어오는 것처럼 심장이 간질거리고, 연인을 떠올리는 것만으로도 피식피식 웃음이 새어 나오는, 이런 기분 말이다.

현욱과 연애를 시작한 지 사흘째, 바로 하진이 그랬다. 휴대폰 너머도 들려오는 부드러운 그의 음성에도 가슴이 설레었고 저도 모르게 자꾸만 미소가 지어졌다.

그리고…….

[오늘은 못 볼 것 같은데.]

"어쩔 수 없죠 뭐. 어제 봤잖아요."

태연한 척 굴었지만 아쉬움도 밀려들었다. 연애 시작 이후로 매일 만났으면서 오늘 하루 못 보는 것에 아쉬워하다니. 결국에는 이럴 거면서 그동안 어떻게 그를 밀어내고 거절했었는지 싶다.

[늦더라도 빌라 앞으로 잠깐 갈까?]

며칠 지나지 않았지만 그동안의 데이트 장소는 딱 두 곳이었다. 그녀의 카페와 그의 자동차. 최대한 사람들의 눈을 피하기 위해 카페 영업시간이 끝나고 30분 뒤에 그가 도착했고, 카페에서 어느 정도 둘만의 시간을 보내다가 자리를 옮기는 곳이 그의 차였다. 그리고 그가 그녀를 집까지 바래다주는 것으로 데이트는 끝이 났다. 특별한 것 하나 없고 다른 연인들처럼 편한 데이트를 즐기지는 못하지만 좋아하는 사람과 함께 하는 순간이기에 그것만으로도 기쁘고 즐거웠다.

"술 마시는 자리잖아요."

오늘이 현욱이 소속되어 있는 J.W 엔터테인먼트 대표의 생일이라고 했다. 이름이 한주원이라고 했었던가? 나이는 그보다 세 살 위였고 그가 제호를 친형처럼 여기고 있듯 신인 때부터 10년이 흐른 지금까지 함께 해온 한주원 대표와도 사이가 아주 각별하다고 들었다. 가까운 지인들만 초대한 생일파티인만큼 그가 빠지면 곤란한 자리였다.

[대리기사 부르면 되지. 택시를 타던가.]

"우린 내일 봐요."

[아, 맞다. 난 유하진의 숨겨진 남자였지?]

현욱이 장난과 웃음이 고루 섞인 목소리로 던진 말에 하진이 민망한 얼굴을 했다.

"그 말은 좀 안 할 수 없어요?"

하진은 손으로 입을 가리고 목소리를 낮췄다.

숨겨진 남자라니. 그저 당분간 비밀로 하고 조용히 연애를 하자고 했을 뿐인데, 그는 자신을 그녀의 숨겨진 남자라고 지칭하고 있었다. 왠지 그 말은 은밀하고 야릇하기도 하면서 또 다른 한편으로는 사랑해서는 안 될 사람과 몰래 밀애를 나누고 있는 것만 같은 느낌을 풍겼다.

"조심해서 나쁠 것 없잖아요."

말하고서도 하진은 그에게 미안했다.

내가 너무 예민하게 구는 것일까?

연예인도 술을 마시면 대리기사를 부를 수 있고, 택시도 탈 수 있다. 물론, 그녀를 만나러 올 때처럼 머플러로 얼굴의 반 이상을 가리면 못 알아볼 수 있다. 혹 알아본다 한들 그의 목적지가 그녀의 빌라라는 것은 모른다.

하지만 만에 하나라는 말이 있지 않은가. 이제 막 시작된 연애였다. 사소한 문제 하나라도 조심하는 게 좋지 않은가. 그런데 왜 이렇게 미안하지?

[오케이.]

그는 쿨하게 대답했다. 밝은 그의 음성에 하진도 밀려들었던 미안함을 잠시 접어두기로 했다.

[보고 싶지만, 그 보고픔은 내일 달래야겠군. 물론, 오늘 것까지 두 배로.]

"나도 그럴게요."

[뭐라고?]

되물어오는 그의 물음에 하진은 어이없다는 듯 픽 웃었다. 그는 늘 이렇다. 무슨 말인지 빤히 알아들었으면서 꼭 직접 듣기를 원한다.

"나도 내일 달래겠다고요."

[뭘?]

하진은 슬그머니 연우를 한 번 돌아보았다. 카페에서 흘러나오는 음악을 따라 흥얼거리는 연우를 확인한 후 고개를 아래로 푹 숙이더니 소곤거리듯 말했다.

"당신 보고 싶은 마음."

[후후. 옆에 친구가 있는 것 같으니, 오늘은 이 정도로 하지.]

"이제 끊어요. 준비하고 나가봐야 하잖아요."

[음. 이따 전화할게.]

"알았어요."

슬며시 입술 끝을 말아 올리며 전화를 끊은 하진은 몸을 돌리다가 멈칫했다. 분명 방금 전까지도 이쪽에는 전혀 신경을 쓰지 않고 커피를 내리고 있던 연우가 그녀 쪽을 향해 웃고 있었다.

"그렇게 좋아?"

"좋, 좋긴 뭐가?"

"한창 좋을 때지. 매일매일 보고 싶은 건 당연한 거고."

"들…… 었어?"

"안 들으려고 했는데, 들리더라고."

연우가 짐짓 미안한 표정을 지으며 대답했다. 분명히 낮게 속삭였는데 그것을 들었다니. 하진은 낯이 뜨거워졌다. 대놓고 당당하게 말했으면 괜찮았을 텐데, 몰래 속삭거린 것을 친구에게 들키자 창피함이 몰려왔다.

"우리 하진이가 정말 연애를 하긴 하나 보네. 남자 때문에 부끄러워하는 모습을 다 보이고 말이야."

불그스름하게 달아오르는 하진의 얼굴을 바라보며 연우가 흐뭇한 듯 미소 지었다.

"좋아 보여, 너."

"그래?"

그 누구에게도 알리지 않고 조용히 연애를 하려고 했지만 '그 누구에게도'에서 연우와 제호는 제외되었다. 이 두 사람에게는 비밀로 할 수가 없었다. 그러기에는 이 둘은 그동안 그와 그녀 사이에서 있었던 일들에 대해 너무 잘 알고 있었고 연애를 하기까지 옆에서 도움도 주었던 이들이기에 숨길 수가 없었다. 숨겼더라도 금세 눈치를 챘을 것이다. 그리고 가장 중요한 것은 이 둘의 입을 통해 그와 그녀의 연애가 새어나가지 않을 거라는 믿음이 있었다. 연우는 물론이고 제호가 다음 주면 결혼할 보경에게 지금까지 아무런 말도 전하지 않았다는 것만 보아도 알 수 있었다.

"이제 진짜 여자 같다."

"언제는 뭐 남자였나? 꾸미질 않아서 그랬지."

"그러게 진작 좀 꾸미고 다니지 그랬어."

연애라는 건, 여자에게 많은 변화를 가져다주는 것 같았다. 연인에게 잘 보이기 위해 곱게 화장도 하고, 편하게 입었던 원래의 옷차림을 벗어던지고 어느 정도 몸매가 드러나는 여성스러운 옷을 찾게 되니 말이다.

"진작 꾸미고 다녔으면……."

하진이 말끝을 흐리며 장난스럽게 입매를 쓰윽 늘렸다.

"그 사람 만나기 전에 다른 남자가 확 채어갔을걸?"

"하, 뭐라고?"

하진의 장난스런 말에 연우가 짐짓 어이없다는 듯 웃다가 말했다.

"이제야 유하진답네."

"그동안 좀 처져 있긴 했었지?"

"좀이 아니라 많이."

하진이 인정하듯 고개를 끄덕였다. 당당하고 솔직하고 시원스럽고 이것이 원래의 유하진다운 거였다. 그런데 현욱을 만나고부터는 그녀에게서 그러한 모습은 찾아볼 수 없었다. 모두 꿈 때문이었다. 웨딩드레스를 입고 그의 신부가 되었던 꿈, 진한 키스와 뜨겁게 그녀의 몸을 어루만졌던 손길에 무너져 내렸던 그 꿈 때문에.

그 꿈을 꾸었던 그때부터였다. 그날 우연히 그를 만났고 그와 마주하고 있으니 자꾸만 꿈속의 장면에 새록새록 떠올라 민망함에 얼굴이 뜨거워졌다. 본의 아니게 만날 때마다 실수를 남발했고 그때마다 부끄럽고 창피해서 움츠러들기에 바빴다. 그런 상황 속에서 설레기도 하고 두근거리기도 했다. 힘들게 연애에 대한 고민도 해야 했고, 그 남자만 앞에 있으면 그녀는 자신이, 자신이 아닌 것 같았다. 내가 나답지 않게 왜 이러지? 란 말을 여러 번 입에 올렸을 정도로.

"아무튼 보기 좋아. 얼굴이 활짝 폈어. 예뻐, 아주."

"고마워. 너도 예뻐. 나만큼이나. 후후."

연우가 기막힌 듯 코웃음을 치자, 하진이 새침스럽게 웃으며 어깨를 올렸다 내렸다.

까만 어둠이 내려앉은 늦은 밤. 하진은 홀로 맥주를 마시며 컴퓨터 앞에 앉아 있었다. 연인이 된 현욱의 자료를 찾아보며 그에 관해 알아가는 중이었다. 생일은 이미 알고 있었고 좋아하는 것과 싫어하는 것은 무엇인지 하나하나 눈으로 익히고 머리에 새겼다.

별로 싫어하는 음식 없이 다 잘 먹는 편이지만 그중 한식을 가장 좋아했으며 주량은 소주 세 병. 취미는 음악 감상과 영화감상, 스포츠 중에서는 축구를 좋아한다고 했다.

"나도 축구 좋아하는데."

소소하지만 좋아하는 깃이 동일하거나 비슷한 면을 찾았을 때 그녀는 기분이 묘했다. 좋기도 하고 재미도 있었다.

맥주 한 캔을 다 비운 하진은 두 번째 맥주 캔을 땄다. 맥주를 한 모금 들이켜며 마우스에 다시 손을 가져다 댔다. 검지 손가락을 움직이며 이번에는 그가 주연으로 출연한 작품들을 찾아보려고 하는데 휴대폰이 울려댔다.

하진의 입술이 쓰윽 올라갔다. 확인하지 않아도 알 수 있었다, 전화를 걸어온 이가 현욱이라는 것을.

"나예요."

[빌라 앞이야.]

"우리 집이요?"

하진은 화들짝 놀랐다. 비딱하게 앉아 있던 자세를 바로 하고 시간을 확인했다. 시계는 이제 막 11시를 지나가고 있었다.

9시에 시작한 파티가 벌써 끝나진 않았을 텐데.

"설마 중간에 빠져나온 거예요?"

의아함에 하진이 묻자 짧은 단답형의 대답이 돌아왔다.

[응.]

"왜요?"

[몰라서 묻는 건 아니겠지?]

물론 아니다. 하진은 저절로 늘어지려는 입술에 힘을 주었다. 늦더라도 잠깐 오겠다는 그에게 내일 보자고 한 주제에 좋아하기는.

"그렇다고 빠져나오면 어떻게요? 그분이 서운해하겠어."

[유하진.]

"네."

[나 통화하러 여기 온 거 아닌데.]

그의 말에 그녀는 순간 아차, 했다.

맞아. 이 남자 지금 빌라 앞이라고 했지.

[얼른 내려와.]

"차는요?"

[타고 있지, 내가. 걱정하지 않아도 돼. 혼자 있으니까.]

그는 그녀가 대리운전 기사가 있는지 없는지 확인하는 줄 알았던 모양이다. 그 뜻이 아니었는데. 그저 그가 늦은 시간에 어떤 방법으로 온 건지 궁금했던 것뿐. 아무튼 대리운전 기사는 돌아간 듯하고, 하진은 잠시 고민했다.

들어와서 차 한잔 마시고 가라 할까?

거실을 한 번 둘러보았다. 아침마다 거의 청소를 하는 터라 깔끔한 편이었다. 그의 크고 고급스러웠던 빌라에 비하면 턱없이 작았지만, 뭐 어떠한가. 각자 형편에 맞게 사는 건데.

카페에서 만나고 난 후 바래다준 것도 아니고 약속된 자리에 참석했다가 그녀를 보기 위해 일부러 중간에 빠져나와 이곳까지 온 그였다. 시간은 늦었지만 이제 연인이 된 사이인데 차 한잔 정도야. 어차피 다시 대리운전 기사를 부를 게 아니라면 술도 깨야 했다. 한두 시간을 차 안에서 앉아 있느니 집이 나을 것이다.

[유하진?]

하진이 아무 말 없자 현욱이 그녀를 불렀다.

"잠깐 올라올래요?"

[올라가도 되나?]

"올라와서 차 한잔 마실래요? 여기까지 왔는데."

[나 거절 안 할 건데.]

"거절하라고 물은 거 아니에요. 올라와요."

[기다려.]

그는 두말 않고 전화를 끊었다. 하진은 컴퓨터 전원을 끄고 서

둘러 주방으로 향했다. 커피포트에 물을 붓고 전원을 눌렀다. 그
런 다음 명색이 남자친구의 첫 방문인데 간단하게라도 대접할 만
한 게 없나 찾아보다가 오늘 집으로 돌아오면서 사들고 온 딸기를
냉장고에서 꺼냈다.

"이거라도 사오길 잘했네."

딸기를 씻어 꼭지를 떼고 접시에 정갈하게 담았다. 그때 초인종
이 울렸다. 다시 걸음을 옮긴 그녀는 현관문을 열었다.

"어서 와요."

"유하진만의 공간이 여기였군."

안으로 들어온 현욱이 눈을 반짝거렸다.

"거기 앉아요."

현욱은 말 잘 듣는 아이처럼 하진이 가리킨 소파에 앉았다. 당
연히 옆에 와 앉는 줄 알았는데, 등을 보이는 그녀를 불러 세웠다.

"어디 가?"

"잠깐 기다려요. 마실 것 좀 가지고 나올게요."

그녀가 주방으로 들어간 사이 현욱은 거실을 둘러보았다. 집은
아담했지만 아기자기하게 꾸며놓았고 정리정돈이 잘되어 있었다.
그의 입가에 절로 미소가 머금어졌다. 처음으로 그녀 혼자만의 공
간에 발을 들여놓게 된 현재 기분은 좋으면서도 묘했다.

"너무 갑자기라 준비할 게 없었어요."

하진이 쟁반을 들고 거실로 돌아왔다. 테이블에 쟁반을 내려놓
으며 그의 옆자리에 앉았다.

"괜찮아. 그런데 이건 뭐고 이건 뭐야?"

현욱은 딸기가 담긴 접시 옆에 세 개의 잔을 보며 물었다.

"두 잔은 허브티고 한 잔은 꿀물이에요. 술 마셨을 거 아니에
요."

하진이 꿀물이 담긴 잔을 그에게 건넸다.

"우선 꿀물부터 마셔요."

"술 안 마셨어, 나."

"안 마셨다고요?"

"응."

현욱이 짧게 고개를 까닥이며 꿀물을 단숨에 들이켰다. 술은 마
시지 않았지만 시원하고 달달하니 좋았다. 유하진처럼.

"술자리였잖아요."

"술자리였지만 난 안 마셨지. 유하진 보러 오려고."

"진짜 안 마셨어요?"

하진이 의심스러운 듯 물었다. 술을 아예 못하는 사람이면 몰라
도 어느 정도 주량이 있는 사람이라 술자리에서 술의 유혹을 뿌리
치기가 꽤 힘들었을 텐데.

"그렇다니까."

"한 방울도?"

"하, 못 믿네. 확인시켜 줘?"

"내가 경찰도 아니고. 음주측정기도 없는데 어떻게 확인을 해
요."

"그런 거 없어도 확인시켜 줄 수 있는데?"

"그냥 믿을게요."

그의 당당한 모습에 하진은 슬쩍 꼬리를 내렸다. 몇 마디 나눠 보니 술 냄새도 나지 않았다. 안 마신 것이 사실인 듯싶었다.

그럼 운전도 직접하고 왔나 보다. 혼자 있다고 해서 대리운전 기사가 그를 이곳까지 데려다 주고 돌아간 거라고 생각했는데.

"조금만 더 믿지 말지?"

"믿는다니까요."

"이렇게 금방 믿으면 안 되는데."

"왜요?"

"확인을 못 시켜주잖아."

현욱이 실망한 듯한 어조로 말했다. 하진의 눈가에 미소가 걸렸 다. 그의 모습이 사뭇 귀여웠던 것이다. 사실 내내 못 알아듣는 척 했지만 말 그대로 '척'이었다. 그가 무엇을 두고 하는 말인지 알아 듣지 못할 정도로 둔하지 않았다.

"확인은 받은 걸로 하고, 믿을게요."

허나, 하진은 못 알아들은 척해야 했다. 그가 마시지 않은 술을 그녀가 마셨기 때문이었다.

"왜?"

"맥주 마셨거든요, 나."

"그럼 확인은 내가 해봤어야 했군."

"에이, 난 집에서 마신 거잖아요. 오는 줄 알았으면 안 마셨을 텐데."

"나랑 키스하려고?"

하여간 역시 못 말리는 남자다. 돌려 말하는 법이 없다. 뭐, 그

것이 이 남자의 매력이긴 하지만.

하진은 대답 대신 딸기를 찍은 포크를 그의 앞으로 들이밀었다.

"이거 먹어요."

"딸기랑 키스하란 소리군."

그러면서 딸기를 입안으로 넣는 현욱을 보며 하진은 피식 웃으며 물었다.

"대표님 생일 축하자리였다면서 어떻게 빠져나왔어요?"

"아예 참석 안 할 수는 없고 얼굴은 비춰야 했으니까. 가자마자 컨디션 안 좋은 척했지. 그 핑계로 술도 안 마셨고."

"그래도 막 권하지 않나, 남자들은?"

하진은 딸기를 입으로 가져가며 물었다. 상큼한 딸기 향이 입안 가득 퍼져 나갔다.

"모인 사람들 모두 각자 알아서 마시는 주의라서 강요하진 않아. 마시고 싶으면 마시고 마시기 싫으면 말아라, 하거든."

"시크한 사람들인가 보네요. 그래도 서운했겠다. 생일인데."

"얼굴 봤으니까 됐다고 쿨하게 보내주던데? 그리고 연애하면 원래 다 이런 거야. 내 연인이 있는데 남자들만 득실거리는 틈에 끼어 있고 싶은 마음이 들겠어?"

그의 말에 일리는 있었다. 같은 상황이었으면 그녀도 그와 같은 심정이었을지 모른다. 연애 초기에는 누구나 그렇지 않을까. 매일 보고 싶고 보고 있어도 보고 싶고 함께 있는 것만으로 충분히 달콤하고 행복한, 오로지 연인에게만 집중하고 싶은 시기가 연애 초기 때니까.

"이제 다른 사람들 얘긴 그만하고."

현욱은 느긋한 동작으로 소파에 편하게 등을 기댔다. 그리고 그녀에게 손을 내밀었다.

"손."

하진은 머뭇거림 없이 그의 손을 잡았다. 자연적으로 그의 손가락이 보드라운 그녀의 손등을 가볍게 문질렀다.

"아, 좋다."

"뭐가요?"

"이렇게 유하진 손잡을 수 있는 거. 잡고 싶을 때 마음대로."

"후후. 원하실 때 언제든지 내어드리지요."

하진이 나직하게 웃음을 흘리며 말했다. 현욱은 소파에 기댄 머리를 비뚜름하게 기울이며 그녀를 바라보았다.

"손만?"

은근하게 묻는 음성에 하진의 눈동자가 흔들렸다. 손만이라니? 뭔가는 더 바라고 원하는 듯한 저 눈길은 무슨 의미지? 갑자기 얼굴이 뜨거워지면서 가슴이 마구 두근거리기 시작했다.

설마, 그 말뜻이…….

"입술도 내어주지?"

"아…….."

하진은 순간적으로 안도의 숨을 내쉬었다. 생각이 너무 지나치게 앞서갔나 보다. 그럼 그렇지. 연애 시작한 지 얼마나 됐다고. 그러다 이내 스스로가 어이없다는 생각을 했다.

뭐야, 유하진. 입술은 된다는 뜻이야?

"뭘 상상을 했기에 얼굴이 빨개지지?"

그녀의 벌게진 두 볼에 무언가를 감지한 듯 현욱이 입술 끝을 말아 올렸다.

"상상은, 무슨 상상을 해요?"

"한 얼굴인데 분명."

"하여간 짓궂어. 엉큼하고."

하진이 눈을 가늘게 뜨고 그를 흘겨보았다.

"그런 나를 집으로 불러들인 건 유하진이지."

"술 안 마셨……."

쪽!

빠르게 상체를 일으킨 현욱이 그녀의 입술에 입을 맞췄다. 하진의 눈이 화등잔만 하게 커졌다.

"뭐예요, 갑자기."

"뭐긴. 뽀뽀한 거지."

그가 그녀의 입술을 또다시 머금었다. 살짝 벌어진 사이를 깊숙이 파고들이 이번에는 조금 더 길게 그녀의 입술올 탐했다.

"이건 키스고."

현욱이 엄지손가락으로 그녀의 입술을 지그시 쓸었다. 그의 입술이 뜨겁게 머무르다가 떨어진 후라 그 행위가 더욱 은밀하게 느껴졌다. 그와의 키스가 처음도 아니건만, 왜 이렇게 심장이 벌렁거리는지 모르겠다.

"감정은 둘이 있을 때만 보여준다더니."

현욱의 커다란 손이 뜨겁게 달아오른 그녀의 양쪽 볼을 감쌌다.

그리고 부끄러움에 사로잡혀 있는 그녀의 눈을 들여다보았다.

"언제 보여줄 거야?"

"나름 보여주고 있는데……."

"어떻게?"

하진은 난감한 표정을 지었다. 그가 그렇게 물으니 딱히 생각이 나지 않았다. 보고 싶다라는 그의 말에 보고 싶다라는 말로 되돌려주는 것밖에는. 그녀는 속으로 한숨을 삼켰다.

연애란 것. 심장이 마구 간질거리고 설레기도 하지만 반면에 어렵기도 했다. 6년 만의 연애였지만 심장이 뜨겁게 반응하는 남자와의 연애는 처음이었다. 그러니 서투를 수밖에 없었다. 그녀 딴에는 노력을 한다 해도 그는 모자라다 느낄 수 있다.

"연애를 많이 해볼 걸 그랬나."

"뭐야?"

중얼거리듯 흘린 그녀의 말에 그가 인상을 팍 구겼다.

"내가 너무 한심해 보여서요."

"왜 또 생각이 그리로 튀어?"

"너무 서투르잖아요. 서른셋이나 됐는데. 이게 다 연애경험이 부족한 탓인 거 같아서 말이죠."

"유하진."

"내 감정 숨기지 않고 표현하겠다고 당당하게 말하긴 했는데 솔직히 방법을 아직 모르겠어요."

그의 부름에도 하진은 시무룩해진 얼굴로 말을 길게 늘어놓았다.

"이런 연애 처음이거든요, 나."

"이런 연애는 어떤 연앤데?"

"음. 손끝만 닿아도 막 간지럽고, 떨리고. 이상하게 당신 앞에만 있으면 내가, 내가 아닌 것처럼 막 움츠러들어요."

"수줍고 부끄러워서?"

현욱의 물음에 하진이 얼굴을 붉히며 천천히 고개를 끄덕였다. 그는 흐뭇한 미소를 지으며 그녀의 입술에 가볍게 입을 맞췄다. 손끝만 닿아도 가슴 떨리는 연애가 처음이라는 여자의 상대가 자신이라는 고백에 말로는 전부 표현할 수 없는 감정으로 가슴이 벅차올랐다.

"잘하고 있네."

"……."

"행동으로 보여주는 것만이 감정을 표현하는 게 아니야."

"그럼요?"

"지금처럼, 솔직하게 네 마음 말해주는 것도 감정 표현의 하나야."

"정말요?"

하진의 표정이 다시금 환해졌다. 시무룩했던 마음이 그의 말에 한결 나아지는 기분이었다.

"지금처럼만 보여줘, 네 감정. 나머지는 나를 따라오면 돼."

"느리지 않게 잘 따라갈게요."

"그래?"

밝게 웃음 짓는 그녀를 바라보는 그의 입가에 야릇한 미소가 번졌다.

"그럼 연습을 한 번 해볼까?"

"연습?"

"일단 가볍게 키스부터 해줘."

현욱이 두 눈을 감고 그녀에게 입술을 내밀었다. 손을 내밀 때와는 역시 확연히 다른 느낌이었다. 코앞까지 바싹 다가온 그의 입술에 하진은 콩닥콩닥 가슴이 뛰었다. 잠시 머뭇거리던 그녀의 떨리는 두 손이 그의 얼굴을 감쌌다. 이어 용기를 낸 작은 그녀의 입술이 뜨거운 그의 입술을 꾹 눌렀고, 그는 환영하듯 그녀의 입술을 맞이했다.

요즘 현욱에게 새로운 버릇이 한 가지 생겼다. 그것은 바로, 틈만 나면 콧노래를 흥얼거리는 것이었다.

"적당히 좀 해라, 적당히."

"후후."

옆에서 그 어떤 핀잔을 주어도 웃음으로 받아넘기는 너그러움도 보였다. 생각만으로도 좋아서 절로 미소가 피어오른다는 그는 현재 유하진이라는 여자와 핑크빛 열애 중이었기 때문이다.

"누가 보면 세상 연애 혼자 다 하는 줄 알겠다."

제호는 혀를 끌끌 찼다. 광고와 화보 촬영 외에 스케줄이 거의 없는 현욱으로 인해서 평소보다 여유로워지긴 했지만 J.W 엔터테인먼트에 소속된 연예인이 이현욱만 있는 것이 아니라 본격적인 휴식기를 갖고 있는 현욱이 쉰다고 해서 매니저인 그까지 쉬는 건 아니었다.

불과 두 시간 전까지 다른 배우의 스케줄을 관리하고 3일 만에 찾아왔더니만. 저 흥얼거림만 한 시간째 듣고 있었다.

"형 처음 연애 시작했을 때를 생각해."

"내가 뭐?"

"공사 구분도 안 하고 연애했으면서."

"야, 지킬 건 지켰거든?"

"지켰어? 그럼 밴 안에서 입 맞추다가 나한테 들킨 건 뭐지? 나 스케줄 소화하는 동안에 말이야."

"흠흠."

현욱이 지난 과거의 일을 지적하자 제호가 민망한 듯 헛기침을 해댔다.

"내가 본 것만 세 번인데 얼마나 더 많았겠어. 사내연애라고 나 한테까지 숨기고 둘이 연애하다가 들킨 게 처음 키스하다가 걸렸 을 때였지?"

"너는 무슨 애가 그런 걸 기억하고 그러냐?"

"어떻게 잊을 수가 있겠어. 내 눈이 처음으로 생생한 장면을 목 격했는데. 두 번째는 아마 더 진한 연출……."

"여기까지! 알았다, 알았어. 고만하자. 아무 말 안 할 테니까."

말 한번 잘못 뱉었다가 되레 역습을 당한 제호는 새빨개진 얼굴 로 두 손을 들고 말았다. 이대로 계속 현욱을 상대하다가는 본전 도 못 찾을 게 뻔했다.

"나, 오 년 만에 하는 연애야. 좀 봐줘라, 형."

"그래, 깨소금 냄새 나도록 연애해라. 그래도 조심은 하고."

현욱은 싱긋 웃으며 시계를 보았다. 그녀를 만날 시간이 서서히 다가오고 있었다. 진작 준비는 마친 상태였고, 이십 분 후쯤 출발만 하면 된다.

"나 나갈 때 같이 나갈 건가?"

현욱이 제호에게 물었다. 제호가 고개를 흔들었다.

"난 좀 더 있다가."

"데이트 안 하나, 요즘? 결혼 며칠 안 남았다고 각자 노는 거야?"

"결혼 전에 친구들하고 마지막으로 올나잇 하신대."

"어디서?"

"친구 오피스텔에서."

"처량한 외톨이 신세가 되셨군, 오제호 씨. 나도 조금 있으면 나갈 건데 혼자 뭐 하실 건가?"

그의 집에서 제호의 집까지는 차로 한 시간 거리였다. 제집으로 돌아가기 귀찮을 때면 종종 그의 빌라에서 머무르기도 하던 제호다. 스케줄을 마친 후 그를 바래다주었을 때 특히 그랬다.

"잠이나 잘까? 며칠을 거의 못 잤더니 피곤하긴 한데."

제호가 뻐근한 어깨를 돌리며 근육을 풀었다. 며칠 동안 강행군을 했더니 고단함이 밀려들었다. 허나, 중요한 건 너무 피곤해서인지 잠이 오지 않는다는 거였다.

"그러던지."

"아니면 현욱아."

은근하게 이름을 불러오는 제호의 목소리에 현욱의 눈이 가늘어졌다.

"오늘만 쉬면 안 되냐?"

"뭘?"

"데이트."

"잠이나 자."

현욱은 단번에 거절했다.

"맥주나 한잔하자 모처럼. 응?"

"피곤하다며, 자."

"마시고 푹 자려고 하는 거지."

"그럼 마시고 자. 냉장고에 맥주 있으니까."

"와. 너무한다, 이현욱."

제호가 서운하다는 투로 말하자, 현욱이 같은 어조로 되돌렸다.

"너무는 형이 하는 거지. 나 연애한 지 이제 한 달 됐어. 쉬어갈 걸 쉬어가라 해야지."

"매일 만난다며. 야, 연애 초기부터 그렇게 자주 만나는 거 별로 좋지 않다."

"아아, 형은 연애 초기에 공사 구분 없이 매일같이 붙어 있어서 별로 좋지 않았나 봐? 이 사실을 보경 형수한테 전해줘야 하나?"

"야, 됐어. 치사하다, 치사해."

제호는 마치 토라진 것마냥 고개를 홱 돌리더니 소파를 침대 삼아 벌러덩 드러누웠다. 그에 피식 한 번 웃음지은 현욱은 드레스룸으로 가서 카키색 야상점퍼를 걸치고 나왔다. 제호는 좀 전의

223

그대로 누워 있는 상태였다.

"어차피 내일 총각파티 하기로 했잖아. 내일 실컷 마시자."

"그러든지."

제호의 목소리에 기운이 없었다.

결혼 전에 잔뜩 예민해지는 쪽은 여자라던데, 남자들도 그런가? 요즘 유독 감정의 기복이 심해 보였다.

내일 마실 텐데 뭐.

현욱은 괜스레 마음에 걸렸다. 그렇다고 그녀와의 데이트를 포기할 수도 없고.

내일 밤, 늘 모이는 멤버들과 만나 며칠 후에 결혼식을 올리는 제호의 총각파티를 하기로 약속이 되어 있었다. 파티라고 해봐야 밤새 술을 마시는 것뿐이겠지만 제호에게 싱글로서의 마지막 추억을 남겨주기 위해 마련한 자리였다.

내일은 못 만나기 때문에 오늘은 그녀를 봐야 했다. 얼마 전처럼 소속사 대표인 주원의 생일파티 때처럼 중간에 빠져나올 수는 없었다.

"되도록 일찍 들어올게."

"알았어."

소파에 등을 돌려 누운 채로 제호가 손만 휘휘 저었다. 나직이 한숨을 내쉰 현욱은 무거워진 발걸음을 현관으로 옮겼다.

띠리릭.

그런데 그때, 현욱의 미간이 좁혀졌다. 그가 신발도 채 신기도 전에 현관 비밀번호가 눌리는 소리가 들리더니 현관문이 열린 것이다. 그리고 열린 현관문 사이로 모습을 드러낸 건 그의 이모 송민주 여사였다.

"이모?"

느닷없는 민주의 방문에 현욱은 의아했다. 연락도 없이 그의 집을 찾아온 적은 물론 많았지만, 시간이 밤 9시를 향해가고 있었다. 더군다나 두 시간 전 통화했을 때만 해도 그의 집으로 올 것이라는 기색도 내비치지 않았었다.

"이 시간에 어디 나가니?"

"약속이 있어서. 연락도 없이, 무슨 일이야?"

"내 조카 집에 오는데 꼭 연락을 해야 하니? 그리고 내가 어디 연락 없이 온 게 한두 번이야?"

"내가 없으면 헛걸음하는 거잖아."

"아까 전화했을 때 집이라고 했잖니. 뭐, 없으면 할 수 없는 거고. 가만히 서 있지만 말고 이것 좀 들어."

민주가 들고 온 커다란 봉투를 그에게 넘겼다. 그리고 그를 지나쳐 거실 쪽으로 걸어갔다. 막 거울바람을 맞고 들어온 이모에게서 차가운 기운이 느껴졌다.

무슨 일이지?

현욱은 우선 현관문을 나서는 대신 이모의 뒤를 따랐다.

"어머, 제호도 있었구나?"

"이모님!"

심드렁하게 소파에 누워 있던 제호가 갑작스런 민주의 방문에 벌떡 몸을 일으켜 세웠다.

"어쩐 일이세요, 이 시간에."

"술 생각이 나서 말이야. 잘됐네. 같이 한잔하자꾸나."

"좋죠!"

마침 술을 고파했던 제호가 반색을 하며 외쳤다.

"역시 이모님과 저는 뭔가 통하는 게 있다니까요. 안 그래도 술 한잔하고 싶었는데, 저 녀석이 배신을 때려서."

제호의 말이 어이없다는 듯 현욱은 헛웃음을 쳤다. 그리고 뒤이어 말을 잇는 민주의 목소리는 그를 나무라는 투였다. 갑자기 그는 뒷목이 뻣뻣해지는 것을 느꼈다.

"넌 왜 형을 배신하고 그러니?"

"누가 배신을 했다고……."

현욱은 하던 말을 멈췄다. 순간, '내가 왜 변명을 하고 있는 거지?'라는 생각이 들었던 것이다.

"왜 말을 하다 말아?"

그를 배신자로 몰고 간 제호가 뻔뻔스럽게 물었다. 현욱은 제호에게 눈을 흘기며 말했다.

"됐고. 술은 마시고 싶었던 두 사람이 오붓하게 마시면 되겠네. 난 이만 자리 비켜줄 테니까."

"중요한 약속이니?"

"중요한 약속이야."

"이모보다 더?"

이건 뭐, 엄마가 더 좋아, 아빠가 더 좋아 묻는 것도 아니고. 민주의 유치한 질문에 현욱이 가볍게 웃었다.

"이모는 약속하고 온 게 아니잖아."

"온갖 인터뷰에는 가장 소중한 사람이 우리 송민주 여사다. 라고 하더니 순 거짓부렁이지?"

"그 말이, 지금 어울린다고 생각해?"

"그저 이미지관리 차원에서 던진 소리가 아니면, 아니라는 걸 오늘 한 번 보여줘 봐. 오랜만에 사랑하는 조카랑 술 한잔하고 싶어서 그래."

"오늘은 말고, 다음에 보여줄게."

그는 슬쩍 손목시계를 확인했다. 서둘러 출발하지 않으면 그녀를 기다리게 만들 것이다. 이젠 정말 나가봐야 한다는 말을 전하려는데, 민주가 한발 앞섰다.

"많이 중요한 약속이야?"

"응."

당연히 많이 중요한 약속이다. 연애 초기에 연인을 만나는 것보다 더 중요한 약속이 뭐가 있겠는가.

"너, 연애하니?"

"뭐?"

민주의 입에서 흘러나온 '연애'라는 단어에 현욱의 속이 뜨끔거렸다.

"제호도 없이 개인적으로 움직이는 스케줄이면, 더구나 촬영도 없는 네가 일 때문은 아닌 것 같고. 밤 아홉 시가 다 되어가는 시간에 만나러 가는 사람이 혹시 여자친구인가 해서 말이야."

"여자친구는 무슨."

"아니야?"

"아니야."

현욱은 꿰뚫듯 쳐다보는 민주의 시선을 슬그머니 피했다.

"그럼 취소해도 되겠네."

"뭐?"

현욱의 눈썹이 찌푸려졌다. 그런 그를 보며 민주가 씨익 웃더니 소파에서 일어났다.

"애인 만나러 가는 약속 아니면 취소하고 이모랑 한잔해."

"이모!"

"하지만 애인 만나러 가는 약속이면 붙잡지 않으마. 제호야, 이모가 사온 봉투 좀 들고 따라오겠니?"

"넵, 이모님."

제호가 실실거리며 현욱이 바닥에 내려놓았던 커다란 봉투를 집어 들었다. 그리고 민주의 뒤를 따르기 전, 현욱에게 깐죽거리듯 말했다.

"데이트는 물 건너갔네."

"시끄러워."

"거봐. 오늘은 쉬어가라고 했잖아, 내가."

"시끄럽다니까!"

현욱이 눈을 부라리자, 제호가 황급히 민주에게 달라붙었다.

"오늘의 안주는 무엇입니까, 이모님?"

"먹고 싶은 것 있음 말해. 만들어줄게."

"정말이요?"

주방에서 도란도란 들려오는 대화 소리에 현욱은 답답한 듯 탄식을 터트렸다.

애인과의 약속이면 나가고, 아니면 취소하라니. 결국 이렇게 발목을 잡히고 말았다.

연애를 하고 있어도 부정을 해야만 하는 슬픈 현실 때문에.

8

오늘도 어김없이 하루의 끝이 다가오고 있었다. 하진은 매주 목요일이 휴무인 연우를 대신해 일주일에 두 번 출근을 하는 아르바이트생 유린과 카페를 마감하기 전, 마지막 손님이 될 두 명의 남자를 맞이했다. 그리고 두 명의 남자 중 한 남자로 인해 잠시 정적이 흐르던 카페 안이 금세 소란스러워졌다.

"사장님, 사장님. 이현욱이에요!"

유린이 하진의 팔을 흔들어대며 호들갑을 떨었다. 카페 손님들도 마찬가지였다. 카페를 정리할 시간이라 손님은 두 테이블로 줄어 있었지만, 하진은 고작 4명의 인원으로 이렇게 시끄러울 수도 있구나, 라는 느낌을 받았다. 또한 대한민국 톱스타를 바로 눈앞에서 목격한 순간에 사람들은 하나같이 똑같은 반응을 나타냈다.

이현욱을 두고 자기들끼리 주고받는 대화는 지난번 갑작스럽게 등장했던 그날과 크게 다르지 않았다.

"이현욱이라니까요, 사장님."

그래. 이현욱이다.

미리 연락을 받았기에 하진은 여느 때처럼 놀라지 않았다. 밤에 약속이 있다고 했던 그가 늦은 오후쯤 전화를 걸어서는 약속 장소로 가기 전 한 시간 정도 차 안에서 볼 수 있느냐고 물어왔다. 오늘은 연우가 쉬는 날이라 곤란하다고 답했더니 단순히 손님으로 커피만 마신다며 온 것이다.

"저희 왔습니다, 처형."

"오셨어요?"

제호의 인사에 하진은 미소로 되돌렸다. 약속한 대로 그는 그녀에게 그 흔한 눈인사도 없었다. 그 이유를 알기에 그녀는 서운해하지 않았다.

"우리 커피 두 잔 가져다주세요."

제호가 커피를 주문하는 사이 그녀를 그대로 지나친 그는 가장 구석진 자리에 가서 앉았다. 그의 움직임에 따라 손님들의 시선도 반사적으로 움직였다.

"가서 앉아계세요. 곧 가져다줄게요."

제호가 현욱이 앉아 있는 자리로 돌아가자 유린이 놀란 목소리로 물었다.

"사장님, 이현욱하고 같이 온 사람이랑 아는 사이예요?"

"응."

"어떻게요?"

"내 사촌 여동생하고 곧 결혼할 분이거든."

"그분은 이현욱하고 무슨 관계인데요?"

"매니저."

"정말요? 와, 대박!"

유린의 눈동자가 보름달만큼 커졌다. 만약 이현욱이 그녀의 연인이라는 사실까지 알면 뒤로 넘어가는 건 둘째 치고 기절을 할 기세였다.

"어쩐지 그래서 우리 카페를 찾았구나. 오늘이 처음이에요, 아니면 자주 왔어요? 난 왜 한 번도 못 봤지?"

그거야, 그대가 없을 때만 왔으니까.

"그럼 사장님, 사장님도 이현욱하고 잘 알아요?"

"모르지, 난."

하진은 짧고 간결하게 대꾸했다. 하나하나 대답을 해주다가는 끝이 없을 것만 같아 유린에게서 벗어나 커피를 내렸다. 하지만 유린이 그녀의 뒤에 찰싹 붙어 따라왔다.

"그래도 부럽다. 이현욱하고 연결고리가 조금은 있는 거잖아요."

하진은 입가에 걸고 있던 작은 미소를 서서히 거두었다. 유린의 말 속에 자꾸만 그녀의 신경을 건드리는 것이 있었던 것이다. 올해 스무 살이 된 유린이 서른네 살이 된 현욱의 이름을 친구 부르듯이 불러대고 있었다.

"유린아."

"네?"

"그렇게 함부로 이름 불러대는 거 이현욱 씨가 들으면 기분 안 좋지 않을까? 한참 어른이고 한 공간에 있는데."

"아, 맞다."

하진의 지적에 유린이 손으로 입술을 막으며 현욱을 슬쩍 돌아 봤다. 역시 어리구나. 그런 유린의 모습이 귀여웠다. 그녀는 살포 시 웃음을 지으며 머그잔에 커피를 따랐다.

"사장님."

"응?"

커피가 담긴 두 개의 잔을 쟁반 위에 올리고 걸음을 움직이는 그녀를 유린이 불러 세웠다.

"그 커피. 제가 가지고 가면 안 돼요?"

"뭐?"

"이현욱 아니, 현욱 오빠를 코앞에서 볼 수 있는 기회잖아요. 언 제 또 이런 기회가 오겠어요, 네?"

하진은 순간 난감해졌다. 커피만 마시러 오셨다고 했으나, 그선 핑계일 뿐이란 걸 모르지 않았다. 그가 그녀를 기다리고 있음을 알고 있었지만 눈동자를 반짝반짝 빛내는 유린의 부탁을 차마 거 절할 수는 없었다.

"그래, 그럼."

"감사합니다. 아, 현욱 오빠를 두 눈으로 직접 보게 되다니."

유린이 크게 심호흡을 한번 하더니 쟁반을 들고 현욱에게 다가 갔다.

잔뜩 설렌 듯 보이는 유린의 뒷모습에 그녀는 아쉬운 마음을 고이 접어두고 카운터 앞에 가 앉았다.

나도 하루 건너뛰고 보는 얼굴, 가까이서 한 번 보려고 했는데.

"아, 어떻게. 가슴이 너무 떨려요."

잠시 후, 현욱과 제호에게 커피를 주고 돌아온 유린이 벌게진 얼굴로 손바닥으로 가슴을 문질러 댔다. 이현욱이 대단하긴 하구나. 내가 그렇게 대단한 남자와 연애란 걸 하고 있구나. 새삼 다시 한 번 느끼는 그녀였다.

"어쩜 저렇게 멋있을 수가 있죠?"

고개를 돌려 현욱을 본 하진이 고개를 짧게 끄덕였다. 그녀 역시 인정한다는 듯이.

잘나긴 엄청 잘나셨지, 우리 애인님이.

입꼬리를 쓰윽 말아 올리는데 현욱과 시선이 딱 마주쳤다. 같은 공간에 있어도 연인을 연인이라 부를 수 없는, 그저 눈빛으로만 서로에 대한 감정을 주고받아야만 그에게 작은 미소를 띠어 보이는데 현욱이 휴대폰을 꺼내 누군가에게 전화를 걸었다. 그리고 몇 초 지나지 않아 그녀의 휴대폰이 울려댔다.

"여보세요."

[커피. 유하진이 가져다주는 줄 알았는데, 이러기야?]

"어쩔 수 없었어요."

하진은 유린을 피해 조심스럽게 전화를 받으며 파티션 안쪽으로 자리를 옮겼다. 그의 모습을 볼 수 없는 자리였지만 통화를 하려면 이 방법뿐이었다.

[아예 숨어버리는 건가?]

"손님들이 있잖아요."

[같은 카페 안에 있는데 우리 둘이 통화하고 있을 거라는 건 상상도 못할걸?]

"혹시 모르잖아요."

[목소리만 들으려고 온 게 아닌데, 나는?]

"아까는 단순히 카페 손님으로만 들르겠다고 하더니?"

그래도 그의 말이 싫지는 않은지 하진은 소리 없이 웃었다.

[조금 떨어진 자리여도 괜찮으니까 내가 볼 수 있는 곳으로 좀 나오지? 음?]

"그럼 너무 티나게 쳐다보지 마요."

[오케이.]

하진은 하는 수 없이 파티션 바깥으로 다시 나왔다. 그리고 최대한 그와 떨어져 있는 자리이지만 또 마주 볼 수 있는 곳으로 가 앉았다.

[좋잖아, 얼굴 보니까.]

"제호 씨 혼자 심심하겠어요."

[형은 신경 쓰지 마. 혼자서도 잘 노니까 나한테만 집중해.]

현욱의 말에 제호가 불평하는 소리를 냈다. 하진은 피식거리며 그에게 소곤거리듯 물었다.

"약속 시간이 몇 신데요?"

[음. 십 분 후에는 일어서야 해.]

"얼마 안 남았네요."

[아쉽나?]

"아쉽긴 하죠."

하진은 솔직히 대답했다. 사실 겉으로는 아무런 내색도 하고 있지 않지만, 그녀는 현재 긴장하고 있었다. 손님들과 함께 있는 카페 안에서 그와 통화를 하고 있는데 어찌 긴장을 안 하겠는가. 만에 하나 들키면 어떻게 하나 가슴을 졸이고 있었지만 반면에 짧은 만남의 시간이 아쉽기도 했다.

[내일 만나면 유하진 얼굴 뚫어져라 보기만 해야지.]

"얼굴에 구멍 나라고요?"

[후후후. 그런가?]

하진의 우스갯소리에 현욱이 나직하게 웃음을 터트렸다.

[예쁜 얼굴에 구멍이 나면 안 되지. 그럼, 중간중간 뽀뽀를 해야겠네. 오늘의 아쉬움을 달래려면.]

"어쩜 그런 민망한 소리를 얼굴색 하나 안 변하고 해요?"

오히려 듣고 있는 그녀의 두 볼이 화끈 달아올랐다. 더구나 그의 앞에는 제호가 앉아 있었다.

[뭐가 민망해? 연인 사이에 당연한 건데.]

"그런 말은 둘이 있을 때만 해요. 제호 씨도 있는데. 당신한테는 제호 씨가 친형같이 편한 상대일지 몰라도 나한테는 제부가 될 사람이라고요."

[아, 그 사실을 깜빡하고 있었군.]

현욱이 앞으로 조심하겠다는 투로 말했다.

[카페 끝나면 바로 집으로 가는 건가?]

"그래야죠. 당신은……."

"사장님?"

바로 그 순간, 갑자기 들려오는 유린의 음성에 하진은 그대로 굳어버렸다.

언제부터 와 있었던 거지?

너무 놀라서인지 가슴이 미친 듯이 뛰어댔고 머릿속이 멍해졌다. 등에서 식은땀도 흐르는 것 같았다. 잔뜩 당황해서 이러지도 저러지도 못하고 있는 그녀를 유린이 다시 불렀다.

"사장님."

잔뜩 당황해서 이러지도 저러지도 못하고 있는 그녀를 유린이 다시 불렀다. 가까스로 정신을 차린 하진은 황급히 통화를 종료하고 유린을 올려다봤다.

"어? 어. 왜?"

"저, 통화 중에 죄송한데. 저 들어가 봐야 할 시간이 되어서요. 이현욱 오빠 돌아갈 때까지 있고 싶은데 약속이 있어서."

"아……."

약속이 있는 것이 야속한 듯 유린이 입술을 삐죽거렸다. 하진은 가슴을 쓸어내리며 안도의 탄식을 터트렸다. 표정을 보아하니 아무것도 듣지 못한 듯했다.

"그래. 시간 됐으면 들어가 봐."

"네. 다음 주 목요일에 봬요. 그리고 현욱 오빠한테 자주 오시라고 전해주시고요."

마지막으로 그녀에게 꾸벅 인사를 한 유린이 카페를 나섰고 기다렸다는 듯 다시 휴대폰이 울려댔다.

[괜찮아?]

"심장이 쪼그라드는 줄 알았어."

하진은 투덜거리는 듯 중얼거렸다.

"그만 끊어요."

[오 분밖에 안 남았는데?]

"가슴 졸여서 더는 못하겠어요, 통화."

[후후.]

하진이 지친 얼굴로 고개를 흔들어대자, 그가 낮게 웃었다. 하진의 고운 미간이 설핏 좁혀졌다.

"지금 웃음이 나와요?"

그리고 그때, 현욱에게서 전혀 예상치 못한 소리가 흘러나왔다.

[왜. 난, 스릴 있고 좋은데.]

순백의 웨딩드레스를 입은, 오늘의 신부 보경은 너무나도 아름다웠다. 또한 사람들의 축복을 받으며 제 아버지의 손을 잡고 오늘의 신랑인 제호에게로 한 걸음 한 걸음 다가가는 보경의 미소는 꽃처럼 화사했다.

예쁘다, 우리 보경이.

고모부, 즉 보경의 부친이 딸의 손을 제호에게 넘겨주고 사위가 된 그의 어깨를 다독여 주었을 때, 하진은 슬그머니 고개를 돌렸다. 그리고 그녀의 시선이 닿은 그곳에는 현욱이 있었다.

하진의 눈가에 잔잔한 미소가 걸렸다.

근사하네, 우리 애인.

많은 사람들이 결혼식에 참석했지만 짙은 남색 계열의 슈트로 멋지게 차려입고 제호 쪽 하객으로 참석한 그는 이중에서도 유독 돋보였다.

하긴, 그럴 수밖에 없는 존재긴 하지.

현욱은 함께 온 지인 4명과 하객석으로 마련된 원형테이블에 둘러앉아 있었다. 제호와 보경을 향해 축하의 박수를 치다가 옆에 앉은 지인과 조용히 담소를 나누기도 했다. 그녀는 현욱의 옆자리에 앉은 사람에게로 살짝 눈을 돌렸다.

그의 절친으로 알려진 톱스타 한태혁. 그와 마찬가지로 영화배우이자 탤런트였다. 오늘의 주인공이 그들인 것처럼 두 사람은 일반 하객들의 시선을 독차지하고 있었다.

하진은 그의 지인을 한 사람, 한 사람 눈으로 훑었다. 한태혁 외에도 두 명의 남자가 더 있었는데 분명 연예인은 아니었다. 그럼에도 그들에게서는 연예인의 포스가 물씬 풍겼다. 짐작이 맞는다면 저 두 사람 중에 한 사람이 그의 소속사 대표일 것이다. 끼리끼리 어울린다는 말은 저들을 두고 하는 말인 듯 하나같이 키도 훤칠하니 잘생기고 멋있었다.

물론 그녀의 눈에는 이현욱이 최고였지만.

하진의 시선이 마지막으로 남은 한 사람에게 머물렀다. 영화 '웨딩드레스'에서 현욱의 상대 여배우 역할을 맡았던 금아진이었다. 금아진은 눈이 부실 정도로 화려한 미모를 뽐내며 네 명의 멋지고 잘생긴 남자들 틈에 유일한 홍일점으로 앉아 있었다. 그의 또 다른 옆자리를 차지하고 있는 인물이기도 했다.

진짜 예쁘긴 하다. 보고 있는 사람 기를 죽일 정도로.

왜 그런 걸까?

금아진을 보고 있으니 하진은 갑자기 제 자신이 초라해지는 기분이었다. 그리고 이 시점에 든 한 가지 의문. 현욱은 어째서 옆에 저토록 아름다운 여자를 두고 지극히 평범한 그녀에게 호감을 느끼고 좋아하는 걸까.

가만, 내가 지금 무슨 생각을 하는 거야.

하진이 머리를 흔들며 쓸데없이 비집고 들어온 생각을 떨쳤다.

명색이 톱스타 이현욱의 연인인데 초라하고 기가 죽다니. 비록 비밀 연애이긴 해도 그의 연인은 나고, 주위에 예쁘고 아름다운 여배우들이 넘쳐흐르겠지만 그가 선택한 여자는 나야. 오히려 당당해져야지. 암, 그래야지.

하진은 잠시 위축되었던 어깨를 폈다. 그리고 다시 고개를 돌리는 순간, 현욱과 시선이 딱 마주쳤다. 그녀는 그와 마주친 눈동자에 웃음을 띠었다. 작지만 그가 느낄 수 있는 정도의 인사를 담아서.

어어. 뭐야, 저 남자.

하진의 웃음이 서서히 걷혀졌다. 이번으로 두 번째다, 그가 그녀의 눈인사를 모른 척하며 무시한 것은. 처음은 그녀가 막 결혼식장에 도착했을 때였다. 집안 어른분들께 인사를 드리고 근처에서 반갑게 손님을 맞이하고 있는 제호에게도 인사를 하려고 다가가는데 마침 그와 그의 일행이 그곳에 있었다. 그녀를 발견한 제호가 환히 웃어 보였고 그 자리에 멈칫 선 그녀는 잠시 고민했다. 제호에게는 나중에 인사를 하고 우선 신부대기실로 가서 보경을 볼까 하는. 하지만 곧 생각을 바꾸었다. 어차피 그와 그녀의 관계를 아는 사람은 결혼식장 안에 제호뿐이었다. 이미 제호와 마주친 이상 일부러 그를 피하는 모습이 부자연스러울 것 같았던 것이다.

"결혼 축하해요, 제부."
"하하하. 고맙습니다, 처형."

제호와 인사를 나누는 와중에 현욱과 눈이 마주쳤다. 눈까지 마주쳤는데 아예 모르는 사람인 척 시치미를 떼면 그가 서운해할 것 같아서 가볍게 눈인사만 전했는데, 웬걸. 오히려 그 반대였다. 그는 마치 그녀를 처음 보는 것처럼 무미건조하게 딱 한번 쳐다보더니 그대로 돌아서 버렸다. 아무리 그녀가 아무에게도 알리지 말고 연애를 하자는 제의를 했지만 가벼운 눈인사까지 모른 척하다니. 왠지 서운하고 서글펐나.

그렇다고 안면몰수를 할 필요까진 없잖아. 한 번도 아니고 두 번씩이나.

심장이 철렁 내려앉았던 그 순간의 감정을 또 한 번 느낀 하진이 그를 향해 있던 시선을 거두어들이려는 찰나였다. 금아진이 상체를 살짝 현욱에게로 기울이더니 그의 귀에 무언가를 속삭였다. 금아진의 속삭임에 그가 부드러운 미소를 지어 보였다.

그때, 식장 안을 은은하게 빛내던 조명이 어두워졌다. 이제 조명은 오직 주례사 앞에 서 있는 신랑 신부만을 비추고 있었고 어두워진 조명이 자연스럽게 그녀의 시야를 가려주었다. 완전히 그에게서 눈을 거둬들인 그녀는 신랑 신부만을 주시했다.

"우리 하진이도 웨딩드레스 입혀놓으면 보경이보다 더 예쁠 텐데."

작은어머니의 목소리가 조용하게 들려왔다. 하진의 테이블에는 그녀와 그녀의 모친, 그리고 작은어머니 세 분이 앉아 있었다.

"그 말 고모 앞에서는 꺼내지도 말아."

"형님은. 제가 그런 눈치도 없을까 봐요?"

"혹시나 해서 하는 말이야."

"보경이가 예쁘지 않다는 게 아니라, 하진이라면 더 예뻤을 거라는 거죠. 키도 크고 늘씬한 게 꼭 모델 같잖아요, 하진이는."

"말해 뭐해. 제짝이 나타나야 입더라도 입지."

"걱정 마세요. 요즘은 결혼도 늦게 하는 추세라서 아직 늦은 것도 아니에요, 하진이는."

"늦게라도 나타나면 다행이지."

엄마에게서 나직하게 흘러나온 한숨이 그녀의 가슴으로 스며들었다. 작은 어머니의 말을 시작으로 이 자리가 하진에게 갑자기 가시방석이 되어버렸다.

결혼식을 온 이상 이런 순간이 한 번쯤은 올 거라는 걸 예상은 하고 있었지만 하필이면 그로 인해 기분이 저조해져 있는 지금이란 말인가.

주례는 생각보다 꽤 길었다. 불편해진 마음에 하진은 조심스럽게 의자를 뒤로 밀었다. 살며시 몸을 일으키는데 엄마가 물었다.

"어디 가니?"

"화장실."

뒤도 돌아보지 않고 식장을 빠져나왔다. 예전과 달리 요즘 결혼식은 저녁시간에도 진행이 된다. 제호와 보경의 예식 시간은 오후 7시로 마지막 타임이었다. 때문에 다음 타임 예식이 없는 복도는 다른 때보다 한산했다. 현재 있는 하객들은 모두 제호와 보경의 하객이었고 몇몇을 제외하고는 식을 보기 위해 홀 안에 들어가 있었다.

하진의 하이힐 소리가 또각또각 복도를 울렸다. 화장실은 긴 복도의 끄트머리에 있었다. 화장실에 아무도 없는 것을 확인한 그녀의 잇새로 비로소 긴 숨이 터져 나왔다. 딱히 화장실이 오고 싶었던 건 아니었다. 그저 갑자기 불편해진 그 자리를 피하고 싶었을 뿐.

하진은 수도꼭지를 틀고 차가운 물에 손을 담갔다. 찬 기운이 손을 중심으로 머리끝과 발끝까지 퍼져 나갔다.

머리가 조금은, 아주 조금은 맑아지는 기분이다.

"잊자, 하진아. 보경이 결혼만 축하하자."

물을 잠근 하진은 커다란 거울로 자신을 들여다보며 혼잣말로 중얼거렸다. 애써 미소를 지으며 다짐했다.

허나, 기분은 나아지지 않는다. 그녀가 아닌 다른 여자를 향해 부드러운 미소를 짓고 있는 이현욱의 얼굴이 저절로 눈앞에 그려지자, 가슴에서 찌르르한 느낌이 전해져 왔다.

가장 아끼는 사촌 여동생의 결혼식이라고 평소 입지 않았던 치마까지 꺼내 입었는데. 제호 쪽 하객으로 참석할 그녀의 연인인 현욱에게 새로운 모습을 보여주고 싶어서 입었다는 건 그녀만 아는 진실.

하진은 처음으로 그가 미웠다. 10년 만에 입은 치마가 많이 어색하고 불편한 만큼.

그렇다고 식이 끝날 때까지 화장실에 있을 수는 없는 노릇. 핸드드라이어에 젖은 손을 말리고 화장실을 나왔다. 다시 긴 복도를 지나 식장으로 발걸음을 움직이는데 어디선가 불쑥 튀어나온 손이 그녀의 팔을 확 잡아당겼다.

"엄마얏!"

놀란 하진에게서 절로 외마디 비명이 터져 나왔다. 어디론가 빠르게 끌려 들어갔고 문이 닫히고 잠기는 소리가 들렸다. 불이 꺼져 있어 누구인지 아직 얼굴을 보지 못했다. 불빛이라고는 문 틈사이로 들어오는 것이 전부였다. 와락 겁이 났다.

"누, 누구⋯⋯."

"쉿!"

그녀를 가둔 누군가의 매끄러운 손바닥이 또다시 터지려는 그 비명을 막았다.

"나야."

어둠 속에서 하진의 동공이 크게 벌어졌다. 현욱의 목소리다. 고개를 들자 그의 얼굴이 어렴풋하게 보였다. 그제야 안도의 숨을 내쉬었다.

"뭐 하는 거예요, 지금?"

"뭐 하는 거긴. 유하진 보려는 거지."

"누가 보면 어쩌려고."

"다행히 아무도 못 봤지."

"나, 따라 나온 거예요?"

"음. 화장실 가는 척하는데, 마침 이곳이 비어 있더라고."

신경 안 쓰는 척하면서 내내 그녀를 지켜보고 있었던 모양이다.

"모른 척 무시할 땐 언제고."

"그래서 삐쳤나?"

"기분이 좋진 않았죠."

"난 유하진의 숨겨진 남자잖아."

"……."

"난 너를 위해서, 그 역할에 충실했을 뿐인데. 마음에 안 들었나
보네."

그녀를 위한 행동이었다는 말에 잠시 침묵하던 하진이 입을 열
었다.

"그래도 눈인사 정도는 할 수 있는 거잖아요."

"난 눈인사로는 만족스럽지 못해서 말이야."

"무슨 말이에요?"

"다른 사람들에게 우리 사이를 숨기려면 확실하게 해야지."

문에 등을 기댄 채 단단한 두 팔에 갇혀 있는 그녀는 귓가로 은
은하게 울리는 그의 음성에 가슴이 콩닥거렸다.

"눈인사를 하고 나면 말도 섞고 싶을 것이고 말을 섞으면 우리

관계를 들켜 버릴 것 같아서 말이야."

"그럴 땐, 친구라고 대답하기로 했잖아요."

"난 유하진의 친구가 아닌데?"

"하지만 그때……."

"친구가 되고픈 생각은 더더욱 없고. 애인을 친구라고 하라니, 말이 돼?"

그럴 바에는 차라리 오늘처럼 아예 모르는 척을 하는 것이 낫다는 뜻으로 들렸다.

"그리고 잊었나 본데."

"뭘요?"

"나, 유하진보다 한 살 더 먹었어."

"난 또 내가 뭘 잊었나 했네. 겨우 그거였어요?"

하진이 픽 웃음을 터트리자 현욱도 나직이 웃었다.

"그나저나 어때?"

"또 뭔가요?"

"지금이 더 스릴 있고 좋지 않아?"

"또 그 소리!"

그녀가 낮게 소리쳤다.

"스릴은 무슨 스릴이에요. 심장이 쪼그라들어서 없어지는 줄 알았고만."

"어디, 더 쪼그라들게 만들어줄까?"

야릇한 미소를 머금은 현욱이 두 손으로 하진의 볼을 부여잡았다.

"무…… 읍!"

그가 그녀의 목소리를 삼켜 버렸다. 작은 입술을 가르고 들어간 그의 혀가 그녀를 점령했다. 고른 치열을 훑으며 더 깊숙이 파고들었다. 마치 그녀의 혀를 뽑아버릴 기세로 강하게 흡수했다. 느닷없는 그의 키스에 화들짝 놀라 저도 모르게 쥐어진 주먹에 힘이 빠져나갔다. 마치 그의 키스에 물들어가듯 그녀는 그의 허리에 팔을 두르며 키스를 되돌렸고 타액이 뒤섞이는 소리가 조용한 공간에 은밀하게 울려 퍼졌다.

"하아, 하아. 그, 그만요."

가쁜 숨을 몰아쉬며 하진이 그의 가슴을 살며시 밀어냈다. 그녀가 먼저 멈춰야지만 그가 멈출 것 같았다.

"어때, 더 쪼그라들었어?"

"쪼그라들어서 없어질 뻔했네요."

그가 한결 탁해진 음성으로 묻자, 그녀가 피식, 바람 빠지는 웃음소리를 냈다.

"유하진 오늘, 너무 예쁜 거 알고 있나?"

"알고 있어요."

하진은 얼굴을 발그레 붉히며 농담조로 대답했다. 이 순간, 치마를 입은 어색함과 불편함은 완전히 잊어버렸다. 서운함과 미움도 덩달아 사라졌다, 그의 달콤한 말 한마디에.

"보는 순간부터 입 맞추고 싶었을 정도로."

"그런 사람이 내 눈인사를 무시해요? 두 번씩이나."

"그 이유에 대해선 말했을 텐데."

"금아진 씨랑은 매우 가까워 보이던데요?"

"질투하는 건가?"

"질투나죠. 내 애인이 다른 여자랑 귓속말로 속닥거리면서 웃고 있었는데. 것도 아주 예쁜 여자랑."

하진이 짐짓 투덜거리는 어조로 말했다. 다시 생각해도 기분 좋은 장면은 아니다.

"후후."

"왜 웃어요?"

"좋아. 아주 바람직한 자세야."

만족스럽다는 듯 그녀의 머리칼을 부드럽게 쓰다듬은 현욱이 고개를 살짝 숙였다. 그리고 그녀의 귓가에 속삭였다.

"아진이는 친한 동생이야. 내 눈에는 유하진이 제일 예뻐 보이고 유하진밖에 안 보여. 그래도 질투는 해줘. 기분 좋으니까."

낮은 저음의 울림에 심장이 두근거리는 순간 밖에서 시끄러운 소리가 들려왔다. 그녀는 걱정스러운 표정을 지었다.

"어머, 어떡해. 식 끝났나 봐요."

"먼저 나가, 당당하게. 그래야 사람들이 아무런 의심을 안 하지."

현욱이 안다시피 하고 있던 그녀를 놓아주었다.

"현욱 씨는요?"

"난 적당한 분위기 만들어서 나갈게. 신경 쓰지 마."

"알았어요. 먼저 나가요, 그럼."

그가 고개를 까딱이자 빙긋, 한 번 웃어 보이고 등을 돌리던 하진이 동작을 멈췄다.

"왜?"

의아하게 그녀를 내려다보던 현욱의 눈빛이 일순 움찔했다. 단단한 어깨를 짚고 살짝 발을 들어 올린 그녀가 그의 입술에 '쪽' 소리가 나도록 입을 맞춰온 것이다.

"전화해요."

그녀는 그가 시킨 대로 이 안에서 아무 일도 없었다는 듯 어깨를 당당하게 펴고 나갔다. 홀로 어두운 공간에 남은 현욱의 입꼬리가 쓰윽 올라갔다.

"유하진도 이제, 슬슬 즐기기 시작한 건가?"

우리 고유의 명절 설날이다.

지난밤, 카페의 일을 마치고 곧장 본가로 향한 하진은 본가에서 하루 머물고 새벽같이 일어나 부모님과 평창동 할머님 댁으로 움직였다. 할머님 댁은 모처럼 한자리에 모인 온 가족으로 인해 북적북적거렸다.

명절 음식은 어제 그녀의 모친 임 여사와 큰어머니, 작은어머니 그리고 큰어머니의 며느리가 모두 해놓은 후였기 때문에 그녀를 비롯한 다른 자식들이 할 일은 딱히 없었다. 그저 옆에서 차례 지낼 준비를 하는 것을 조금씩 거들 뿐이었다.

"새해 복 많이 받으세요, 할머니. 올해도 건강하시고요."

차례를 지내고 하진은 할머니께 세배를 드렸다.

"오냐. 하진이도 새해 복 많이 받아라."

"네."

"얼른 시집도 가고. 이 할머니 올해 소원은 우리 하진이가 좋은 짝 만나서 시집가는 거란다. 노력을 좀 해봐."

할머니의 올해 소원은 4년째 같았다. 이미 짐작하고 있었던 소원이었기에 슬쩍 웃음으로 넘어간 그녀는 순서를 기다리는 할머니의 다른 손주들을 위해 얼른 뒤로 물러섰다. 많은 가족들이 둘러앉아 있는 가운데 결혼을 하라는 재촉을 받는 건 그다지 유쾌한 일이 아니었으니까.

이어 집안 어른들께도 세배를 마쳤을 때, 현욱에게서 연락이 왔다. 하진은 조용히 2층으로 올라가 전화를 받았다.

"나예요."

[통화 가능해?]

"네. 말해요."

[차례 잘 지냈나?]

"세배까지 마쳤어요. 현욱 씨는, 부모님 차례 잘 지냈어요?"

[응. 차례 지내고 막 떡국 먹었지.]

"이모님은요?"

[설거지.]

"설거지 정도는 현욱 씨가 하지. 얼른 끊고 가서 도와드려요."

마치 그가 앞에 있는 듯 눈을 흘기며 하진이 타박하는 투로 말했다.

[나도 그러고 싶었지. 한사코 비키라는데, 당해낼 재간이 있어야지.]

"명절음식 하시느라 힘드셨을 텐데."

[미안해서 그런가 봐.]

"뭐가요?"

[외출한대.]

"외출하시는데 왜 미안해요?"

[나 혼자 두고 약속 만들어서 나가는 게. 명절이잖아.]

"아……."

그의 가족은 이모 한 분뿐이라는 것이 왜 이제야 기억이 난 것일까. 온 가족이 한자리에 모여 즐기는 명절인데, 그 혼자 덩그러니 있을 모습이 떠오르자 그녀의 가슴으로 싸한 기운이 퍼져 나갔다.

"내가, 갈까요?"

[괜찮아. 오늘은 가족분들하고 있어야지.]

"어차피 나도 집에 가려고 했어요."

[왜?]

"여기 있으면 시집가라는 말씀들을 많이 하셔서, 불편하거든요."

거짓이 아니라 사실이었다. 그녀의 나이가 서른이 되고부터 가족 모임만 있으면 듣게 되는 소리가 시집 안 가냐는 것이었다. 바늘방석이 따로 없었다.

'언젠가는 가야죠.'

하지만 한 번으로 끝나지 않았다. 식사를 마치고 술이 한 잔 두잔 들어가고 분위기가 무르익을 때쯤 또 물어온다. 마치 처음 묻는 것처럼.

'하진이 결혼은 언제 할 거니? 만나는 사람 없어? 시집가야지, 서른 넘었는데.'

그때부터였다. 웬만하면 가족모임은 자연스럽게 피하게 되었다. 오늘 같은 명절이나 꼭 참석해야 할 자리에서도 얼굴만 살짝 내비치고 가장 먼저 일어선다. 오늘도 마찬가지였다. 차례를 지낸 후 할머니께 세배까지만 드리고 상황 봐서 집으로 돌아갈 예정이었다.

"혹시, 내가 가는 게 반갑지 않아요?"

[그럴 리가 있겠어? 유하진이라면 언제든지 환영이야.]

그의 말에 그녀의 입술이 저절로 반달이 되었다.

"그럼 갈게요. 우리 어제도 못 봤잖아요."

[나야 좋지. 주소 알려주면 데리러 갈게.]

"번거롭게 뭣하러요. 잠깐 우리 집에도 들러야 하니까, 얌전히 기다리고 있어요."

[오케이. 꽃단장하고 기다리고 있지.]

"꽃 달았는지 안 달았는지 꼭 확인할 거예요."

[저런. 미안, 꽃이 없어.]

하진이 피식 웃었다.

"이모님 돌아가시면 바로 메시지 줘요."

[그래. 조금 있다 봐.]

통화를 마치고 얼마 지나지 않아 현욱에게서 메시지가 도착했다. 메시지를 확인한 하진은 가방과 외투를 챙겨 1층으로 내려왔다. 오늘 모인 가족의 대부분이 뺑 둘러앉은 넓은 거실에서 설날의 묘미인 윷놀이가 본격적으로 시작되었다.

"누나, 이리 와서 합류해."

"그래, 하진아. 빨리 와."

"잠깐만. 먼저 하고 있어."

얼른 오라며 손짓하는 사촌 동생과 오빠의 말에 하진은 미소를 보이며 대답했다. 시끌벅적해진 이런 순간에 빠져나가면 그녀가 사라졌다는 건 아무도 모른다. 언젠가 엄마에게 듣기로는 저녁식사를 할 때쯤에야 '그런데 하진이가 안 보이네?'라고 묻는다고 했다. 이것도 모인 가족이 많아야 가능한 일이었다.

가족들 틈에 엄마의 모습이 보이지 않자 하진은 주방으로 갔다. 적어도 엄마에게는 돌아간다는 사실을 알려야 하니까.

주방에는 엄마, 임 여사를 비롯해 큰어머니와 작은어머니가 과일을 먹으며 담소를 나누고 있었다.

"어머님은 며느리들만 잡으시는 거 같아요."

"누가 아니래. 정작 아들이나 손주들한테는 아무 소리도 못하시면서."

작은어머니와 큰어머니의 목소리가 차례대로 이어졌다. 며느리들끼리만 모이면 한다는 시어머니의 험담이었다. 행여 누가 들을까, 작게 속닥거렸다.

"저번에 둘째 형님한테 하진이 시집 안 보낸다고 노발대발하셨으면서. 오늘 보세요. 하진이한테는 할머니 소원이니 얼른 좋은 짝 만나라, 하고 마셨잖아요."

"그날 얘긴 하지도 마. 그날만 생각하면……."

주방으로 들어선 하진의 모습에 임 여사가 한숨을 쉬며 하던 말을 멈추고 그녀에게 물었다.

"왜? 놀지 않고?"

"나, 가볼게."

"지금?"

"네."

"오늘은 남아 있지 그래?"

"아니야. 갈게요, 그냥."

"저녁까지 먹고 어른들께 인사드리고 엄마랑 같이 움직여. 시집 안 가고 있는 게 죄니? 네가 왜 피해? 그냥 있어. 누가 또 시집 안 가냐고 물으면 엄마가 한소리 해줄 테니까."

임 여사가 속상하다는 어조로 말했다. '기다리다 보면 언젠가도 네 짝이 나타나겠지.' 라고 했던 것도 그냥 한 말이 아닌 듯 보였다. 실제로 그 후로 임 여사는 그녀의 앞에서 결혼의 '결' 자도 꺼내지 않았고, 다시 선을 보라는 강요도 하지 않았으니까.

하진은 난감했다. 분명 지난 모임 때까지는 잡지 않았던 엄마였기에 오늘도 아무 말 없이 그러라고 할 줄 알았던 것이다.

"약속이 생겨서 그래요."

하는 수 없이 사실대로 말했다.

"오늘 같은 날 무슨 약속?"

"친, 친구랑."

절대 거짓말 같은 건 하지 않는 착한 딸로 철석같이 믿고 계시니, 거짓말을 해야만 하는 지금 그녀는 목구멍이 따끔거렸다.

"친구 누구? 연우는 아닐 테고."

"내가, 뭐. 친구가 연우밖에 없나?"

"네 친구가 연우밖에 없는 건 아닐 테지만. 궁금해서 그러지. 오늘 같은 날 누구를 만나는지."

"하진이 혹시, 애인 만나러 가는 거 아니니?"

"네?"

임 여사와의 대화 사이에 은근슬쩍 끼어든 큰어머니의 음성에 하진은 화들짝 놀랐다.

"솔직히 큰엄마가 아까부터 연애하냐고 물어보고 싶은 거 참고 있었어. 네 엄마 말 들어보니 아닌 것 같기도 하고 해서."

"아, 아니에요."

저절로 말이 더듬거려졌다.

"아니야?"

"네. 연애는요, 무슨."

하진의 민면에 이색힌 미소가 띠올랐다.

"그래? 분위기가 예전과 달라서 큰엄마는 하진이가 연애하는가 했지."

"분위기요?"

"맞아. 나도 보경이 결혼식 때부터 느꼈는데. 얼굴이 활짝 핀 게 부쩍 예뻐졌더라고요, 하진이가. 나 하진이 치마 입은 것도, 학교 다닐 때 교복 말고는 그날 처음 본 것 같아."

작은어머니마저 거들고 나서자 하진의 볼이 벌겋게 물들었다.

연애를 하는 분위기가 따로 있는 건가?

연애를 하는 것이 사실이니 있긴 있는가 보다. 현욱과 연애를 하면서 기르기 시작했던 머리카락도 이제는 거의 단발에 가까워졌다. 꾸미는 것에 어설펐던 솜씨도 조금씩 나아지고 있었다. 그런데 그런 것이 겉으로 표가 난다고?

문득 고개를 돌리던 하진은 옆에서 잠잠하게 지켜보기만 하고 있는 임 여사와 눈이 딱 마주쳤다. 뭔가 수상쩍다는 눈빛이었다.

"여, 연애하면 여기 계신 세 분께 제일 먼저 알려 드릴게요."

심상찮은 임 여사의 눈빛에 하진은 서둘러 이 상황을 수습했다. 그저 돌아가겠다는 인사를 하기 위해 주방으로 들어온 것이었는데, 혼이 쏙 빠져나가는 기분이었다.

"약속 시간 늦겠다. 엄마, 전화할게. 할머니께만 슬쩍 인사드리고 갈게요. 큰엄마, 작은엄마. 저 먼저 가요."

황급히 주방을 빠져나가는 하진의 뒷모습을 의심스럽게 쳐다보던 임 여사가 두 사람을 향해 물었다. 한 가지 생각이 퍼뜩 뇌리를 스쳐 간 것이다.

"형님, 동서. 우리 하진이 연애하는 것 같아요? 정말로 연애하는 것 같아?"

"그런 줄 알았는데 아니라잖아."

"왜요, 형님. 뭔가 짚이는 구석이 있는 거예요?"

임 여사는 긍정의 의미로 고개를 가볍게 끄덕였다. 좋아하는 사람이 생겼다며 맞선을 보지 않겠다는 딸의 말을 믿지 않았다. 맞선을 보기 싫어 갑자기 만들어낸 핑계인 줄만 알았다. 없는 남자까지 만들 정도로 선을 보기 싫은 딸의 심정은 오죽하겠나 싶어 한발 뒤로 물러선 것이었는데.

딸. 좋아하는 사람이 있다는 게, 거짓이 아니라 사실이었어?

임 여사의 입술이 곡선을 그리며 미소를 띠었다.

9

어쩌면 좋아.

그는 넓은 등마저 멋있었다. 입고 있는 하얀 반소매티셔츠 아래로 드러난 팔뚝의 근육은 섹시하기까지 했다.

대체 운동을 얼마나 하면 저런 근육이 생길 수 있는 거야?

하진은 속으로 연신 감탄사를 터트리며 그에게서 눈을 떼지 못했다. 정확히 다소 늦은 점심식사를 마치고 설거지를 하고 있는 그의 뒷모습에서. 다가가서 한번 기대보고 싶을 정도로 유혹적이었다.

"뭐 하고 있어?"

등을 돌리고 있으니 하진이 반짝거리는 눈으로 자신의 뒷모습을 감상하고 있다는 사실을 그는 전혀 모를 것이다.

"구경이요."

"무슨 구경?"

"음. 설거지 구경?"

"싱겁기는."

그에게서 픽, 하는 웃음소리가 새어 나왔다.

"솔직히 감탄하고 있었어요."

"감탄?"

"앞은 말할 것도 없이 멋있는데, 뒤까지 멋있잖아요."

"와서 막 안아보고 싶기도 하고?"

그저 한마디 했을 뿐인데, 마치 그녀의 속에 들어왔다가 나간 사람처럼 말하고 있었다.

이 남자 앞에서는 조금도 방심하면 안 된단 말이지.

"드라마나 영화를 보면 말이야. 주로 남자가 싱크대 앞에 서 있을 때 여자가 와서 백허그 해주던데."

"드라마와 영화를 무수히 찍었으니 많이 받아봤을 텐데요."

"그건 연기일 뿐이지, 실제로 내 여자는 아니잖아? 그러니까 유하진이 좀 와서 해주지? 응?"

현욱이 재촉했다.

조금만 참고 기다려 보지.

어쩜 그가 말해주지 않았더라면 그녀가 먼저 행동으로 보였을지 모른다. 입꼬리를 쓰윽 말아 올린 하진은 못 이기는 척하며 앉아 있던 식탁의자에서 일어섰다. 그리고 서서히 다가가 단단한 허리에 팔을 두르며 아까부터 감탄하고 있었던 그의 너른 등에 살포

259

시 볼을 기대어보았다.

"확실히 다르네."

"뭐가요?"

"느낌이."

"정말?"

"아주 좋아. 비교 따위는 할 수 없을 정도야."

낮고 부드러운 음성에 하진의 가슴이 두근두근, 뛰었다. 그 떨림이 그의 등으로 전해질 만큼 빠르게. 왠지 부끄러워져 그의 허리에 두르고 있던 팔을 풀려고 하는데 그 낌새를 눈치챈 것인지 현욱이 저지시켰다.

"그대로 있어."

"……."

"내가 내 여자의 심장을 뛰게 해주고 있다는 사실을 느낄 수 있다는 건 말로 표현할 수 없이 행복하니까."

그의 진심 어린 말 한마디, 한마디가 하진의 가슴으로 잔잔하게 스며들었다. 그녀는 팔을 푸는 대신 그의 허리를 더욱 힘주어 안았다.

"내 키가 7센티만 작았더라면 좋았을걸."

"어째서?"

"드라마나 영화를 보면 말이죠."

하진이 그가 했던 말을 똑같이 따라 했다.

"보면?"

"남자가 청소하거나 설거지 할 때 여자가 남자의 등에 업혀서 여기 닦아라, 깨끗이 씻어라 잔소리도 예쁘게 하잖아요. 그런데 대부분 여배우들이 작고 아담하더라고요."

"업혀. 말했잖아. 뭐가 되었든 넌 언제나 대환영이라고."

"싫어요. 것도 아담해야 어울리지."

"나, 유하진 업어줄 정도의 키는 되는 걸로 아는데?"

잘 알고 있다. 172cm의 그녀의 키보다 그는 16cm가 더 컸으니까.

"그래도 싫어요."

"해보고 싶어서 말한 거 아닌가?"

물론 그랬다. 그의 등을 안아봤으니 그의 등에도 업혀보고 싶었으나 하진은 포기했다. 그에게 업힌 자신의 모습을 머릿속으로 그려보니 썩 아름다운 그림이 아니었던 것이다. 조금만 작고 아담했더라면 그나마 조금은 아름다운 그림을 연출할 수 있었을 텐데.

"예쁜 그림이 아닌 거 같아요."

"흐음. 그럼 이긴 이때?"

"뭐요?"

그사이 설거지를 마쳤는지, 현욱이 물을 잠갔다. 타월에 젖은 손을 닦아낸 그는 제 허리를 안고 있는 그녀의 손을 풀고 그 손을 놓지 않은 채 그대로 몸을 돌렸다. 그리고 그녀를 내려다보는 눈에 미소를 띠었다.

"이거."

"아앗!"

현욱이 갑자기 그녀의 가는 허리를 단단히 붙잡더니 번쩍 들어 올렸다. 화들짝 놀란 하진의 두 다리가 저절로 그의 허리에 감겨 졌고 양손은 다급히 널찍한 어깨를 짚었다.

"뭐 하는 거예요?"

"뒤로 업히는 게 싫다고 하니까, 앞으로 업는 거지."

현욱의 두 손이 엉덩이 바로 아래에서 깍지를 끼더니 그녀를 단단히 받쳐 주었다. 하진의 눈이 동그랗게 벌어졌다.

"내려줘요."

"싫어."

"이상하단 말이야."

"뭐가?"

짓궂은 그의 물음에 얄밉다는 듯 하진이 눈을 흘겼다. 동시에 얼굴도 홧홧해졌다.

그림이 아름답게 그려지지 않았더라도 차라리 뒤로 업혀볼걸.

뒤가 아닌 앞으로 업히는 기분은 상당히 묘했다. 뭐랄까. 야릇 하면서도…… 관능적이었다. 조금만 움직여도 슬쩍슬쩍 부딪히는 가슴, 금방이라도 부딪힐 거 같은 입술. 간질거리는 감각이 발끝 에서부터 빠르게 올라오고 있었다.

"난 좋기만 한데? 내 여자의 심장 뛰는 소리는 뒤나 앞이나 느 낌이 상당히 좋아."

당신은 좋을지 몰라도 나는, 그 심장이 곧 튀어나올 것 같아 겁 이 난다고요.

"그런데요, 이현욱 씨."

"음?"

"아까부터 자꾸 내 여자, 내 여자 하는데요. 나 아직 이현욱 씨의 완전한 여자는 아니거든요?"

하진은 일부러 약간의 가벼운 장난을 섞어서 말했다. 미친 듯이, 사납게 뛰는 가슴을 조금이라도 가라앉히기 위해서였다. 하지만 그녀는 그 말이 불씨가 되어 그에게 뜨거운 자극을 주었을 거라는 건 생각도 못했다.

"그럼 오늘부로 하면 되겠네. 이현욱의 완전한 여자, 유하진."

현욱이 입가에 의미심장한 미소를 띠었다. 그다음 순간 거침없이 그녀의 입술을 단숨에 삼켜 버렸다.

불꽃은 전혀 예상치 못한 상황 속에서 화르륵 타올랐고 또 그 불꽃은 밤이 아니라 낮에도 타오를 수 있다는 것을 알게 해주었다.

설거지를 하고 있는 그에게 백허그를 했고 몇 마디의 대화를 주고받는 와중에 돌아선 그가 느닷없이 그녀를 번쩍 들어 올렸다. 그렇게 몇 마디의 대화가 더 오고 갔고, 감히 거부할 수 없을 정도로 황홀한 키스를 받다가 뭔가 푹신한 감촉이 등에 닿는가 싶더니 온몸을 어루만지는 그의 손길이 느껴졌다.

아릇하게 몸을 어루만지는 그의 손길이 머물고 간 자리는 불에 덴 것처럼 뜨거웠고 화끈거리는 감각이 전신으로 퍼져 나갔다.

"아, 아……."

그의 움직임이 점차 격렬해지면서 절정을 향해 치닫자, 뜨거운 신음을 흘린 그녀가 매달리듯 그의 어깨를 힘껏 끌어안았다.

"아, 하아……."

"하아…… 아……."

그가 그녀의 몸 안에 모든 정열을 쏟아부으며 가슴 위로 무너지듯 쓰러졌다. 채 가시지 않은 흥분으로 가쁘게 숨을 몰아쉬는 그녀의 가슴이 들썩거리자 그의 머리도 덩달아 오르내렸다.

그녀는 자신의 가슴으로 안긴 남자의 머리칼을 부드럽게 쓰다듬었다. 그가 눈앞에서 유혹하고 있는 앙증맞은 유실을 혀로 톡 건드리자 그녀의 몸이 부르르 떨렸다. 그가 주는 쾌감이 그녀를 짜릿하게 만들었다.

"으음……."

그녀의 잇새로 흘러나오는 야릇한 신음 소리가 만족스러운지, 그의 입매가 슬쩍 위로 올라갔다.

"후훗."

"왜 웃어요?"

"듣기 좋아서."

"뭐가?"

"유하진 신음 소리."

그의 직접적인 표현에 그녀의 얼굴이 화르륵 불타올랐다. 달아오른 그녀의 얼굴만큼이나 그들이 나눈 사랑으로 방 안은 여전히 뜨거운 열기로 뒤덮여 있었다.

"뭐예요. 하여간, 짓궂어."

그녀는 눈을 흘기며 땀으로 범벅된 그의 가슴을 가볍게 때렸다. 또 한 번 낮게 웃음을 흘린 그는 하진의 몸 위에서 내려와 그녀를 끌어안았다.

"이제, 유하진은 완전한 내 여자가 됐군."

겉으로 드러난 그녀의 매끄러운 어깨를 어루만지는 그의 손길은 부드러웠다.

"이 순간을 얼마나 기다렸는지 몰라."

늘, 항상, 기다리고 또 기다렸다.

그녀를 볼 때마다 그녀의 손을 잡을 때마다 그녀와 키스를 나눌 때마다.

걷잡을 수 없이 솟아오르는 욕망을 필사적으로 억누르고 또 억눌렀다. 커다란 부담을 안고, 어렵게 용기를 내어 그와의 연애를 받아들인 그녀였다. 감정이 시키는 대로 일방적으로 밀어붙이고 싶지 않았다. 그녀에게 충분히 마음의 준비를 할 시간을 주고, 자연스럽게 그를 따라올 수 있도록 이끌어주고 싶었다.

"느리지 않게 따라가겠다고 했는데. 잘 따라가고 있는 건가요, 나."

"물론이야."

현욱이 비스듬하게 고개를 숙여 그녀의 이마에 입을 맞추었다. 기특하게도, 잘 따라와 주고 있었다. 더 이상 그가 솟구치는 욕망을 참지 않아도 될 정도로.

"그래서 너무 예뻐."

연애를 시작한 이후로 마음을 전혀 숨기지 않는 모습도 예뻤고,

느끼는 감정 그대로를 보여주며 그의 가슴을 설레게 해주는 그녀는 그 누구보다도 사랑스러웠다.

"그런데 말이에요."

그때 문득, 예쁘다는 단어에 하진의 머릿속으로 오늘 할머님 댁에서 만난 큰어머니와 작은어머니의 말이 떠올랐다.

"응."

"내 분위기가 전과 좀 달라져 보여요?"

"왜?"

"큰엄마가 연애하는 거 아니냐고 물으시더라고요. 분위기가 좀 달라 보인다고. 작은엄마도 같은 말씀을 하시고."

"그랬어?"

"응. 얼마나 놀랐다고요."

그 순간만 생각하면 지금도 진땀이 나는 것 같았다.

그러고 보면 사람의 마음이 간사하다는 건 이럴 때를 두고 하는 말인 모양이었다. 그를 마음에 품은 채로 맞선을 볼 수 없어 솔직하게 털어놓았지만 엄마는 믿어주지 않았고 존재하지 않는 사람까지 들먹일 정도로 선을 보기 싫으면 보지 말라고까지 하셨다. 원칙대로라면 엄마가 믿을 때까지 진실을 알렸어야 했는데, 맞선을 안 봐도 된다는 말에 그 진실을 입안으로 쏙 집어삼켜 버렸다. 것도 모자라 오늘은 혹시나 엄마의 의심을 받지는 않을까, 얼마나 조마조마했는가.

"분위기가 달라지긴 했지."

"그래요?"

"머리카락도 길어졌고."

현욱은 팔베개를 해주고 있는 손을 슬쩍 들고 그녀의 머리카락을 쓰다듬었다.

"알고 있었네요?"

"당연하지. 유하진에 대해선 하나도 놓치지 않으려고 노력하고 있는데, 나는."

하진은 입매를 늘리며 그의 품으로 더 파고들었다. 조금씩 자라고 있는 머리카락 하나까지도 놓치고 싶지 않다는 이 남자를 어떻게 거부할 수 있겠는가.

"머리는 나 때문에 기르는 건가?"

"대부분 남자들은 긴 머리를 좋아하잖아요."

"내 여자의 스타일이 뭐든, 그 모습까지 예뻐해 주고 사랑해 주는 것이 진정한 남자지. 난 네가 머리카락 한 올 남기지 않고 민다고 해도 좋아해 줄 자신 있어."

"피이, 거짓말."

"진짜라니까."

당당하게 대답한 현욱이 그다음 은근슬쩍 꼬리 내리는 말을 했다.

"그렇지만 긴 머리의 유하진이 더 궁금하긴 해."

"뭐예요."

하진이 그의 맨 가슴을 톡톡 때리며 웃자 현욱도 후후 웃었다.

"그럼 우선은 좀 더 길러보도록 하죠."

"원래 짧은 머리를 좋아하나?"

"좋아한다기보다, 오래전에 스타일 좀 바꿔볼까 해서 확 잘라 봤는데 의외로 편하고 좋더라고요. 여름엔 시원하고 또 말리기도 편하고."

헤어스타일도 편하다 보니 모든 것에서 편한 것만 찾게 되었다.

"그러고 보면 큰엄마 작은엄마의 오해가 당연한 걸지도 모르겠어요."

"왜?"

"옷도 편한 것만 사서 입게 되고, 신발도 단화 아니면 운동화만 신었거든요."

현욱은 그녀와의 처음 만났던 날을 되새겨 보았다. 그날도 그녀는 회색 스키니 진에 검은색 단화를 신고 있었다.

"그런 내가 이현욱 씨와 연애를 시작한 이후로, 십 년 만에 치마를 입고 하이힐까지 신었으니. 이상하셨겠죠."

"십 년?"

현욱이 약간 놀란 투로 물었다.

"그럼 내가, 십 년 만에 유하진이 만난 연애 상대인 건가?"

"아뇨."

"아니야?"

이번에는 다소 실망한 어조였다.

"십 년까지는 아니지만, 오래되긴 했어요. 한 육 년 됐나? 그런데 그때는 상대에게 예뻐 보이고 싶다기보다는 그 사람이 있는 그대로의 나를 좋아해 주길 바랐던 거죠."

"지금은 아니고?"

"지금도 그래요. 당신이 있는 그대로의 내 모습을 좋아해 주기를 바라긴 하지만."

말을 한 템포 쉬어간 하진이 고개를 슬쩍 올리더니 빙긋 웃음을 지어 보였다.

"나도 당신한테 예뻐 보이고 싶다는 거죠, 그때와는 다르게. 그래서 계속 노력하고 있는 중이에요. 다른 남자도 아닌 이현욱 씨라서."

"이거이거 은근 여우야. 남자 마음을 들었다 놨다 할 줄도 알고."

다시 기분이 좋아진 그가 손가락으로 그녀의 콧잔등을 가볍게 퉁겼다.

"그래도 좋잖아요, 나."

"말해 뭐해. 예쁘게 꾸미지 않아도 내 눈엔 그 어떤 여자보다 예뻐."

그녀의 머리를 받치고 있던 팔을 슬며시 빼낸 현욱이 몸을 돌려 누웠다. 그리고 그녀의 얼굴 위로 입술을 내렸다.

"여기도 예쁘고."

맨 처음 현욱의 입술이 닿은 곳은 그녀의 눈이었다. 하진의 속눈썹이 파르르 떨리며, 눈꺼풀이 스르르 감겼다.

"여기도 예쁘고."

눈을 시작으로 그의 달궈진 입술이 그녀의 이마, 콧잔등, 볼에 차례대로 입맞춤을 남겼다.

"그리고 여긴, 내가 이중에서 가장 예뻐하는 곳."

마지막으로 그의 입술이 향한 곳은 그녀의 촉촉한 입술이었다. 마치 애를 태우듯 자잘한 키스를 퍼붓던 그의 입술이 이내 강하게 그녀의 입술을 집어삼켰다. 조금의 틈도 없이 맞물린 입안에서 만난 두 개의 혀가 서로에게 매달리듯 격렬하게 움직였고, 키스로 타오른 불꽃으로 또 한 번의 뜨거운 열기가 방 안을 가득 채우기 시작했다.

두 차례 뜨겁게 사랑을 나눈 현욱과 하진이 서로를 품에 안고 단잠에 빠져들었을 무렵이었다. 약속이 있다며 차례를 지내고 아침만 먹고 돌아갔던 그의 이모 민주가 빌라로 다시 찾아왔다. 명색이 명절인데, 다른 약속이 잡혔다는 이유로 조카 혼자만 남겨두고 나간 것이 내내 마음에 걸렸던 탓이다.

내가 생각이 짧아도 너무 짧았지. 아무리 만나자고 해도 오늘 같은 날은 현욱이 옆에 있었어야 했거늘.

조카에게 가족이라고는 그녀 하나뿐인데. 다른 날도 아니고 가족들과 함께 보내야 할 명절을 텅 빈 집 안에서 홀로 보내고 있을 현욱의 모습이 머릿속에서 떨쳐지지가 않았다. 점심을 먹어도 먹은 것 같지 않았고, 체한 것처럼 속도 답답했다.

결국, 민주는 영화를 보고 저녁까지 먹기로 했던 약속은 다음으로 미뤘다. 그리고 저녁식사 시간에 맞춰 약속 상대와 헤어진 그녀는 마트에 들러 조카에게 만들어줄 음식 재료를 사가지고 돌아온 것이다.

"현욱아?"

집 안은 마치 빈집인 것처럼 조용하고 고요했다. 현욱의 이름을 불러보았지만 모습은커녕 돌아오는 대답도 없었다.

"자는 건가?"

거실에 불이 켜져 있는 것을 보아하니 외출한 것 같지는 않았다. 민주는 우선 장 봐온 재료들을 냉장고에 넣기 위해 주방 쪽으로 몸을 틀었다. 그런데 그때, 소파 한편에 곱게 자리 잡고 있는 코트와 가방이 그녀의 시야에 잡혔다.

"누가 왔나?"

봉투를 내려놓고 소파로 다가갔다. 물건을 제대로 확인한 민주의 눈이 놀란 듯 크게 떠졌다.

"여자 옷인데, 이건."

이래서 흔쾌히 나가라고 한 건가?

"약속 있으면 나가야지. 나는 신경 쓰지 말고 즐거운 시간 보내."

민주가 기막힌 듯 헛웃음을 터트렸다. 하지만 얼마 지나지 않아 그녀의 표정에 흐뭇해진 미소가 번지고 있었다.

"녀석. 연애하고 있었구나?"

미소를 거두지 않은 민주는 고대로 다시 봉투를 들고 현관으로 걸어갔다. 무겁게 여기까지 들고 온 것이 아깝긴 했지만 도로 가지고 가야 그녀가 다녀갔다는 흔적이 남지 않을 것 아닌가. 조카가 연애하고 있는 상대가 누구인지 무척이나 궁금했지만 지금은 적당하지 못한 타이밍이라는 것을 모를 정도로 눈치가 없진 않았다.

"괜찮은 여자였으면 좋겠고만. 가족들도 많고."

부모도 없이 이모인 그녀 하나만 믿고 의지하며 외롭게 자란 현욱이 늘 안쓰러웠다. 그래서 조카가 결혼을 한다면 되도록 처가에 가족이 많은 상대를 만났으면 하는 바람을 가지고 있었다.

이뤄지지 않는다면 별수 없고. 사람의 마음이 다 뜻대로 이뤄지는 건 아니니까. 정 안 되면, 자식을 많이 낳으면 되는 거지 뭐.

신발을 신고 현관문을 열던 민주가 어깨를 으쓱거리며 한마디 덧붙였다.

"그런데, 내가 너무 앞서 나갔나?"

봄의 계절이 돌아왔다. 하지만 과감하게 겨울코트를 벗어던지기에 아직은 추운 날씨가 계속 이어졌다. 3월 중순의 문턱을 넘은 계절은 봄이었지만 날씨는 여전히 겨울이었다.

그렇게 흘러간 시간 속에서 하진이 현욱과 연애를 시작한 지도 어느덧 개월 수로 3개월째에 접어들고 있었다. 더 정확히는 오늘로 72일째였다.

"저 영화 재미있었어요?"

"완전 끝내줬지."

TV의 한 프로그램에서 소개해 주는 최근 개봉한 영화 '남자 VS 남자'의 예고편을 보며 하진이 묻자, 그는 간단명료한 말로 영화에 대해 극찬을 했다. 그의 눈빛을 보아하니 단순히 가장 절친한 친구 한태혁의 영화라서 하는 소리는 아닌 것 같았다.

"나도 보러 가야겠다, 그럼."

그의 반응에 영화에 대한 기대치가 한층 높아지면서 그녀는 반드시 봐야겠다는 생각을 했다.

"언제?"

"오늘은 당신을 만났으니 다음 주 쉬는 날이요."

"다음 주 쉬는 날에는 나 안 만나고?"

"영화 보고 만나면 되죠."

"누구랑 볼 건데?"

"혼자요."

"혼자?"

"나 혼자서도 잘 봐요, 영화."

무엇보다 이달 초에 결혼을 한 연우와는 시간 맞추기가 힘들 것이다. 또 현재 연우는 임신 중이었다. 결혼 준비로 한동안 무리를 한 연우에게 산부인과 의사가 조심하라는 경고를 한 차례 주었다고 했고 때문에 요즘 매일같이 카페 영업시간이 끝나기 무섭게 연우의 남편 태준이 데리러 온다. 그 이유가 아니더라도 한창 신혼인 연우에게 신랑을 버리고 그녀와 영화를 보자고 할 수는 없었다.

"이봐, 유하진 씨."

그녀의 허벅지를 베고 누워 있던 현욱이 몸을 일으켜 세웠다.

"왜요?"

"애인 됐다가 뭐하고?"

"난, 또 뭐라고."

작게 미소를 띠운 하진의 얼굴에 아주 잠시, 그가 눈치채지 못할 정도로 짧은 순간 씁쓸함이 스쳐 지나갔다.

그러게. 난 엄연히 애인도 있는데 혼자 영화 볼 생각을 하고 있었네.

그러나 그녀에게 그 애인은 함께 영화관을 찾기에는 부담스러운 존재였다. 그와 나란히 영화를 보러 간다면 사람들의 시선이 그들에게 집중될 거라는 건 불 보듯 뻔한 일이었다.

"예매해 놓을게."

"네?"

"같이 가서 보자고."

"현욱 씨는 봤잖아요."

그는 이미 '남자 VS 남자'가 개봉하기 전 VIP시사회에 참석해 영화를 본 후였다. 하진은 그것을 핑계로 은근히 거절의 뜻을 보였다.

"유하진하고라면 두 번도 세 번도 더 볼 수 있어."

"괜찮아요, 난."

"내가, 부담스러워서 그러는 건가?"

"아직은 그래요."

하진은 이내 고개를 끄덕이며 인정했다. 아무리 핑계로 둘러댄다고 해도 눈치 못 챌 정도로 둔한 남자가 아니었다, 이현욱이라는 남자는.

"그렇군."

그녀의 인정에 현욱의 눈빛이 어두워졌다.

"하진아."

낮게 깔린 음성에 하진이 고개를 돌렸다. 그녀는 자신을 바라보고 있는 그의 표정이 한층 진지했음을 느꼈다.

"우리 연애는 죄짓고 있는 게 아니야."

"알고 있어요."

"언제까지나 이렇게 숨어서 만날 수는 없다는 뜻이야, 내 말은."

"……."

"남들처럼 연애하고 데이트하고 싶지 않아?"

"나는 지금도 좋아요."

하진은 슬며시 고개를 돌리며 그의 시선을 피했다. 연애를 시작한 후 처음으로 솔직하지 못한 대답이기에 차마 그의 눈을 똑바로 마주 볼 수가 없었던 것이다.

"내 시선 피하시 마."

현욱이 그녀의 턱을 잡고 다시 자신을 보게 만들었다.

"나는 좋지 않다는 게 아니야. 유하진과 함께 하는 시간은 무엇을 하든 즐겁고 행복한 순간이니까. 그렇지만 난, 그 이상의 즐거움도 같이 나누고 싶어."

"현욱 씨."

"다시 한 번 묻지. 이번에는 솔직하게 대답해."

그는 예리했다. 솔직하지 못했던 그녀의 감정을 단번에 알아차렸다.

"남들처럼 연애하고, 데이트하고 싶지 않아?"

그의 시선이 그녀를 강하게 주시했다. 더는 그를 속일 수 없다
는 것을 깨달은 그녀는 사실대로 고백해야 했다.

"나도, 여자예요. 나라고 사랑하는 연인과의 당당한 데이트, 왜
안 하고 싶겠어요."

하고 싶었다. 미치도록 하고 싶었다. 다른 연인들처럼 함께 영
화도 보고, 근사한 레스토랑에서 식사도 하고 카페에 나란히 앉아
어깨에 머리를 기대보고도 싶었다. 손 붙잡고 공원 산책도 하고
싶었고 마트에 가서 함께 장도 보고 싶다.

"그렇지만……."

"더 말하지 않아도 돼. 충분해."

현욱이 말끝을 흐리는 그녀의 손을 부드럽게 잡았다. 더 듣지
않아도 알 수 있었다. 그 여린 마음을, 그 심정을.

자신도 여자인데 사랑하는 연인과 당당한 데이트를 왜 안 하고
싶겠냐는 그의 연인, 유하진.

그럼에도 선뜻 실행으로 옮기는 것에 부담을 느끼는 것을 보면,
그녀는 아직 그와 그런 평범한 데이트를 함으로써 자연스럽게 따
라올 주위의 시선들을 감당할 마음의 준비가 덜 되어 있는 듯하
다.

"일탈 한번 해볼까?"

"일탈?"

"그래, 일탈."

일탈, 일탈이라……

하진은 마치 처음 듣는 단어인 것마냥, 그 말을 곱씹고 곱씹어 보았다.

"3개월 동안 데이트하면서 정해진 공간에서만 움직였잖아, 우리."

하긴, 단 한 번도 정해진 공간에서 벗어난 적 없었다. 지금까지의 데이트 장소는 카페 아니면 그의 집, 그의 집이 아니면 그녀의 집이었다. 그녀가 일주일에 한 번 쉬는 오늘도 그의 집에서 데이트를 하고 있는 중이었으니까.

"당장은 사람들의 시선이 익숙하지 않은 네가, 많이 불편하고 부담스러울 거라는 건 잘 알고 있어."

그래서 그녀가 원하는 대로 지금까지 이끌려 와주었던 현욱이었다. 하지만 벌써 3개월째였다. 아무런 기약도 없이 언제까지 이렇게 숨어서 만날 수는 없었다. 마냥 움츠려 있을 수만도 없었다. 언젠가는 반드시 밟힐 꼬리였다. 톱스타인 그의 연인이라는 이유로 그녀는 이제부디리도 세상 밖으로 니가 마음을 딘련시키는 연습을 해야 했다. 그래야 예고도 없이 꼬리를 밟히게 되었을 때 받게 될 대중들의 관심에 그나마 덜 힘들 테니까.

"그렇지만 익숙해져야 해."

하진의 눈동자가 흔들렸다.

그래야겠지. 만인의 스타인 이현욱의 연인이니까.

"뭐든 처음이 어렵지, 두 번째부터는 쉽다고 하잖아."

과연, 그렇게 될 수 있을까?

"당장에 공개를 해버리고 싶지만, 그렇게 되면 유하진이 화들 짝 놀라서 도망갈지도 모르니까. 우선은 가볍게 연습부터."

"연습이요?"

"사람들의 시선에 익숙해지는 연습."

"어떻게?"

"친구로 가장한 연인."

"언제는 나하고 친구 하기로 한 적 없다면서요?"

"경우에 따라선 어쩔 수 없지. 유하진 마음부터 단련시켜 놔야 하니까."

현욱이 빙그레 웃음 지으며 그녀의 볼을 따스한 손길로 어루만 졌다. 그 따뜻함이 그녀의 가슴으로 스르르 내려왔다.

"그럼, 그 연습 오늘부터 해볼까?"

"오늘이요?"

하진의 눈이 동그래졌다. 오늘은 너무 갑작스러웠다.

"쇠뿔도 단김에 빼랬다고, 말 나온 김에 나가보자."

"어디를요?"

"저녁 먹으러."

"현욱 씨."

현욱은 벌써부터 얼굴에 근심을 한가득 안고 있는 그녀의 어깨 를 끌어안아 다독여 주었다.

"뭐가 문제야. 밖으로 나가면 우린 친구일 뿐이고 난 여전히 유 하진의 숨겨진 남잔데. 주목은 받겠지만 특별한 행동만 하지 않으 면 바로 오해하지는 않을 거야."

단단한 그의 품에 안겨 있던 하진이 이내 체념한 듯 작게 고개를 끄덕거렸다.

"착하네."

현욱이 흐뭇한 미소로 그녀의 머리카락을 다정하게 쓰다듬었다.

"지금까지는 유하진이 원하는 대로 이끌려 왔으니까 오늘부터는 네가 이현욱을 믿고 따라와 줘."

깊은 울림이 있는 그의 음성에 그녀는 또 한 번 고개를 끄덕였다.

그래. 용기를 내보자. 이 남자 말대로 언제까지 숨어서 연애할 수는 없잖아. 언젠가는 닥쳐올 일이고. 이 남자를 선택한 이상 그건 내가 감당해야 할 몫이야. 그러니까 이 남자를 믿고 따라가 보자.

저절로 움츠려드는 마음을 단단히 붙잡은 하진은, 마치 그 잡은 마음을 쉽게 놓치지 않겠다는 듯 그의 허리를 꼬옥 껴안았다.

일탈의 시작은 순조로운 듯 보였으나 레스토랑으로 들어가는 그 순간부터 부담이라는 것이 회오리바람이 되어 하진을 덮쳤다.

"엇, 이현욱 아냐?"

"이현욱이다."

"그러게. 이현욱 맞는데?"

현욱의 등장으로 레스토랑 안이 술렁거리기 시작했다. 맛있게 식사를 하러 온 사람들의 시선이 일제히 현욱에게로 쏠렸다. 역시 짐작했던 대로 자연스레 그녀에게도 관심이 집중되었다. 예약한 자리에 가서 앉아 주문을 하고 주문한 요리가 테이블에 놓였을 때는 한층 더 심해졌다.

신경 쓰지 말자, 신경 쓰지 말자.

하진은 스스로에게 주입시키듯 되뇌고 또 되뇌었다. 딴에는 조용하게 소곤거리듯 입술을 움직이고 있지만 저들의 음성은 정확하게 하진의 귀를 파고들었다.

"그런데 옆에 있는 여자는 누구지? 처음 보는 얼굴인데, 신인인가?"

"에이. 신인치고는 나이가 좀 들어 보이는데?"

"그런가? 다시 보니까 분위기가 연예인 쪽은 아닌 것 같긴 하다."

"그럼 애인인가?"

"에이, 설마. 이현욱 열애기사는 본 적이 없는데? 이현욱이 연애를 한다면, 연예계 쪽이 이렇게 잠잠할 리가 없어. 관련기사가 하루가 멀다 하고 주르륵 올라왔을 거야."

"혹시 모르지. 비공개로 사귀고 있는 걸 수도 있잖아."

"그런가?"

"왜 지난주에 유민수하고 이수정 스캔들 터졌잖아. 처음에는 막 부인하더니 몇 시간 안 돼서 인정하는 기사 올라오더만. 연애한 지 1년 만에 걸린 거라잖아."

"에이, 그래도 아닐 거야."

"아니길 바라는 게 아니고?"

"아니거든? 비공개로 사귀고 있다면 이런 공개적인 장소에 단둘이서만 밥 먹으러 왔겠어? 더군다나 일반인이면 더 조심스러울 텐데."

"그렇긴 하다. 그럼 누구지? 완전 궁금하네."

"뭐, 가깝게 지내는 사람인가 보지. 근데 우리 밥 먹으러 와서 완전 횡재했네? 이현욱을 다 보고."

"맞아. 진짜 잘생겼어. 어쩜 저렇게 생길 수가 있지?"

"누군지 몰라도 저 여자 정말 부럽다."

"확실히 여자는 예쁘고 봐야 해."

"뭐, 그렇게 예쁜 것 같지는 않은데?"

"키 크고 몸매가 좋잖아, 우선. 얼굴도 저 정도면 예쁜 거지. 암튼 저 여자는 분명 전생에 나라를 구했을 거야. 안 그래?"

전생에 나라를 구했다니.

하진은 문득 어이없는 웃음이 터지려는 것을 꾹 참았다. 진즉부터 알고는 있었지만, 이현욱이 얼마나 대단한 남자인지 마음 단련시키기 연습 첫날부터 뼛속 깊이 실감하고 있다. 단순히 그가 그녀의 카페에 손님으로 등장했을 때와, 그와 그녀가 나란히 함께 레스토랑을 찾았을 때의 사람들의 반응은 확실히 차원이 달랐다.

"룸으로 예약할 걸 그랬지?"

그녀의 귀에 적나라하게 들려오는 주위 사람들의 수군거림이 그의 귀에 들리지 않을 리 만무했다.

"괜찮아요."

하진이 어깨를 한 번 으쓱이며 설핏 미소를 지었다. 행여나 그가 미안해할까 봐 애써 태연한 척 굴었다. 이제 와 후회해 봤자 소용없었으니까.

첫날부터 무리하지 말고 오늘은 워밍업으로 가볍게 사람들의 시선만 느껴보기만 하자며 룸으로 예약하려는 그를 만류한 건 그녀였다. 그의 세상으로 들어가기 위한 첫 발걸음인데, 제대로 시작하고 싶었던 것이다.

그의 말대로 첫날부터 무리하는 게 아니었어.

처음 느껴보는 사람들의 시선과 관심, 것도 모자라 자신에 대한 평가를 내리는 목소리가 한꺼번에 몰려오자 그녀는 혼이 쏙 빠진 듯 정신이 없었다. 긴장까지 해서인지 음식이 코로 들어가는지 입으로 들어가는지도 모를 지경이었다.

"차차 적응해야죠."

"익숙해지면 괜찮을 거야."

"그렇겠죠?"

익숙해지고 적응되는 순간이 빠르게 다가왔으면 좋겠다.

"당연하지. 주위는 신경 쓰지 말고 귀는 막아. 그리고 네 앞에 있는 나에게만 집중하도록 노력해 봐."

"그래 볼게요."

"착하다, 유하진."

감미로운 그의 음성에 그녀는 생긋 웃었다. 그를 위해 겉으로 내색은 안 하고 있지만 앞으로의 일에 눈앞이 깜깜한 건 사실이었다.

내 남자의 세계로 들어가는 건 참 고되고 힘든 일이구나.

하진은 스테이크 조각을 하나 입에 넣었다. 속이 더부룩한 것이 아무래도 집에 가서 소화제를 먹어야 할 것 같았다.

10

현욱의 집 안에서 진동하는 맛있는 음식 냄새에 제호는 저절로 고인 침을 꿀꺽 삼켰다. 시간이 없어 점심을 김밥으로 대충 때운 터라 주방에서 풍겨오는 냄새는 그의 허기를 자극하기에 충분했다.

"이모님, 아직 멀었어요?"

제호는 결국 참지 못하고 주방으로 들어갔다. 보글보글, 꽃게탕이 끓고 있는 소리. 지글지글, 불고기가 익어가는 소리에 또 한 번 침을 삼켜야 했다.

"다 됐어. 많이 배고파?"

"네! 뱃가죽이 등에 붙을 정도로요."

분주하던 움직임을 잠깐 멈춘 민주가 힐끔, 제호의 볼록 나온

배를 한 번 쳐다보더니 재미있다는 듯 피식거렸다.

"뱃가죽이 등에 붙으려면 몇 개월은 굶어야 할 것 같은데?"

"에이, 이모님도 참. 하하하."

농담 섞인 민주의 말을 가볍게 받아넘긴 제호가 사람 좋은 웃음을 터트렸다.

"현욱이는?"

"샤워 중이에요. 나올 때 됐어요."

"이제 십오 분이면 돼. 조금만 기다려."

"넵!"

배고픔을 잠시 뒤로하고 제호가 주방을 나섰을 때, 마침 샤워를 끝낸 현욱도 거실로 나왔다. 검은색 반바지와 회색 반소매로 편하게 차려입은 그는 수건으로 젖은 머리카락을 털털 털며 소파에 앉았다.

"오늘 밤은 네가 외톨이 신세가 되겠구나?"

왠지 놀리는 듯한 제호의 말투에 현욱의 짙은 눈썹이 휘어졌다.

"어째, 고소해하는 것 같다?"

"고소하긴, 인마. 매일 만나다시피 하던 애인을 못 만나는 네가 안쓰러워서 그러는 거지."

"퍽이나. 그 얼굴이 내가 안쓰럽다는 얼굴이야?"

그가 한껏 미소 짓는 제호에게 쏘듯 말했다.

"당연하지. 이 형의 깊은 마음을 너무나도 몰라주는구나."

마치 섭섭하다는 뜻으로 들렸다. 현욱은 기막힌 얼굴로 제호를 노려보았다. 옆에서 빈정거리고 있는 제호가 형이 아니라 동생이었다면 벌써 한 대는 패줬을지도 모를 정도로 얄미웠다.

가뜩이나 못 만나서 아쉽고만.

지난달에 결혼한, 함께 카페를 운영하고 있는 친구의 집들이에 초대받아서 오늘은 만나지 못한다는 말은 며칠 전에 들었다. 오늘 만나지 못한 아쉬움은 내일 실컷 달래면 되지만, 특별한 일을 제외하고는 거의 매일 만나다시피 한 그녀였다. 그런 그녀를 만나지 못하는 오늘, 그는 왠지 허전한 느낌이 들었다.

밥 먹고 영화부터 예매해 놔야겠군.

내일은 일주일에 한 번 돌아오는 그녀의 휴일이었다. 그리고 유하진 마음을 강하게 단련시키기를 위한 연습을 하는 두 번째 날이기도 했다.

지난주, 연애를 시작한 이후 처음으로 단둘이 밖에서 저녁을 먹었다. 그 안에 있던 모든 사람들의 시선을 묵묵히 받아내며 끝까지 식사를 마친 그녀가 얼마나 대견했는지 모른다. 허나, 그는 모르지 않았다. 그 순간, 그녀가 상당한 부담감을 끌어안고 있었다는 사실을. 겉으로 담담한 척 태연한 척 미소를 머금고는 있었지만 말 그대로 그건 '척'이지 실제 그녀의 마음은 불안하고 불편하고 또한 불쾌했을 것이다. 앉아 있는 그 자리가 당연히 가시방석처럼 느껴졌을 것이다.

얼른 적응해야 할 텐데.

그는 단지 이현욱이 애인이라는 이유 때문에 그 모든 것들을 감당하고 감수해 내야 하는 그녀가 안쓰러우면서도 고마웠고 많이 미안했다.

하지만.

그는 더 이상 비밀 연애가 아닌 당당하게 떳떳하게 밝히고 그녀와 연애를 하고 싶었다. 또한 그녀에게도 말했듯이 모든 사람들의 눈을 속이고 하는 연애는 한계가 있었고 머지않아 들통이 날 것이다. 그러기 위해서는 그녀가 하루빨리 사람들의 이목에 익숙해지고 적응을 해야 하는 수밖에 없었다.

비록 그것이 그의 욕심이고 이기심일지라도.

"내가 같이 맥주라도 마셔주고 싶다만. 집에서 나를 눈 빠지게 기다리는 여인이 있어서 곤란하겠구나."

현욱은 어이없다는 듯 '하!' 하고 헛웃음을 날렸다. 아무래도 자기 결혼 전, 맥주를 마시자는 제안을 뿌리치고 그녀를 만나러 가려고 했던 그에게 복수를 하고 싶은 모양이었다.

벌써 그게 언젯적인데. 하여튼, 오제호. 유치한 건 알아줘야 해.

"마셔주겠다고 해도 사양이야. 그리고 집에서 눈 빠지게 기다리는 와이프가 있는데, 왜 안 가고 있는 거야?"

"모처럼 이모님 요리를 먹을 수 있는 기횐데 놓치시야 되겠어?"

현욱이 못 말리겠다는 듯 고개를 좌우로 흔들었다.

이모에게서 전화가 걸려온 건 오늘 있었던 잡지화보 촬영을 마친 늦은 오후 무렵이었다. 그는 오랜만에 저녁이나 함께 먹자는 이모의 말을 흔쾌히 받아들였다. 어차피 오늘은 하진과의 만남도 없었고, 있었다고 해도 이모와 저녁 먹을 시간은 넉넉했다. 장을 봐서 먼저 그의 집으로 가 있겠다는 소리를 마침 옆에 있던 제호가 들었고, 그냥 그대로 돌아갈 제호가 아니었다. 바로 보경에게 저녁을 먹고 가겠다는 연락을 취했다.

"들어들 와라!"

"네, 이모님!"

주방에서 민주의 외침이 들리자, 뱃가죽이 등에 붙도록 배가 고팠던 제호가 덩치에 어울리지 않은 재빠른 동작으로 주방으로 뛰어갔다.

"아무튼 먹는 건 엄청 좋아해. 우리 오제호 형님은."

그러니까 하루가 멀다 하고 나날이 뱃살이 늘어나겠지만.

조만간 보경에게 제호 다이어트 좀 시키라고 연락을 해야겠다는 생각을 하며 현욱도 주방으로 향했다.

"뭘 이렇게 많이 차렸어?"

현욱이 식탁 위에 가득 차려진 요리와 민주를 번갈아 보며 물었다. 꽃게탕에 불고기, 몇 가지의 전과 나물무침에 잡채까지.

"많기는 뭐가 많아."

"누가 보면 잔치라도 하는 줄 알겠어."

"그래 봐야 한 달에 한번 와서 해줄까 말까 하는데 이 정도는 해줘야지. 마침 제호도 온다고 해서 좀 더 했지. 이모가 급하게 일이 생기는 바람에 결혼식도 못 가보고 미안했는데. 많이 먹어라, 제호."

"하하. 잘 먹겠습니다, 이모님."

"갈 때 몇 가지 챙겨줄 테니까, 보경이도 좀 가져다줘."

"역시! 이모님밖에 없다니까요."

제호가 민주를 향해 최고라는 듯 엄지손가락을 번쩍 세웠다.

"어서들 먹자."

민주가 먼저 국을 한술 뜨자, 현욱과 제호도 본격적으로 저녁을 먹기 시작했다. 그리고 어느 정도 식사가 끝날 때쯤, 숟가락과 젓가락을 동시에 내려놓은 민주는 현욱의 얼굴을 지그시 응시했다.

현욱은 여자친구와 좋은 시간을 보냈던 설날, 그녀가 뒤늦게 다녀갔다는 사실을 아직 모르고 있었다. 그 후에 넌지시 물어볼까도 했었지만 민주는 굳이 묻지 않았다.

연애하고 있다는 것을 말하지 않는 걸 보면 사귄 지 얼마 안 돼서 그렇겠지, 때가 되면 묻지 않아도 말해주겠지 하며 궁금해도 참고 지금껏 기다리고 있었다. 하지만 한 달이 지나가도록 현욱은 마치 만나는 상대가 없는 듯한 표정으로 그녀의 앞에서 연애의 '연' 자도 꺼내지 않았다.

괘씸한 녀석 같으니라고.

한 달이 넘도록 현욱에게서 아무 말이 없자, 민주는 내심 서운했다. 아무리 저가 연예인이라서 비공개로 연애를 할 수밖에 없다 하더라도, 다른 사람도 아니고 이모한테까지 숨길 필요가 뭐가 있느냔 말이다. 그렇다면 그녀의 기다림도 더는 부질없었다. 기다릴 만큼 기다려 주었다고 생각했다. 말해주지 않는다면 참지 말고 직접 묻는 수밖에.

왜 부모의 심정이라는 게 다 똑같지 않은가. 자식이 연애하고 있는 상대가 누구인지 어떤 사람인지 궁금해하듯이, 자식처럼 키운 현욱이 사귀는 아가씨가 누구인지 민주는 무척이나 궁금했다.

"이현욱."

내내 기회를 보고 있던 민주는 현욱이 젓가락을 내려놓기 무섭게 기다렸다는 듯 이름을 불렀다.

"왜?"

"너, 이모한테 할 말 없어?"

"할 말이라니, 무슨?"

"분명 있을 거라고 생각하는데, 이모는."

현욱의 미간이 슬쩍 좁혀졌다.

내가 이모한테 해야 할 말이 뭐지?

아무리 생각해 보아도 없었다. 이모가 아무 이유 없이 꺼낸 말은 아닐 텐데.

"없어?"

"뭔데, 그래? 뜬금없이 할 말이 없냐고 물어보기만 하면 어떻게 해."

"흐음. 그럼 다르게 물어볼게."

가슴 앞으로 팔짱을 낀 민주가 의미심장한 눈으로 현욱을 바라보았다.

"이모한테 뭐 숨기고 있는 거 없어?"

"숨기는 거라니?"

"있는 걸로 알고 있는데."

차라리 대놓고 요점을 물어보던가. 스무고개를 하자는 것도 아니고 도대체 이모가 무슨 소리를 듣고 싶어서 저러는 건지 모르겠다.

"내가 이모한테 숨길 게 뭐가 있다……."

현욱은 일순 말을 멈췄다. 그가 이모에게 숨기고 있는 사실이 딱 한 가지 있다는 게 문득 떠오른 것이다. 그건 바로, 그가 현재 하진과 하고 있는 연애다.

"거봐, 있잖아."

묘하게 한쪽으로 말아 올라가는 민주의 입꼬리에 현욱의 미간이 더욱 깊게 패었다. 전부 다 알고 있으니 어서 털어놓으라는 표정이다. 함께 살아온 세월이 있는데 그가 민주의 표정 하나 못 읽을 리 없었다.

설마…….

"알고 있었어?"

다소 놀란 듯한 그의 얼굴에 의아함이 서렸다.

"그래, 알고 있었다. 우리 대단한 조카님 연애하는 거."

하아. 역시, 그랬군. 그런데 정말 이모가 어떻게 알았을까. 그 사실을 알고 있는 사람은 하진이 친구와 제호, 딱 두 사람뿐인데.

생각은 딱 거기서 멈춰졌다. 둘 중에 의심이 가는 인물이라면 바로 옆에 앉아 있었으니까. 현욱은 날카로운 눈으로 제호를 쏘아봤다.

"나, 아니야. 인마!"

졸지에 의심스러운 눈길을 받게 된 제호가 화들짝 놀라며 발끈했다.

정말 아니야?

현욱이 음성 대신 힘껏 힘을 주고 있는 눈빛으로 묻자 제호 또

한 눈으로 대답했다. 오해받는 것이 억울하다는 표정으로.

아니라니까.

"제호는 알고 있었나 보구나. 하긴, 매일같이 붙어 사는데 모를 리가 없지."

제호와 눈으로 대화를 주고받는 사이 민주의 목소리가 들렸다. 현욱의 시선이 민주에게로 옮겨졌다.

제호에게 들은 게 아니라면 이모가 알 방법이 없었을 텐데.

아니면, 설마 그한테도 연애하는 분위기가 흐르고 있는 건가? 일전에 하진의 큰어머니와 작은어머니가 느꼈듯이 말이다.

"그런데 이모님은 정말 어떻게 아셨어요?"

제호도 궁금하기는 마찬가지인 듯 보였다.

"어떻게 알았는지가 중요한 건 아니지."

민주는 현욱과 제호의 궁금증을 풀어주지 않았다. 아무리 결혼 안 한 50대 초반의 처녀라지만 그날, 현욱의 방 안에 흘렀을 분위 기를 알 정도의 눈치는 있었다. 다 큰 젊은 남녀가 저녁도 되기 전 에 방에서 무엇을 했겠는가. 하지만 그 이야기를 하지 않는 건 현 욱이 사귀고 있는 상대의 입장을 생각해서였다. 제호까지 있는 자 리에서 굳이 꺼낼 정도로 중요하진 않았다.

"연예인이야?"

"아니."

"그럼 어떤 아가씨야?"

현욱은 대답 전 물 한 모금으로 입술을 적셨다. 이렇게 된 이상, 더는 아무것도 감출 이유가 없었다. 어차피 머지않아 이런 날이 올 거라는 걸 미리 예감하고 있지 않았는가. 물론, 예상보다 빨리 오긴 했지만. 그녀에게는 미안한 마음이지만 차라리 잘되었다는 생각이 든다.

"정말로 많이, 좋은 여자야."

저절로 하진을 떠올리는 현욱의 목소리는 한없이 부드럽고 다정했다.

인터넷 블로그를 확인한 하진에게서 깊고 무거운 한숨이 흘러나왔다. 일주일 사이 부쩍 카페 손님이 늘어난 이유를 스마트폰으로 급속히 활성화된 '소셜네트워크 서비스(SNS)'와 현욱의 팬 블로그들에서 찾을 수 있었다.

─오우, 나 오늘 완전 대박! ***를 돌아다니다 우연히 들어간 카페에서 '이현욱' 발견. 실물, 완전 잘생기고 멋짐.

─나도 오늘 이현욱의 단골이라고 소문닌 카페에서 우리의 별, 이현욱을 이 두 눈으로 직접 목격. 대박 키 크고 정말 끝내준다. 단골이라더니 맞나 봐. 조만간 또 출동해야겠음. 같이 갈 사람 붙으시오.

어느 동네의 카페에서 이현욱을 봤다는 목격담이 하나둘씩 서서히 올라오면서 지난주에는 아예 '이현욱의 단골카페'라는 명칭이 붙은 글도 보게 되었다. 이렇게 걷잡을 수 없이 급속도로 퍼져 나간 소문은 당연히 팬들의 귀에도 들어갈 수밖에 없었고 위치를 알아내서 다녀간 팬들의 팬 블로그에도 글이 올라오기 시작했다.

—현욱 오빠의 단골 카페.

오늘 친구들과 우리 오빠의 단골이라는 '스틸'이란 카페를 다녀왔다.

벌써 세 번째였지만 오늘도 역시 허탕. 우리 현욱 오빠를 만나지는 못했다. ㅠ,ㅠ

과연 우리 오빠의 단골 카페가 맞는 것일까?

이 카페에서 커피를 마시고 있는 오빠의 사진들이 올라오는 것을 보면 단골이긴 단골인 것 같은데, 내가 타이밍을 못 맞추는 건가 보다. 흑흑.

언젠간 반드시, 그 카페에서 우리 오빠를 보고야 말 테닷!

위의 팬이 적어놓았듯 그가 커피 마시는 모습을 몰래 사진 찍어 올리는 팬들도 있었고 전반적인 카페 분위기와 카페의 정확한 이름과 위치를 올려놓은 팬도 있었다.

물론, 카페에 손님이 늘어났다는 건 감사하고 좋은 일이다. 하지만 이런 경우에서는 마냥 좋지만은 않은 게 사실이었다. 오로지 이현욱을 보기 위한 팬들은 무리를 지어서 몰려왔고 한 시간 두 시간, 길게는 네 시간이 넘도록 시끄럽게 수다를 떨며 현욱이 나타나기만을 애타게 기다렸다. 주말 같은 경우에는 더욱 심각했다. 카페 영업시간이 끝날 때까지 그 기다림이 이어졌으니까.

안타깝게도 그 피해는 고스란히 오랜 단골손님들에게로 돌아갔다. 조용한 분위기 속에서 각자의 일을 하거나 혹은 회의를 하는 것이 편안하고 좋았던 카페의 장점이 새로 늘어난 손님들로 인해 사라져 버린 것이다. 그로 인해 원래의 평온하고 차분한 분위기를 원하던 단골손님들의 발걸음이 자연스럽게 뜸해져 버렸다.

그리고 친구가 톱스타 이현욱을 연인으로 두었다는 이유로 피해를 보고 있는 또 한 사람, 연우.

"미안해, 연우야."

"미안할 것도 많다."

연우가 별소리를 다 한다는 듯 빙그레 미소 지었다.

"이제 카페로는 찾아오지 말라고 해야겠어."

이런 순간을 염두에 두고 있었어야 했다. 단순히 카페 손님으로 오는 것뿐이라는 그를 그녀가 나서서라도 막았어야 했는데 그저 얼굴만 보는 것도 좋아서 그러지 못한 것이 이제 와 후회스러웠다.

"그럼 그분이 서운해하지. 난 괜찮으니까 너무 마음 쓰지 마."

다독이듯 어깨를 쓸어주는 손길에 미안함이 깃든 하진의 시선이 연우를 바라보았다. 겉으로 아무렇지 않은 척해도 받고 있는 스트레스가 만만치 않을 것이다. 우연히 카페에 들어와 그를 보고 좋아하는 손님들과 그를 보기 위해 일부러 카페를 찾아오는 팬들의 모습은 너무 달랐다.

"여기 현욱 오빠 단골 카페 맞아요?"

"우리 현욱 오빠 주로 몇 시에 와요? 누구랑 많이 오나요?"

"우리 오빠가 자주 마시는 커피가 뭐예요? 나도 그거 마셔보려고요."

"설마 오늘 벌써 다녀간 건 아니죠?"

"보통 일주일에 몇 번씩 오나요?"

"죄송하지만, 우리 오빠가 오면 연락 좀 부탁드려도 될까요? 바로 달려와서 보게요."

다른 손님들의 눈살이 찌푸려질 정도로 물어오는 질문이 끊이지 않았다. 하루에 한 팀이 아니라 여러 팀이 다녀가기 때문에 대답도 끝이 없었다. 한마디로 사람을 너무 지치게 만들었다. 허나, 문제는 그 질문이 그녀뿐만이 아니라 연우에게도 쏟아진다는 거였다.

"어떻게 마음을 안 써. 너 병원에서도 너무 무리하거나 스트레스 받는 거 좋지 않다고 했다며."

"이 정도는 괜찮아. 오랜만에 어린 학생들 틈에 섞여 있으니 신선하고 좋은데 뭐."

"계집애. 고마워, 그렇게 말해줘서."

그래도 현욱에게는 말을 해야 할 듯싶었다. 지난주에 있었던 레스토랑에서의 데이트를 시작으로 그녀는 자신이 대단해도 너무 대단한 남자와 연애하고 있다는 것을 요즘 들어 제대로 실감하고 있는 중이었다.

그 남자를 선택한 이상 이 모든 것을 감당해 내야 하는 건 내 몫인데. 어째 기운이 쏙 빠지는 기분이 든다.

이건 시작에 불과할 뿐인데. 만약 단골로 소문난 카페의 주인이 그의 연인이라는 사실이 알려진다면…….

하진은 지끈거려 오는 머리를 손가락으로 지압하듯 꾹꾹 눌렀
다.

"그러니까 다음부터는 쉬는 날 나오지 않아도 돼."

하진이 소리 없이 쓰윽 웃었다. 연우의 말대로 오늘은 그녀의
휴무날이었다. 그러나 요즘 돌아가는 카페의 상황을 너무 잘 알고
있는 그녀였고 그것이 그녀로 인해 생겨난 상황이기 때문에 잠시
라도 나와서 카페 일을 봐주고 싶었다. 또 어제 지인들을 초대해
집들이를 한 연우의 고단함도 조금이나마 덜어줘야지 마음이 편
할 것 같았다.

"참, 성호 씨 온다고 하지 않았어?"

"응. 곧 도착할 시간 됐어."

성호는 연우의 대학 선배이자 연우의 남편 태준의 친구이기도
했다. 그것이 연결고리가 되어 하진과도 조금의 친분이 있으며 가
끔 다 함께 시간을 갖는 경우도 있었다.

"성호 씨 집들이 선물이 뭔지, 내일 알려줘."

인테리어 디자이너인 성호는 업무차 갑자기 지방에 다녀오는
바람에 어제 연우와 태준의 집들이에 참석하지 못했다. 그래서 미
리 준비해 놓았던 집들이 선물을 전해주기 위해 카페로 연우를 만
나러 온다고 연락이 왔다고 한다.

"그럴게."

"잘하면 성호 씨랑 마주칠 수도 있겠다."

"그러게. 너, 그분 몇 시에 만나기로 했는데?"

"오 분 있다가 나가면 돼. 주차장에서 기다린다고 했어."

오늘은 지난주에 약속했던 대로 최신 개봉 영화 '남자 VS 남자'를 보러가는 날이었다. 조금 걱정이 되긴 하지만 뭐든 처음이 어렵지 두 번째부터는 쉽다는 그의 말을 한 번 믿어보기로 했다.

"그래. 영화 재미있게 봐. 주위 시선 너무 크게 신경 쓰지 말고, 마음 편하게 가져."

"알았어."

"그렇게 대단한 남자를 가지셨는데 그 정도쯤은 가볍게 받아들여야지."

"그러엄."

연우의 조용한 속삭임에 하진은 짐짓 씩씩하게 미소를 지어 보였다.

막 흩날리기 시작한 작은 눈송이들이 차창 위로 사뿐히 내려앉았다.

3월 중순에 눈이라니.

현욱은 차 시트에 느긋이 등을 기대고 하진을 기다리며 어젯밤, 민주와 나누었던 대화를 회상했다. 제호가 저녁을 배부르게 먹고 제집으로 돌아간 후였다.

'많이 좋아하니, 그 아가씨?'

'많이 좋아해.'

그는 일말의 망설임도 없이 대답했다.

'결혼까지 생각하고 있는 거지?'

'당연하지. 내 나이가 몇인데 가볍게 연애만 하자고 만나겠어.'

물론, 그만의 생각이었다. 아직 그녀에게는 결혼에 대해서는 한마디도 꺼낸 적 없었다. 이유는 우선 이 달콤한 연애를 조금만 더 즐기고 싶었고 부담이라는 것 때문에 연애를 하는 것도 무척이나 조심스러워했던 그녀에게 결혼 이야기로 더 큰 부담을 주고 싶지 않아서였다. 다만 그녀도 결혼을 할 나이였고 연애를 시작하면서 그와의 결혼에 대해서도 어느 정도 생각해 두고 있을 거라 믿고 있었다.

'그럼, 결혼해.'

'뭐?'

예상치 못한 민주의 말에 현욱이 눈이 다소 커졌다.

'삼십 년 넘게 이모랑 단둘뿐이라 우리 현욱이 많이 외로웠잖아. 이모는 네가 좋아하는 상대가 있을 때 빨리 결혼해서 행복한 가정을 꾸렸으면 좋겠어.'

민주의 애잔한 음성이 ㄱ의 가슴으로 스며들어 왔다.

'그래도 결혼은 아직 이르지.'

'이르긴 뭐가 일러?'

'이모, 우리 연애한 지 고작 3개월 됐어.'

그러자 이모가 그건 그다지 중요한 문제가 아니라는 듯한 표정으로 말문을 열었다.

'만나서 한 달 만에 결혼하는 사람들도 수두룩해. 네 나이하고 그 아가씨 나이도 생각해야지. 만나는 아가씨가 너보다 한 살 어

리다며. 서둘러 결혼해야 아이도 둘 이상을 갖지.'

'이모는 어떻게 만나보지도 않고 결혼하라는 말을 해? 이모 마음에 안 드는 여자일 수도 있잖아.'

'너랑 살 사람인데 이몬 네가 좋으면 그만이야. 그리고 보경이 사촌 언니라며? 아까 보니까 제호도 그 아가씨 칭찬 많이 하는데 성격이 모나진 않은 것 같더라. 그러니까 그 아가씨랑 잘 얘기해 봐.'

그는 잠시 생각에 잠겨 민주의 말을 가만히 듣기만 했다.

'그 나이에 이것저것 재고 따지고 하다 보면 결혼하기 힘들어.'

그리고 곧바로 이어진 말은 그의 마음을 흔들어놓았다.

'원래 결혼이란 건 서로 가장 좋아하는 순간에 하는 거야.'

그 후, 현욱은 밤새 곰곰이 생각을 해보았다. 하진과의 결혼에 대해서.

결혼을 해서 그와 그녀와의 사이에서 태어난 예쁜 아이들과 행복한 가정을 만들어가는 과정을 머릿속으로 그려보자 현욱의 만면에 저절로 웃음꽃이 만개했다.

결혼, 결혼이라⋯⋯.

"어, 우리 애인이다."

주차장 입구에 모습을 드러낸 하진이 현욱의 시야 안으로 들어왔다. 봄이지만 여전히 쌀쌀한 날씨에 외투를 여미며 걸어오는 그녀를 마중할 마음으로 차 문을 열고 내리려고 할 때였다.

"하진 씨!"

한 남자가 그의 차 근처까지 다다른 하진의 이름을 불렀다. 자연스레 그녀의 걸음이 멈춰졌고, 현욱의 동작도 멈추게 되었다.

"성호 씨, 오랜만이에요."

웃으며 반갑게 인사를 나누는 거 보니 그녀가 아는 남자인가 보다. 다른 남자에게 미소를 보이는 그녀가 못마땅한 듯 현욱의 눈썹이 꿈틀거렸다. 그러다 이내 피식 웃었다. 서로 존칭을 쓰는 것을 보면 그저 아는 사람 정도일 뿐인 것 같은데 단지 남자라는 이유만으로 기분이 좋지 않으니 말이다.

유하진도 그때 이런 기분이었나?

문득 제호의 결혼식장에서 보여주었던 그녀의 질투가 떠올랐다. 금아진하고 매우 가까워 보인다며 눈을 흘기던 모습이 얼마나 사랑스러웠던지.

"안 그래도 연우한테 오신다는 말씀 들어서 잘하면 마주치겠다 싶었는데. 이렇게 만나네요."

"태준이랑 연우 결혼식 이후 처음 보는 거죠, 우리?"

남자의 '우리' 라는 단어에 현욱의 눈이 매서워졌다. 지금 누구한테 '우리' 라는 단어를 가져다 붙이는 거지?

"어제 집들이에 안 오셔서 서운했어요."

"그러게요. 조만간 날 잡아서 다시 모이죠 뭐."

흠. 누구 마음대로? 우.리. 유하진은 나 만날 시간도 부족한 여자야.

하지만 그녀가 그의 바람에 어긋난 대답을 남자에게 전달했다.

"좋죠."

"그런데 어디 가시는 길인가 봐요? 어떻게 하진 씨를 주차장에서 다 만나네요."

"네. 약속이 있어서요."

"누가 기다리시는 거 같은데."

남자가 그의 차를 힐끗 쳐다보며 말했다.

"혹시 남자친구? 요즘 연애해요, 하진 씨?"

남자의 물음에 현욱도 덩달아 그녀의 대답을 기다렸다. 분명 부정하는 대답을 할 거라는 건 알지만 그래도 혹시 모르는 일말의 기대를 가지고서.

"여, 연애는요 무슨. 친구예요."

하진이 어색하게 웃으며 답을 내놓았다. 역시 기대를 어김없이 무너뜨려 주시는군. 다른 사람에게 그와의 연애를 부정하는 것을 눈앞에서 직접 보고 듣게 되는 기분 또한 썩 좋지 않았다. 아니, 상당히 별로였다.

"에이. 얼굴 발개지는 거 보니까 수상한데요?"

남자가 웃는 미소로 그녀의 어깨를 친근하게 터치하며 의심의 눈초리를 보냈다. 순간, 사소한 것 하나하나에 질투를 보이면 속이 좁은 남자로 비춰질 것 같아서 다 좋게 좋게 넘어가려고 참고 있었던 현욱의 눈매가 사납게 변했다.

감히, 내 여자의 어깨에 손을 올리다니. 그쪽은 계속 유하진이 연애를 하고 있는 거라고 의심을 하는 걸로 하고.

빵! 빵!

현욱이 클랙슨을 눌렀다. 이제 대충 인사를 마무리 짓고 오라는 의미로 유하진에게 보내는 그의 경고였다. 그의 경고를 알아들었는지 그녀는 서둘러 남자에게 다음에 보자는 인사를 전하고 돌아섰다.

"미안해요. 기다리게 해서."

조수석에 오른 그녀가 그를 향해 맑게 웃어 보였다. 그 말간 웃음에 방금 전까지 개운하지 하지 못했던 그의 마음이 사르르 녹아내렸다.

천하의 이현욱 감정을 하루에 몇 번씩이나 오르락내리락거리게 만들어주다니. 아무튼, 유하진. 넌 정말 대단한 여자야.

임 여사가 카페를 찾은 건, 하진이 현욱과 영화를 보러 나간 지한 시간 후였다.

"어머니."

연우가 카페 안으로 들어서는 임 여사를 보고 앉아 있던 자리에서 벌떡 일어나 다가갔다.

"안녕하셨어요?"

"오랜만이구나, 연우아."

임 여사는 온화한 미소를 지으며 연우의 어깨를 가볍게 쓸어내렸다.

"이쪽으로 앉으세요. 차 뭐 드릴까요?"

"커피 다오."

잠시 후, 연우는 커피가 든 잔을 임 여사의 앞에 내려놓고 맞은편에 앉았다. 임 여사가 카페 안을 둘러보며 물었다.

"그런데 하진이는?"

"하진이 오늘 쉬는 날이에요."

"아. 하진이 쉬는 날이 화요일이었지, 참."

임 여사는 아차 하는 얼굴을 했다. 하진의 휴무일을 그만 깜빡 잊고 있었던 것이다.

이런. 미리 제대로 확인을 했었어야 했거늘. 이틀 동안 고민하고 망설이다가 크게 마음먹고 하진을 만나러 나온 것이었는데 착각을 하다니.

"따로 연락 안 해보셨어요?"

"전화를 안 받더구나. 물어볼 것도 있고 해서 겸사겸사 온 거였는데. 당연히 카페에 있는 줄 알았지."

"그러셨구나."

"얘는 전화도 안 받고 뭐 한다니? 오늘 연락했었니, 너하고는?"

"네. 하진이 잠깐 왔다가 한 시간 전쯤에 나갔어요."

"그러니? 그럼 조금 더 일찍 와볼 걸 그랬구나."

"모처럼 나오셨는데. 헛걸음하셔서 어떡해요?"

"헛걸음은 무슨. 아니다."

임 여사가 고개를 저으며 말을 이어나갔다.

"이렇게 연우 얼굴도 보고 좋은데 뭐. 그래, 결혼 생활은 행복하고?"

"네. 좋아요, 너무."

"시부모님은 잘 대해주시고?"

"그럼요. 저를 얼마나 예뻐해 주시는데요."

연우가 이제 완전한 가족이 된 남편과 시부모님을 떠올리며 환하게 웃었다.

"행복해 보이니 좋구나. 우리 하진이도 더 늦기 전에 얼른 결혼해야 할 텐데."

"아……. 걱, 걱정 마세요, 어머니. 하진이도 곧, 좋은 사람 만날 거예요."

미소 짓고 있는 연우의 표정이 짧은 순간 어색해졌다. 현재 하진의 옆에 좋은 사람이 있음에도 불구하고 임 여사 앞에서 그 사실을 모른 척해야 한다는 것에 가슴이 뜨끔거렸던 것이다.

"연우야."

"네, 어머니."

"하진이가 부탁하디 너한테?"

"뭐, 뭘요?"

"저 연애한다는 사실 말이다."

"네?"

화들짝 놀란 연우의 눈동자가 임 여사의 시선과 얽혔다.

"엄마, 다 알고 있어. 하진이한테 만나는 사람 있디는 기."

"어머니."

분명 하진에게서 현욱과 연애한다는 것을 아는 사람은 그녀와 현욱의 매니저 둘뿐이라고 들었는데. 임 여사의 말에 연우는 의아한 얼굴이 되었다.

설마, 뭔가 눈치를 채시고 떠보시는 건가?

"선보라고 날 잡아놨더니, 제 입으로 그러더구나. 좋아하는 사람 생겼다고."

305

그런데 하진의 말로는 임 여사는 믿어주지 않았다고 했다. 그 전후 상황을 모두 알고 있는 연우로서는 이 순간 어떻게 처신을 해야 할지 난감할 따름이었다.

　"곤란해할 필요 없다. 너 때문에 내가 알게 된 게 아니잖니."

　연우의 입장을 단번에 파악한 임 여사가 씁쓰름한 미소를 띠었다.

　"처음부터 믿지 못했던 내가 어리석었었지."

　"그런데 어떻게 아셨는데요?"

　이미 모두 알고 오신 분에게 계속 거짓말을 할 수는 없는 노릇. 더 이상은 감출 수가 없음을 깨달은 연우가 조심스러운 어조로 물었다.

　"지가 줄줄 흘리고 다니더구나, 연애한다고."

　"하진이가요?"

　"입만 다물고 있으면 숨겨질 줄 알았나 보지."

　끌끌 혀를 차는 임 여사를 보는 연우의 입매가 슬그머니 올라갔다.

　아무리 감추려고 해도 감출 수 없는 게 사랑이라더니. 하진의 경우에 딱 어울리는 말인 것 같았다.

　"혹시 말이다."

　"네, 말씀하세요."

　"하진이가 만나는 상대가 많이 변변치 못한 사람이니?"

　임 여사는 혹시나 음성으로 연우에게 물었다.

　설날 이후 하진이 연애를 하고 있음을 확신한 임 여사는 앞전에 맞선 문제로 하진과 논쟁을 벌였던 당시를 몇 번이나 돌이켜 보았다.

딸은 어째서 그녀에게 끝까지 좋아하는 사람이 있는 것에 대한 믿음을 주지 않았을까. 강하게 몇 번 더 강조를 했더라면 믿었을지도 모를 텐데. 하지만 좋아하는 상대가 있다는 사실을 그녀가 믿어주지 않자 하진은 왜 딸의 말을 믿어주지도 않냐는 식의 억울함도 보이지 않았다. 도리어 기다렸다는 듯이 덮어버렸다.

처음엔 그저 교제한 지 얼마 되지 않아서 숨기고 싶었던 거겠거니라고 판단했던 임 여사는 뒤늦게야 하진의 이 행동이 이상하다는 것을 느꼈다. 그래서 곰곰이 생각을 해보았다. 그리고 딸이 엄마에게 그렇게 해서라도 비밀로 하고 싶었던 이유가 만나는 상대에게 흠이 있어서일지도 모른다는 추측까지 하게 되었다.

이혼한 경험이 있나? 아이도 있고?

예상이 맞는다면 딸이 교제를 시작한 시점은 1월 초일 것이다. 따져 보니 개월 수로 벌써 세 달째였다. 설날 이후, 조만간 연애 사실을 알려주겠지 하며 궁금해도 참고 기다렸지만 한 달이 지나도록 감감무소식이었다. 먼저 말해주기를 바라고 기다렸다가는 자꾸만 생각이 좋지 않은 방향으로만 흘러갈 것 같았다.

제발 괜찮을 상대여야 할 텐데.

부모라면 누구나 그렇듯 혹시 모를 사실에 걱정부터 앞섰다. 차라리 속 시원하게 묻고 듣는 편이 나았다. 그리고 문득 하진보다는 오히려 연우를 들춰보는 게 나을지도 모른다는 생각이 스쳐 지나갔다.

"무슨 말씀이세요, 어머니?"

"하진이가 사귀는 남자한테 흠 같은 게 있느냐고 묻는 거야."

"흠이요?"

"상대 쪽에 무슨 흠이 있어서 하진이가 말 못하고 있는 건가 해서 말이다."

"어머. 아니에요, 어머니."

연우가 재빨리 고개를 저으며 임 여사의 오해를 풀어주었다.

"아니야?"

"그럼요. 전혀 흠 없는 사람이에요."

"그래?"

임 여사는 후, 하고 숨을 내쉬었다. 연우의 말에 그나마 한시름 놓을 수 있었다.

"그런데 왜 감추고 있는 거라니, 걔는?"

"그럴 만한 사정이 있었어요, 하진이한테."

"무슨 사정?"

"그 부분은 저보다는 하진이에게 직접 들으시는 편이 좋을 것 같아요."

연우는 차마 이미 모두 알고 오신 분에게 거짓말은 할 수가 없어서 하진의 연애 사실은 인정을 했지만 그 교제 상대가 우리나라 톱스타 이현욱이라는 말까진 제 입으로 전할 수가 없었다.

"그래, 그러마. 아무튼 흠이 있는 사람은 아니란 거지?"

"그렇다니까요. 정말 걱정하지 않으셔도 돼요. 어머니도 보시면 좋아하실 만한 사람이에요. 깜짝 놀라실 정도로요."

"깜짝 놀라? 혹시 엄마가 아는 인물이니?"

"전 여기까지밖에 말씀 못 드려요."

연우가 활짝 웃으며 말했다. 걱정을 놓지 못하는 임 여사의 마음을 안심시켜 주기 위해 건넨 말이지만, 그 이상은 정말 하진의 몫이었다.

우리 유하진 양. 비밀 연애는 곧 끝나시겠네.

11

뭐든 처음이 어렵지 두 번째부터는 쉬울 거라는 현욱의 말이 맞았다. 지난주 레스토랑에서 스테이크를 코로 먹는지 입으로 먹는지도 몰랐던 하진은 비교적 무난하게 영화를 관람할 수 있었다. 그가 일반관이 아닌 골드클래스관으로 예매를 해두었던 덕분이기도 했다.

물론 주차장에서부터 따라붙은 많은 이들의 시선은 영화가 시작하는 순간까지 이어졌지만, 그의 세상으로 들어가기 위한 마음 단련시키기의 첫 연습 때보다는 부담이 적었던 건 사실이었다. 하지만 그녀도 사람이고 여자였다. 그가 시키는 대로 눈을 감고 귀를 막아보았지만, 주위의 소곤거리는 목소리는 여전히 그냥 흘려보내 버릴 수가 없었다.

"앗, 이현욱이잖아!"

"어머어머. 이게 웬일이니? 영화 보러 와서 이현욱을 보다니!"

언제 어디를 가나 톱스타 이현욱을 본 사람들의 반응은 모두 한결같았다. VIP시사회를 온 것도 아닌 그것도 평범한 평일 오후에 이현욱이 영화관에 뜬금없이 등장했으니 그들의 반응은 당연한 것이었다. 그리고 그 반응은 고스란히 그의 옆자리를 꿰차고 있는 그녀에게도 보여주었다.

"그런데 옆에 여자는 누구야?"

"애인인가?"

"에이, 설마. 이현욱이 뭐가 아쉬워서 평범한 여자를 만나겠어."

"하긴 그렇지? 금아진, 은아정 같이 끝내주는 여배우들이 옆에 있는데 그럴 리가 없지."

"암, 그럼. 은아정보다는 금아진하고 더 잘 어울리는 깃 같더라."

"맞아. 웨딩드레스 주인공이 이현욱하고 금아진이었잖아. 질투날 정도로 잘 어울리긴 했어, 두 사람."

"그럼, 그냥 친한 사람 정도인가 보다. 정말 애인이라면 이렇게 공개적인 장소에 안 데려왔겠지. 그리고 연인 분위기가 안 나잖아."

하진은 그의 세상으로 들어가기 위해서는 굉장한 인내심이 필요하다는 것을 다시 한 번 절실하게 깨달았다. 현재 그의 연인인 그녀를, 함께 작품을 출연했던 여배우들과 비교를 해가며 마치 깎아내리는 듯한 소리는 그녀의 가슴을 할퀴고 지나갔다. 물론, 아무것도 모르고 내뱉은 말이겠지만 아프긴 했다.

뭐. 대놓고 같이 다녀도 의심조차 안 하네. 괜한 걱정이었나?

굳이 친구라고 둘러대지 않아도, 다들 알아서 그녀를 그의 가까운 지인쯤으로만 여기고 있었다. 허무하고 허탈할 정도로 말이다.

"나, 크게 착각하고 있었나 봐요."

"뭘?"

"우리를 의심하지 않던데요?"

"후후. 그래서 서운해?"

그의 집으로 가는 길, 운전대를 잡고 있는 현욱이 낮게 웃음을 흘렸다.

"서운하기보다 현욱 씨한테 좀 창피해요."

"뭐가?"

"우리 관계 들키는 거 부담스럽다고 친구라는 변명거리도 만들어놓은 게 난데. 다들 알아서 그렇게 생각해 주잖아요."

"그건 우리가 연인이라는 티를 안 내서 그렇지. 만약 이렇게 손이라도 잡고 있었다면 백 퍼센트 의심했지."

신호에 걸려 잠시 차를 멈춘 현욱이 그녀의 손을 잡으며 말했다.

"영화 보면서 손잡고 싶은 거 참느라 혼났네."

"피이."

하진이 웃음을 머금은 눈으로 그를 흘겨보았다. 그사이 신호가

바뀌었고 차는 다시 움직이기 시작했고, 그의 빌라와 점점 가까워
지고 있었다.

"나도 궁금해요."

"뭐가?"

"대단하신 톱스타 이현욱 씨가 뭐가 아쉬워서 지극히 평범한
나 같은 여자를 만나는지."

"까분다, 유하진."

시선은 앞에 고정시킨 채 오른손만 옆으로 뻗은 현욱이 손가락
으로 그녀의 이마를 퉁겼다.

"아야."

"쓸데없는 소리 한 번만 더 해."

"사람들의 시선이 그러니까, 궁금하단 거죠."

마침내 빌라 주차장에 도착한 현욱이 조용히 차를 주차했다. 그
리고 안전벨트를 풀고 오른쪽으로 몸을 돌린 그녀의 볼에 손을 가
져다 대었다. 언제 만져도 좋은 느낌의 감촉이 손바닥으로 전해졌
다.

"사람들의 시선이 뭐가 중요해? 현재 내가 바라보고 있고 또 항
상 바라보고 싶은 여자는 유하진뿐인데."

달콤하리만큼 다정한 그의 목소리가 그녀의 가슴을 찌르르하게
울렸다. 영화관에서 사람들이 할퀴고 간 마음을 덮어줄 정도로.

"내가 늘 말하고 있지 않나?"

"뭐를요?"

"다른 사람들 신경 쓰지 말고 나에게만 집중하라고."

"노력하고 있어요. 나도, 이현욱 씨에게만 집중하고 싶다고요."

앞으로 더 열심히 단련을 해야겠다. 언제 어디서나 주위에 누가 있든 누가 무슨 소리를 하든 오로지 그에게만 집중할 수 있도록 말이다.

"자꾸 비교를 하니까. 금아진 씨랑 잘 어울린다고 하잖아요. 그 것도 아주 많이."

"금아진하고는 영화에서 연인이었으니까, 사람들 눈에는 그 모습이 익숙하니까 그런 거고."

"알죠. 그래도 비교당하는 입장은 기분 별로라고요."

"유하진 은근 여우라는 거 얘기했던가, 내가?"

현욱이 은근한 웃음기가 스민 음성으로 말했다.

"한 번요. 그런데 뜬금없이 그 얘기가 왜 나와요. 내가 여우라고 요?"

"음."

"어째서요?"

"은근슬쩍 확인하고 있잖아, 지금."

"내가요? 뭐를?"

하진이 이유를 모르겠다는 눈으로 그를 바라보았다.

"누가 뭐라고 떠들든 이현욱이 심장에 품은 여자는 유하진 하나뿐이다. 확인하고 싶었던 거 아니야?"

"아니에요."

……라고 얼굴을 붉히며 발뺌을 하긴 했지만 하진은 속으로 '내가 정말 그 말을 해주기를 원했나?' 생각을 해보았다.

두 볼이 뜨거워지는 것을 보면 진정한 속내를 들켜서 그런 것 같기도 하고. 나도 모르게 의도한 건가? 아무튼 기분 좋은 말임은 틀림없다.

"뜨거워졌다, 얼굴."

볼을 어루만지고 있던 현욱이 빙긋 웃자 하진이 얄밉다는 눈으로 노려보며 얼굴에 닿아 있는 그의 손을 걷어내었다.

"손 치워요."

"왜에."

걷어낸 그의 손이 장난치듯 다시 그녀의 볼을 만졌다.

"그래도 오늘 좋았어. 잘하고 있어, 아주."

"앞으로 더 좋아지겠죠."

이윽고 손을 올린 그가 장하다는 듯 정수리를 쓰다듬자 그녀가 작은 어깨를 으쓱거렸다.

"배고파요. 이제 집에 들어가요."

벌써 저녁 7시가 되어가고 있었다. 오늘은 밖에서 영화를 봤으니 저녁은 그의 집에서 만들어 먹기로 했다.

"뭐 해줄 건데?"

"새우볶음밥 좋아해요?"

"안 좋아하더라도 유하진이 해주는 거라면 좋아."

"참나. 무슨 말이 그래요."

"좋다는 거지."

현욱이 코를 살짝 쥐었다 놓자 하진은 후, 하고 작게 심호흡을 했다. 이런 가벼운 스킨십에도 그녀는 심장이 벌렁거린다는 사실을 그가 알기는 할까?

Rrrrrrr, Rrrrrrr.

그때, 하진의 가방 안에서 휴대폰 벨소리가 울리기 시작했다. 그녀는 휴대폰을 꺼내 들고 액정을 들여다보았다.

"누구?"

"연우요. 잠시만요."

그녀는 잠시 그를 뒤로하고 전화를 받았다.

"그래, 연우야."

[영화는 잘 봤어?]

"잘 봤지. 보고 이제 그 사람 집 앞에 왔어."

[시간 보니까 대충 그럴 것 같아서 전화한 거야. 미리 말은 전해 줘야 할 것 같아서.]

"왜, 무슨 일 있어?"

그와 함께 있을 땐 방해하지 않겠다며 웬만한 일로는 전화를 하지 않던 연우였기에 하진이 의아한 듯 물었다.

[어머니하고 아직 통화 못했지?]

"어머니? 혹시 우리 엄마?"

[그래. 아까 너 나가고 얼마 안 있다가 카페에 오셨었거든. 오늘 너 쉬는 날인 거 깜빡 잊고 오셨대. 전화해도 안 받는다고 하시더라고.]

엄마에게서 부재중 전화가 들어와 있는 것을 영화 보기 전에 확인은 했었다. 하지만 곧 영화가 시작할 시간이라 나중에 해야지 생각하고 있었는데. 엄마가 카페로 찾아왔을 줄은 몰랐다.

"왜 오셨는데?"

[놀라지 마.]

"뭔데, 그래? 겁나게."

연우의 말에 하진의 미간이 슬며시 좁아졌다.

[어머니, 알고 계시더라. 너 연애하는 거.]

"뭐, 뭐?"

순간, 전혀 예상치 못했던 소리에 놀란 그녀의 눈동자가 크게 열렸다.

[이미 알고 오셨는데 아니라고 거짓말할 수 없었어.]

"전부 다, 말했어?"

[네가 연애하는 걸 숨기니까 혹시 흠 있는 남자 만나는 거 아니냐고 걱정하시더라고.]

"그래서?"

[좋은 사람이라고 안심시켜 드렸지. 상대가 이현욱 씨라는 말은 안 했어. 너한테 들으시라고.]

연우에게서 오늘 엄마와 주고받았던 내화의 내용을 대충 전해 들은 하진은, 자세한 건 내일 만나서 다시 이야기하자고 한 후 통화를 마쳤다.

엄마가 알고 있었다니. 그것도 내가 연애한다는 사실을 질질 흘리고 다녀서 알게 되었다니.

통화를 마친 하진의 잇새로 길고 긴 한숨이 터져 나왔다. 힘이 쏙 빠진 듯 두 어깨도 축 늘어졌다.

"왜. 어머니한테 무슨 일 있으신 거야?"

옆에서 그녀가 통화하는 것을 진지하게 지켜보고 있던 현욱의 얼굴이 걱정으로 물들어 있었다.

"현욱 씨."

"그래, 말해봐. 무슨 일인데 그래?"

이어 그에게로 고정시킨 하진의 눈빛이 흔들렸다.

"우리 엄마가 아셨대요. 나, 연애하는 거."

딩동, 딩동.

한 두 시간쯤 잤을까. 문득 들려오는 초인종 소리에 하진은 아침이 되어서야 간신히 감았던 눈을 떠야만 했다.

누구야 아침부터.

커튼 사이로 새어들어 오는 싱그러운 아침 햇살에 저절로 눈살이 찌푸려졌다. 그녀는 휴대폰을 찾아 시간을 확인했다. 현재 시간은 오전 8시 30분.

이 시간에 찾아올 사람은 없는데.

연애 사실을 엄마가 알고 있었다는 사실에 신경은 여전히 곤두서 있었고, 거의 뜬눈으로 지새우다시피 했기에 몸 상태가 가볍지 못했다.

엄마뿐만이 아니라 그의 이모도 아셨다고 했어, 참.

눈을 뜨자마자 무거운 생각이 또다시 머리를 눌렀다. 그녀는 손가락으로 관자놀이를 꾹꾹 눌렀다.

"우리 이모도 아셨어, 어제."

그와 그녀의 가장 최측근에게 들켰으니 단 두 명을 제외하고 시작한 비밀 연애는 이것으로 끝이 났다. 그녀는 지난밤 늦게까지 이 문제에 대해 그와 상의를 했다. 우선 서로의 집안에 인사를 드리고 당당하게 만나자는 그의 의견과 아직은 이르다는 그녀의 의견이 팽팽하게 갈라졌다.

그의 이모와 그녀의 부모님은 다르다. 그녀의 부모님은 그에게 인사를 받는 그 순간부터 결혼을 언급하고 종용할 것이 분명했다. 딸의 결혼을 애타게 기다리고 있었던 입장이었으니 더 늦기 전에 식을 올리기를 바라는 마음이 클 테니까.

그러나 그녀는 그와의 결혼에 대해 단 한 번도 생각해 본 적 없었다. 연애를 시작할 때도 커다란 부담감 때문에 망설이고 망설였는데, 결혼을 생각할 겨를이 어디 있었겠는가.

현욱 또한 연애를 하면서 결혼에 대해서 한 번도 언급한 적이 없었다. 아직은 그도 결혼을 염두에 두고 있지 않다는 의미일 것이다. 그런 그에게 결혼에 대한 부담을 떠안겨 주고 싶지 않았다. 하지만 그녀는 '아직은 이르다'의 말속에 결혼이라는 단어를 꺼내지는 않았다. 그 단어를 끄집어내는 순간 그가 부담을 갖기 시작할 것 같았기 때문이었다. 그리고 사귄 지 고작 80일밖에 되지 않은 연애에 결혼 이야기가 오고 가는 것이 이른 건 사실이었다.

딩동, 딩동.

또다시 들려오는 초인종 소리에 하진은 번뜩 정신을 차렸다. 지난밤의 일을 떠올리느라 그만 누군가 그녀의 집 앞에 서서 벨을 누르고 있었다는 것을 깜빡하고 있었다.

내가 지금, 내 정신을 제대로 붙들고 있는 게 아니라니까.

후우, 나지막한 한숨을 흘려보낸 하진은 무거운 몸을 일으켜 거실로 나갔다. 그리고 거실 한쪽 벽면에 부착되어 있는 월패드로 방문자를 확인했다.

"엄마?"

하진의 눈이 크게 떠졌다. 월패드 화면 속에서 모습을 보인 사람은 다름 아닌 엄마, 임 여사였던 것이다. 임 여사가 다시 한 번 찾아올 거라고는 예상하고 있었지만, 이렇게 빨리 올 줄은 몰랐다. 어제 다녀가셨으니 오늘은 그저 전화 정도만 할 거라 여겼는데, 그녀의 오산이었다.

아침 일찍부터 방문한 걸 보면, 어제처럼 헛걸음은 안 하겠다는 의미일 터.

오늘 그녀를 만난 임 여사가 모든 사실을 알고 돌아갈 것이라는 것은 불 보듯 뻔한 일이었다. 그리고 그 사실을 알려줘야 하는 건 연우의 말마따나 그녀의 몫일 테고.

벌써부터 밀려드는 답답함에 하진은 가슴에 손바닥을 얹고 크게 심호흡을 하고선 현관문을 열었다.

"벨 누른 지가 언젠데, 뭐 하느라 이제야 문을 열어? 여태 잔 거야?"

임 여사가 집 안으로 들어서며 타박하는 듯한 어투로 말했다.

"잠을 좀 설쳐서."

무슨 이유로 온 것인지 빤히 알기에, 그녀는 임 여사에게 연락도 없이 어쩐 일로 왔냐는 인사는 생략했다.

"잠은 왜?"

"그냥."

하진은 곧장 주방으로 향하는 임 여사의 뒤를 따랐다. 집으로 오는 김에 밑반찬을 챙겨온 모양인지 양손에 종이가방이 들려 있었다.

"이제 일어났으면 밥도 안 먹었겠네. 씻고 나와. 아침밥 해줄게."

"생각 없어요."

"엄마가 너 좋아하는 겉절이하고 밑반찬 몇 가지 해왔어. 생각 없더라도 한술 뜨지 그러니?"

"지금 막 일어나서 입맛이 없어서 그래."

임 여사와의 대화가 끝나면 바로 출근 준비를 해야 했기 때문에 시간적인 여유도 별로 없었다.

"자고로 사람은 아침을 쏙 먹어야 하는 선네. 어떻게 아침 안 먹는 버릇은 고치질 못해. 쯧쯧."

잔소리를 늘어놓으며 반찬들을 냉장고에 집어넣던 임 여사가 이내 한마디 더 덧붙였다.

"하긴, 결혼하면 고쳐지겠지. 출근하는 신랑 밥은 챙겨줘야 할 테니."

"커피 드려요?"

하진은 마치 아무것도 듣지 못한 척 커피포트에 물을 올렸다.

"빈속에 커피 마시려고?"

"아니, 엄마 드릴라고. 엄만 아침 드시고 오셨을 거 아냐."

왠지 핀잔이 따라올 것 같아 두 개의 잔을 꺼내던 그녀는 잔 하나를 슬그머니 제자리로 돌려놓았다.

"먹고 왔지. 엄마 커피는 됐고. 밥 안 먹을 거면 이리 나와봐."

드디어 올 것이 오는구나.

커피도 마다하고 거실로 나가는 임 여사의 뒷모습을 보며 숨을 한 번 깊게 들이마시고 내쉰 그녀도 걸음을 옮겼다.

"연우한테 연락받았지?"

그녀가 소파에 앉자 기다렸다는 듯 임 여사가 물었다.

"네."

"그럼 엄마한테 할 말이 있을 텐데."

처음에 임 여사는 일단 하진에게 사귀는 사람이 있다는 것에만 만족을 하려고 했었다. 하지만 언제든지 변할 수 있는 게 사람의 욕심이었다. 이런 경우 자식을 가진 부모의 입장이라면 더더욱 그럴 것이다.

남자에게는 큰 관심이 없는 줄 알았던 딸에게 교제하는 남자가 생겼고 서로 좋아하고 조건이 맞으면 빨리 결혼을 했으면 하는 바람이 크게 밀려들었다.

다행히 전혀 흠도 없고 좋은 사람이라고 하지 않았던가. 또 만나보면 깜짝 놀랄 정도로 좋아할 만한 사람이 누구인지 무척이나 궁금했다. 그래서 일찌감치 서둘러 하진의 집을 찾은 것이다. 성인인 큰딸의 연애에 지나친 간섭이라며 별난 엄마라고 해도 어쩔 수 없었다. 혼기가 꽉 찬 거로도 모자라 넘쳐흐르고 있는 딸이 없는 부모라면 모를 것이다, 그 조급한 심정을.

"이미 지나간 일은 모두 생략하고."

이제 와 몰래 숨기고 했던 연애에 대해서 물을 필요는 없었다. 임 여사는 더 뜸 들이지 않고 운을 떼었다.

"어떤 사람이니?"

"좋은, 사람이에요."

"나이는?"

"한 살 위."

"딱 좋구나."

천천히 고개를 끄덕이는 임 여사를 보며 하진은 머릿속으로 고민했다.

직업이 무엇인지 물어올 것이 분명한데 솔직하게 연예인이라는 것까지 알려야겠지?

그의 말대로 언제까지나 쉬쉬할 수도 없었고 어차피 언젠가는 알게 될 일이었다. 처음에는 놀라시겠시만 나른 사람의 입을 통해 듣는 것보다 이왕 들킨 것 그녀가 사실대로 털어놓는 것이 아무래도 낫겠지.

"직업은?"

그녀의 고민이 끝나기 무섭게 예상했던 질문이 날아왔다.

"그게, 엄마……."

연예인이라고 사실대로 말하자 마음을 먹었지만, 선뜻 말문이 떨어지지 않았다. 그녀가 잠시 머뭇거리는 사이를 참지 못하고 임 여사가 또 한 가지를 물어왔다.

"연우 말로는 깜짝 놀랄 만한 사람이라던데."

"……네."

깜짝 놀라기만 할까. 자칫하면 뒤로 넘어가실 수도 있다.

연예인이라고 반대하시면 어떡하지?

"그럼 엄마가 아는 사람이야?"

"알 거야."

톱스타 이현욱을 임 여사가 모르지 않을 것이다. 몇 년 전 그가 주인공으로 출연한, 높은 시청률을 기록했던 한 인기드라마를 엄마도 매회 **빼놓지** 않고 봤다는 걸 알고 있었다.

"엄마가 개인적으로 알고 지내는 사람은 아니고."

"그럼?"

"얼굴은 아실 거라고요."

"그래? 이름이 뭔데?"

그의 이름을 밝히기 전, 하진은 건조해진 입술을 혀로 축였다. 그리고 마침내 입을 떼려는 순간…….

Rrrrrrr, Rrrrrrr.

방 안에서 휴대폰 벨소리가 시끄럽게 울려대기 시작했다. 방으로 들어가서 전화를 받아야 할까, 아니면 임 여사와의 남은 대화가 먼저일까. 하진이 잠시 갈등하는 사이 전화 벨소리가 멈췄다. 그리고 그 벨소리는 몇 초 뒤 다시 이어졌다.

"급한 연락인가 본데, 전화부터 받아봐."

"잠깐만 엄마."

작게 고개를 주억거린 하진은 방으로 들어갔다. 휴대폰의 화면을 확인해 보니 아침부터 그녀를 급하게 찾은 이는 현욱이었다. 그녀는 거실에 앉아 있는 엄마의 모습을 떠올리며 조용히 전화를 받았다.

"나예요."

[일어났나?]

"응. 일어났어요."

[아침은 먹었어?]

"아직. 현욱 씨는요?"

그녀는 고개를 갸웃했다. 두 번을 연거푸 통화를 시도한 것을 보면 필시 무슨 할 말이 있는 것 같았는데 아침인사 전화였나?

하지만 단순히 아침인사 전화라기에는 그의 목소리가 어딘지 모르게 심상치 않아 보였다.

[나도 아직. 그런데 하진아.]

"네."

[문제가 조금 생겼어.]

"문제요?"

역시, 뭔가 일이 있는 게 맞았다. 다소 탁하게 들려오는 그의 음성에 그녀는 저도 모르게 긴장이 되었다. 뭐든지 항상 맞아떨어진다는 불길한 예감이 발가락 끝에서부터 스멀스멀 기어 올라오는 느낌이 들었다.

[놀라지 말고 들어.]

"뭔데 그래요."

무슨 일인지 듣기도 전인데 입술이 바싹 말라왔다. 쿵쿵, 가슴
도 뛰어댔다.

[어제 우리가 갔던 영화관에 기자가 있었던 모양이야.]

"기, 기자요?"

[음. 오늘 아침에 기사가 하나 올라왔어.]

하진은 현기증이 나면서 눈앞이 깜깜해지는 기분이었다.

"다 밝혀진 거예요, 우리 사이?"

[아니. 추측성 기사긴 한데 사진이 찍혔어. 영화 보고 나오는 우
리 뒤를 밟은 것 같아.]

"그럼, 어떻게 해야 하는 건데요?"

[나도 입장 정리해서 발표해야지. 오늘은 우선 어디 나가지 말
고 집에 있어. 잠깐 소속사 사무실에 들렀다가 그리로 갈게. 가서
얘기하자.]

"알았어요."

통화를 마친 하진은 다리에 힘이 풀린 듯 침대 위로 털썩 주저
앉았다. 결국, 이렇게 모든 것이 밝혀지는구나. 예상보다 빠르게
닥쳐온 상황에 그녀는 막막하기만 했다.

"하진아."

문득 들려오는 임 여사의 목소리에 놀란 하진은 튕기듯 자리에
서 일어섰다. 그제야 임 여사에게 그의 존재를 알리려다가 잠시
멈추고 전화를 받은 기억이 났다.

"엄마."

약간 경직되어 있는 엄마의 표정을 보니 그녀의 통화내용을 모

두 들은 듯했다. 끝내 그녀는 임 여사에게 직접적으로 알리지 못한 상황이 되어버렸다.

"너 혹시…… 네가 만난다는 사람이."

하진이 느린 동작으로 머리를 위아래로 두어 번 움직였다. 그리고 믿어지지 않는다는 눈으로 그녀를 바라보고 있는 임 여사를 향해 좀 전에 선뜻 열지 못했던 입술을 서서히 움직였다.

"배우, 이현욱 씨야."

배우 이현욱, 미모의 여인과 극장 데이트 포착?!

영화 '웨딩드레스' 이후 현재 휴식기를 갖고 있는 배우 이현욱이 어제 오후 미모의 일반인 여성과 모 영화관에 등장해 주위를 술렁이게 했다. 데뷔 후 지금까지 특별한 스캔들이 없었던 그가 여성과 공개적인 장소에 등장한 것은 이번이 처음이다.

이들을 목격한 대중들은 '설마, 애인이 아닐 것이다.', '교제하고 있는 여자친구였다면 공개적인 장소에 모습을 드러냈겠냐.' 등 그의 연애를 인정하지 않는 반응을 보였지만 바로 그 부분이 함정일 수도 있다.

연인이지만 연인이 아닌 척, 연인 사이를 지인으로 가장해 자유로운 데이트를 즐기는 것이었다면?

또한 ***는 이전에도 그가 미모의 일반인 여성과 압구정동에 있는 모 레스토랑을 찾아 저녁식사를 했다는 정보를 입수했다. 여러 정황을 종합해 보면 그와 즐거운 시간을 보낸 이 두 여성은 동일인물일 가능성이 크다.

이에 이현욱의 소속사 J.W 엔터테인먼트 측은 '연애를 포함한 배우의 사생활 문제는 간섭하지 않는다. 아직 이현욱과 연락이 닿지 않았다. 확인이 필요하다.' 라는 입장을 전했다.

(…중략……)

앞서 이현욱은 모 연예매체와의 인터뷰에서 '휴식기를 갖는 동안 무엇을 하면서 지낼 것인가.' 란 질문에 당당하게 '연애를 하고 싶다.' 라는 사실을 밝힌 바 있다.

현욱의 말대로 기사의 내용은 추측성이었다. 영화관에서 우연히 배우 이현욱을 목격한 기자가 특종을 놓칠 수는 없었을 것이다. 기사에는 기자가 찍은 두 사람의 모습도 담겨 있었다. 그나마 다행이라고 해야 할까, 그와 달리 하진의 얼굴은 모자이크 처리가 되어 있었다.

하진은 그가 시킨 대로 연우에게 정황을 알리고 카페에 나가지 않았다. 그의 말에 따르면 팬들은 눈썰미가 뛰어나다고 했다. 아무리 모자이크 처리가 되었더라도 기사를 접한 팬들은 아마 자신들의 배우와 스캔들이 터진 상대가 그의 단골로 소문이 난 카페 사장이라는 것을 금세 눈치를 챘을 것이고 무리를 지어 우르르 몰려올 것을 예상해 나가지 말라고 한 것이다. 틈틈이 연우와 통화를 한 결과 벌써 몇 팀이 무리를 지어서 다녀갔다고 했다. 본의 아니게 그 피해를 고스란히 받고 있는 연우에게 너무 미안했다.

"기사 그만 보고 이리 와. 커피 마시고 싶다며."

소속사 사무실에 들렀다가 30분 전 그녀의 집에 도착한 현욱이 주방에서 커피를 내려가지고 나왔다. 보고 있던 인터넷 창을 내린 하진은 그의 곁에 다가가 앉았다. 그리고 그에게 건네받은 커피를 한 모금 마시고 입을 열었다.

"역시 기자들은 예리하네요."

"예리하지. 일반 사람들과 촉이 남달라."

"그러게요. 우리의 속내를 정확하게 파악하고 있네요."

처음 기사를 확인했을 때에 비해 놀란 가슴을 진정시킨 하진은 이제 어느 정도 덤덤한 모습을 보였다. 여태까지 33년을 살아오면서 오늘처럼 놀라고 당황스러웠던 적이 또 있었을까. 단언컨대 오늘이 처음이었다.

"대표님이 뭐라고 안 해요? 사무실에 갔었다면서요."

"욕을 한 바가지로 먹었지."

"연애한다고요?"

"아니."

"그럼요?"

"연애 사실을 자기한테까지 숨기고 있었다고."

현욱이 커피를 마시며 한쪽으로 입꼬리를 말아 올렸다. 그녀의 앞이라 표현은 하지 않았지만 처음 제호에게 스캔들 기사가 터졌다는 소식을 듣게 된 그도 당황스러웠던 건 마찬가지였다. 그녀가 사람들의 시선에 조금이라도 적응이 되면 직접 연애 사실을 공개적으로 알릴 계획을 세우고 있었는데 결국엔 전혀 예상치 못한 상황에서 그가 먼저 꼬리를 밟혀 버리고 말았던 것이다. 그로 인해 아무것도 모르고 있던 소속사 사무실 직원들은 아침부터 전화 테러를 당해야만 했고, 급기야 머리끝까지 화가 올라온 소속사 대표 한주원이 그를 불러들였다.

'야, 이 자식아! 너 이 바닥에서 한두 해 굴렀어? 연애를 하고 있었으면 나한테라도 미리 말을 했었어야지!'

그의 연애 사실을 확인한 한주원 대표가 눈을 부라리며 쏘아댔다. 그리고 그 불똥은 그의 매니저, 입을 다물어준 죄밖에 없는 제호에게도 튀었다.

'넌 매니저란 놈이 뭐 하고 있던 거야? 저 자식이 안 하면 너라도 했었어야 할 것 아냐! 둘이 똑같이 아주. 연애를 할 거면 떳떳하게 공개해서 제대로 하던가, 숨길 거면 철저하게 숨겼어야지. 뭐야, 이게?'

'미안해.'

'그렇게 됐어, 형.'

그와 제호가 차례대로 사과를 하자, 한동안 분노와 흥분을 가라앉히던 주원이 냉정하게 한마디 던지고 쌩하니 나가 버렸다.

'오늘 중으로 입장발표 기사 내보낼 거니까, 빨리 결정해.'

결정을 하고 말 것도 없다. 의도한 건 아니었지만, 현욱은 스캔들이 터진 이상 더는 감추지 않을 생각이었다.

"하진아."

현욱이 부드러운 그녀의 두 손을 꼬옥 잡으며 이름을 불렀다.

"응."

"너하고 상의할 게 있어."

하진은 고개를 천천히 주억거렸다. 그가 그녀와 상의할 문제가 무엇인지 대충 짐작은 하고 있었다.

"입장발표 때문에 그런 거죠?"

"맞아. 오늘 중으로 발표해야 해."

"현욱 씨는 공개를 원하는 거죠?"

연애를 시작할 때부터 그는 공개를 하는 쪽을 원했었으니 상황이 이런 지금도 역시 그럴 것이다.

"그래. 나 이제부터 유하진하고 연애하는 거 숨기고 싶지 않아. 너도 그래 줬으면 좋겠어."

"……."

"네가 일반인인만큼 네 신상이나 사생활이 노출되는 건 최대한 막아보려고 노력은 해보겠지만, 어느 정도의 노출은 피하지 못할 거야."

알고 있었다. 이미 팬 일부가 ㄱ의 스캔들 상대가 그녀라는 것을 눈치를 챘으니까.

"두렵고 부담스러울 네 입장 충분히 이해해. 그렇지만 네가 용기를 내줬으면 좋겠어. 나를 믿고 따라와 줘."

사실 하진은 그가 오기 전 기사를 먼저 읽고 많은 생각과 고민을 하며 마음의 정리를 마쳤다. 그의 말대로 공개연애는 그녀의 입장에서 보면 두렵기도 하면서 부담스러운 연애인 건 사실이었다. 하지만 그와의 연애를 여기서 멈추지 않은 이상은 한 번은 필시 겪고 넘어갈 일이었다. 언젠가는 밟힐 꼬리가 결국 많은 사람에게 밟혀 버렸다. 지금 연애를 인정하지 않고 후에 또 꼬리를 밟히게 될 경우 공인인 그의 입장이 곤란해질 것이다. 공개연애가 추세인 요즘 솔직하고 당당하지 못한 연애를 한다고 질타도 받을 수 있다. 일반인인 그녀를 위해서였더라도 말이다.

그런 결과는 그녀가 원하는 게 아니었다. 어차피 겪고 넘어갈 산이라면 빨리 겪고 빨리 넘어서는 편이 나을 것이다. 비밀 연애가 너무 한 번에 많은 사람에게 들통이 나버려서 당황스럽기도 하고 걱정이 되지만 그건 긍정적으로 생각을 바꾸면 또 달라진다. 왜, 매도 맞을 때 한꺼번에 맞아야지 덜 아프다는 말이 있지 않은가.

이제는 그를 위해서 그리고 그녀 자신을 위해서 후회 없는 선택을 할 때가 왔다. 그러기 위해서는 그녀가 용기를 내어야 했고 위축되어 있는 어깨를 당당히 펴야 했다. 비록 당장은 주위의 시선에 움츠릴 때도 있겠지만 그녀에게는 그가 있었다. 언제나 따스하게 보듬어주고 감싸주는 그녀의 남자가.

"나, 더는 안 숨어. 당당하게 사람들 속에서 유하진 손잡고 데이트할 거야."

"그렇게 해요."

"뭐?"

의외로 순순히 자신의 뜻을 따라준다는 그녀를 현욱이 다소 놀란 눈빛으로 바라보았다. 그녀를 설득하는 것이 쉽지만은 않을 거라고 생각했기 때문이었다.

"하자고요, 공개연애."

"진심이야?"

"내가 어렵게 선택한 남잔데, 여기서 포기하고 물러설 수는 없 잖아요. 당신 말대로 한 번은 겪어야 했을 일이니까. 조금 일찍 겪 는 거라고 생각할게요. 당신을 믿고 따라가 볼게요."

애써 환하게 웃음 짓는 그녀를 현욱이 와락 끌어안았다.

"고맙다, 유하진."

이내 그의 손길이 다정하게 그녀의 머리카락을 쓸어내렸다. 그 녀가 얼마나 어렵고 힘들게 용기를 내었는지 모르지 않았다.

"장하다, 내 여자."

"현욱 씨, 그리고요."

하진이 뭔가 할 말이 더 있는 듯 그의 가슴을 살짝 밀어내었다. 행복이 깃든 현욱의 눈빛이 그녀를 내려다보았다.

"말해."

"우리 엄마가요."

"아참. 어머님 다녀가셨다고 했지?"

이제야 생각이 났다는 듯 현욱이 물었다. 오늘 아침 임 여사가 찾아왔고 그들의 관계를 알고 돌아갔다는 사실을 그녀의 집으로 오는 길에 들어서 알고 있었다.

"별말 없으셨어?"

"많이 놀라신 것 같아요."

"그러셨을 거야."

그의 말에 하진은 아침에 다녀간 엄마를 떠올렸다. 그녀의 연애

상대가 배우 이현욱이라는 사실을 알렸을 때 임 여사는 한동안 말문을 열지 못했다. 믿어지지 않는 듯 몇 차례 사실이냐는 확인만 할 뿐이었다.

한참을 아무 말 없이 넋을 잃고 생각에 잠겨 있던 임 여사가 그녀를 향해 물었다.

"그 사람, 많이 좋아해?"

"응, 많이 좋아해."

"그럼 이번 금요일에 엄마 좀 만나자고 해."

"……왜요?"

"정식으로 인사받겠다는 게 아니야. 엄마가 물어볼 말이 있어서 그래. 토 달지 말고, 엄마 말 들어. 엄마 지금 너무 놀라서 머릿속이 텅 빈 것 같아서 아무 생각도 못하겠어. 그동안 엄마는 따로 생각을 좀 해봐야겠으니까. 엄마 못 만나겠다고 하면, 더 볼 것도 없어. 헤어져."

"무슨 말을 물어보시려고요. 설마 결혼 얘기를 하실 거라면……."

"그건 아니니까 걱정 마라. 그리고 네 아빠한테는 아직 아무 말도 안 할 거야."

그러고선 엄마는 본가로 돌아가 버렸다. 엄마의 입장을 이해 못 하는 건 아니었다. 딸이 만나는 남자가 연예인일 거라고는 상상도 못했을 것이다. 게다가 오늘 날짜로 스캔들 기사까지 터졌다니 얼마나 기가 막혔겠는가.

하지만 금요일에 그와 만나시겠다니. 대체 물어보실 게 무엇일까. 설마, 결혼에 대한 말은 아니겠지? 정식으로 인사받겠다는 게 아니고, 아빠에게도 아무 말씀 안 하신다고 하면 그건 아닌 것 같고.

"그런데 어머님이 왜?"

"엄마가 금요일에 현욱 씨를 좀 봤으면 하세요."

하진은 조금 난처한 얼굴로 엄마의 뜻을 전달했다.

"그래?"

"하실 말씀이 있으시다고."

"금요일?"

"응. 만약 현욱 씨가 곤란하다고 하면……."

현욱은 곤란한 건 말도 안 된다는 듯 미간의 사이를 좁히며 그녀의 말을 가로챘다.

"무슨 소리야. 당연히 뵈어야지."

"괜찮겠어요?"

하진이 망설임 없이 시원스럽게 받아들이는 그의 눈을 마주 보며 물었다.

"고마워요."

"고맙긴. 당연한 일인데."

"다행이다."

그녀가 한시름 놓았다는 듯 가슴에 손을 얹고 후 하고 숨을 토해냈다.

"뭐가?"

"만약에, 현욱 씨가 곤란하다고 했으면."

"했으면?"

궁금한 듯 물어오는 그에게 하진은 싱긋한 미소로 대답했다.

"우리, 헤어질 뻔했거든요."

12

톱스타 이현욱의 열애는 예상대로 큰 화제성을 몰고 왔다. 연애 사실을 인정하는 보도자료가 나가고 2일이 지났지만 그의 이름은 여전히 검색어 1위를 차지하고 있었고 기사들도 줄줄이 올라오고 있었다.

배우 이현욱 열애 사실 인정!
배우 이현욱 미모의 일반인 여자친구와 3개월째 열애 중!
만인의 연인 이현욱의 마음을 한눈에 사로잡은 그녀는 누구?!

배우 이현욱이 열애 사실을 인정했다. 관계자의 말에 따르면 지난해 12월 지인을 통해 알게 되었으며 이 자리에서 만난 여자친구에게 첫눈에 반한 이현욱의 적극적인 구애로 연애를 시작한 것으로 밝혀졌다.

(…중략……)

또 이현욱은 열애 사실은 인정하나 여자친구가 일반인인만큼 공개연애가 매우 조심스럽다며 여자친구의 사생활 관련을 비롯해 그에 관한 모든 추측성 기사는 자제해 달라고 당부했다.

제목은 모두 가지각색이었으나 기사의 내용은 거의 비슷했다.

마음의 준비를 단단히 하고 있었기 때문일까? 현욱이 연애를 인정한 이후 하진은 의외로, 그녀 스스로도 놀라울 정도로 담담했다. 아니, 오히려 무겁게 지고 있던 짐을 내려놓은 듯한 가벼운 마음이었다.

이래서 공개연애를 하는 건가.

물론 그녀는 연예인이 아니라 공개적으로 세상에 얼굴이 알려진 건 아니었지만, 이제는 그와 어디를 가더라도 사람들의 '저 여자는 누군데 이현욱 옆에 있는 거야?' 라는 호기심 어린 시선을 받지 않을 테니까. '사귀는 여자가 저 여자였어?' 라는 말은 따르겠지만 말이다.

그러나 그저께 열애를 인정하고 얼마 지나지 않아 하진은 한 사람에게로부터 전화 공격을 당하고야 말았다. 바로 보경에게서였다.

[언니, 정말 너무한 거 아냐! 어떻게 나한테까지 비밀로 하고 연애를 할 수가 있어, 그것도 이현욱 씨랑! 내가 외숙모한테 듣기 전까지 이현

욱 씨랑 열애설 난 여자가 언니일 줄은 정말 몰랐단 말야.]

임 여사가 보경에게 전화를 걸어 현욱에 대해 물어본 모양이었다. 임 여사와 통화를 마친 보경은 곧장 그녀에게 전화를 걸어 서운한 감정을 있는 그대로 표출했다. 기사가 터지고 나서야 제호를 통해 현욱의 연애 사실을 알게 되었지만 그 상대가 자신의 사촌 언니인 그녀일 것이라고는 상상도 못했다고 한다. 따지고 보면 저가 그와 그녀의 사이에서 오작교 역할을 한 것이나 다름없는데 어떻게 감쪽같이 감출 수가 있냐며 섭섭하다고 팔팔 뛰었다. 그리고 그 비밀로 간직하고 있었던 제 남편 제호에게도 토라져서 지금껏 말도 안 섞고 있다는 사실을 현욱에게 듣게 되었다. 본의는 아니었지만 신혼인 부부를 다투게 만든 것이다.

그나저나 엄마가 현욱 씨에게 물어볼 것이 무엇일까?

임 여사는 보경에게까지 전화를 걸어 그에 대해서 물어봤다고 했다. 아무래도 스타일리스트였던 보경이 일도 함께 했었고 보경의 남편이 매니저이니까 그에 관해 많이 알고 있을 거라 판단하였던 것 같았다. 임 여사가 전화해서 물어보고 확인한 것이 무엇이냐고 보경에게 은근슬쩍 물어보았더니 소외감과 서운함을 느끼고 단단히 토라진 보경은 '몰라. 나도 비밀이야! 아무 말도 안 해줄 거야!' 라고 외치고는 전화를 끊었다.

삐쳐서 나쁘게 얘기하진 않았겠지?

잠시 걱정스러웠지만 이내 고개를 흔들었다. 아니, 그럴 리는 없다. 말은 그렇게 해도 보경은 워낙 마음이 여린 편이라 그에 대해 나쁜 평가를 내려서 대답해 주진 않았을 것이다.

하진은 슬며시 옆으로 고개를 돌렸다. 그답지 않게 잔뜩 긴장하고 앉아 있는 현욱의 모습을 보며 입술에 빙긋한 미소를 걸었다.

"현욱 씨."

"음."

"우리 엄마 만나는 게 그렇게 긴장돼요?"

"긴장되네."

현욱이 물을 한 모금 마시며 마른 입술을 적셨다. 그녀의 모친, 임 여사와의 약속 시간은 고작 5분 남짓 남아 있었다. 마치 12년 전 데뷔할 때 첫 영화 촬영을 앞두고 있었을 때처럼 긴장되고 떨렸다.

"너무 긴장하지 말아요."

하진이 그의 손등을 감싸며 달래듯 말했다.

"나 별로 안 좋아하시면 어떡하지?"

"좋아하실 거예요. 이현욱을 누가 싫어하겠어."

"나, 연예인으로 어머님 뵈는 거 아니잖아. 사윗감으로 뵈는 거지. 아무래도 연예인 사위는 달갑지 않아 하실 수 있잖아."

"사윗감이라뇨?"

다소 놀란 듯한 하진의 시선이 그에게 닿았다. 사윗감이라니. 정식으로 인사를 드리는 것도 아니고 단지 딸이 만나는 상대가 궁금해서, 또 물어볼 것이 있다고 해서 자리를 마련한 것이었는데. 행여 결혼이라는 단어를 꺼내 그에게 부담을 주는 건 아닐까 하고 내심 걱정을 하고 있던 그녀였다. 그런데 그는 아주 자연스럽게

<u>스스로</u>를 사윗감이라고 표현하고 있었다.

"왜 놀라?"

그가 뭐가 잘못되었냐는 얼굴로 그녀를 쳐다봤다.

"아니에요, 아무것도."

그때 누군가의 방문을 알리는 초인종이 울렸다. 임 여사일 것이다.

"오셨나 보다."

"기다려요, 여기서."

"잠깐."

현욱이 현관으로 향하는 그녀를 붙잡았다.

"왜요?"

"나 괜찮아?"

하진은 처음으로 자신의 엄마에게 인사를 드리는 자리라며 말끔하게 차려입은 그의 정장 차림을 쓰윽 훑어 내렸다.

"괜찮아요."

말을 해 뭐할까. 근사하고 멋있었다. 역시 뭘 입어도 스다일이 사는 남자다. 싱긋 웃으며 그의 옷깃을 한 번 매만져 준 하진은 현관으로 가서 문을 열었다.

"오셨어요?"

"와 있니?"

임 여사가 그의 구두를 확인하고 물었다.

"응."

"들어가자."

하진은 거실로 들어서는 임 여사의 뒤를 따랐다.

"처음 뵙겠습니다, 어머님. 이현욱이라고 합니다."

마침내 임 여사와 마주한 현욱이 90도로 허리를 굽히며 깍듯하게 인사를 올렸다. 임 여사도 입가에 잔잔한 웃음을 띠우며 그의 인사를 받아들였다.

"반가워요. 하진이 엄마예요. 거기 앉아요."

임 여사가 그의 바로 뒤에 있는 소파를 가리켰다.

"네."

대답은 했지만 현욱은 임 여사가 먼저 일인용 소파에 앉는 것을 보고 나서야 제 자리에 앉았다.

"차 드려요?"

"차는 됐고, 물이나 마시자."

"알았어요."

주방으로 들어간 하진이 모습을 감춘 사이 거실에는 잠시 무거운 침묵이 흘렀다. 침묵을 깬 것은 현욱이었다. 그는 자신을 탐색하는 듯한 시선으로 바라보고 있는 임 여사에게 부드러운 미소를 지으며 입술을 떼었다.

"오시는 데 불편하지 않으셨어요?"

"편하게 왔어요."

"말씀 편하게 하세요, 어머님."

"그래도 되겠나?"

"그럼요, 어머님."

"그러지."

임 여사는 거절하지 않았다. 천천히 고개를 끄덕이며 탐색하는 눈빛으로 현욱을 살펴보았다. 연예인이라, 그것도 대한민국 최고의 톱스타라 목에 잔뜩 힘주고 있을 것이라 여겼었는데 생각과 달리 다정다감했고 서글서글한 첫인상이 나쁘지 않았다.

우리 딸이 이렇게 대단한 남자를 만나고 있었을 줄이야.

하진이 교제하고 있는 사람을 만나면 깜짝 놀랄 것이라는 연우의 말은 맞았다. 정말이지 꿈에도 상상하지 못했던 상대였다. 따라서 더더욱 믿을 수도, 믿어지지도 않았다. 하지만 이틀 전에 터진 스캔들과 지금 바로 눈앞에 앉아 있는 이현욱의 모습에 임 여사는 이것이 현실이라는 것을 깨달을 수밖에 없었다.

"물, 드세요."

주방으로 향했던 하진이 물 세 잔을 들고 거실로 돌아왔다. 임 여사가 물을 마시는 동안 그녀는 현욱의 옆으로 가서 앉았다. 물 잔을 테이블 위에 내려놓은 임 여사는 나란히 앉은 두 사람을 바라보았다. 정말이지 선남선녀처럼 너무나 잘 어울리는 한 쌍이었다.

직업만 평범했더라면 금상첨화였을 텐데.

이현욱이라는 사람 하나만 놓고서는 상당히 괜찮았다. 딸의 혼기도 지났고 딸이 제짝으로 선택한 사람이라면 굳이 반대할 마음은 없지만 부모의 입장에서 모든 사람에게 알려진 연예인이라는 직업이 걱정스럽고 염려스러운 생각이 드는 것은 어쩔 수 없었다.

"내, 자네에게 물어보고 싶은 것이 있어서 만나고 싶다고 했네."

한동안 조용히 현욱과 하진을 지켜보고 있던 임 여사가 말문을 열자 현욱이 반듯한 자세를 취했다.

"네, 말씀하세요."

"우리 하진이와는 결혼을 전제로 만나고 있는 건가?"

"엄마."

하진은 흔들리는 눈빛으로 임 여사를 쳐다보았다. 결국 임 여사가 그를 만나서 물어보고 싶어 했던 것은 결혼에 관한 것이었다. 결혼 이야기는 아니니 걱정 말라고 한 임 여사의 말을 믿은 것이 어리석었다.

"네, 그렇습니다. 결혼을 전제로 교제하고 있습니다, 어머님."

일말의 망설임도 없는 그의 대답에 놀란 것은 임 여사가 아니라 그녀였다. 한 번도 결혼을 두고 대화를 나눈 적이 없었고 어쩌면 임 여사의 말에 의무적으로 한 대답일지도 모른다. 그런데도 왠지 모르게 그녀는 가슴이 저릿했다.

"그럼 결혼은 언제쯤 할 건지도 생각하고 있고?"

"엄마!"

그녀는 현욱의 눈치를 살피며 결혼에 대해서 너무 구체적으로 파고드는 임 여사를 저지했다. 결혼이란 주제로 그를 곤란하게 만들고 싶지도 않았고 부담은 더더욱 주고 싶지 않았다.

"왜 자꾸 결혼 얘기를 하는 건데. 우리 만난 지 3개월밖에 안 됐다고 했잖아."

"그래서?"

"결혼 얘기를 꺼내긴 아직 이르다고요."

"결혼을 염두에 둔 연애면 어느 정도 계획은 세우고 만나고 있을 거 아니니."

"아직은 생각해 본 적 없어요. 이런 말이었으면 나하고 먼저 했었어도 됐잖아요, 이 사람부터 만나는 게 아니라."

"이번 일로 너는 믿을 수가 없어서 그랬다. 그런데 넌 생각해 본 적이 없다고?"

임 여사의 물음에 그녀는 얼굴로 와 닿은 그의 눈빛이 느껴졌다. 마치 그도 궁금하다는 듯 눈으로 묻고 있는 것 같았다. 하지만 그녀는 솔직히 아직 결혼에 대해 생각해 본 적 없기에 아무 말도 할 수가 없었다.

그녀의 머뭇거림에 임 여사의 관심이 다시 그에게로 향하자 그녀에게 닿아 있던 그의 시선도 자연스럽게 떨어졌다.

"솔직히 딸 가진 엄마의 입장에서 딸이 모든 사람들에게 알려진 상대와 교제를 하는 게 달갑지만은 않은 게 사실이네. 걱정도 많이 되고."

"알고 있습니다."

"미안한 일이지만 자네를 만나기 전에 보경이한테 자네에 대해서 몇 가지 물었어."

"괜찮습니다."

"보경이는 자네가 무척 괜찮은 사람이라고 하더군. 믿어봐도 좋다고 할 정도로 말이야. 사실 보경이 말 듣고 걱정도 좀 덜고 안심은 했지. 그래서 나는 우리 하진이나 자네나 혼기도 꽉 찬 나이고 두 사람이 서로 마음이 맞아 좋아하는 거라면 딱히 반대할 마

음은 없네만, 애 아버지와 나는 물론이고 할머니도 하진이 결혼을
애타게 기다리시고 있는데 결혼을 배제해 놓은 연애라면 난 자네
를 인정할 수가 없네. 사실 하진이가 연애하고 있다는 상대가 연
예인일 줄은 꿈에도 모르고 올해 안에는 시집을 보낼 수 있겠거니
내심 기대하고 있었는데. 보통 유명 연예인들을 보면 결혼이 상당
히 늦던데, 애 나이도 있고 우리 집에서는 그렇게 마냥 기다릴 수
가 없어. 두 사람 교제한 지도 얼마 되지 않았고 마음이 그 정도로
깊은 게 아니라면……."

"엄마, 제발."

그녀는 임 여사를 보며 그만해 달라고 사정하는 표정을 지었다.
임 여사의 말을 해석해 보면 올해 안에 결혼을 하지 않을 예정이
면 헤어지라는 뜻이었다.

"솔직히 말씀드리겠습니다, 어머님."

그녀가 이런 불편한 자리를 만든 것을 뼈저리게 후회하고 있는
반면, 임 여사의 말을 경청하듯 듣고 있던 현욱이 깍듯한 음성으
로 입을 열었다.

"말해보게."

"솔직하게 말씀드리면 하진 씨와 결혼에 대해 한 번도 이야기
를 나눈 적은 없습니다. 제가 연예인이라는 이유로 많이 망설인
끝에 부담을 감수하고 저를 받아들여 줬는데, 결혼이라는 걸로 더
큰 부담을 주고 싶지가 않았거든요. 그렇지만 하진 씨와 결코 가
볍게 연애만 하기 위해 교제하고 있는 건 아닙니다. 저, 하진 씨
진심으로 많이 좋아하고 있어요. 어머님 말씀처럼 저도 결혼할 나

이가 지났고, 충분히 결혼을 목적으로 만나고 있지만 하진 씨의 부담이 적어지면 그때 가서 결혼을 상의해 보려고 했었습니다. 사실 하진 씨와 교제하고 있다는 사실을 아신 저희 이모님께서도 결혼을 서두르기를 원하시고요."

"그런가?"

임 여사의 얼굴에 반색이 어렸다. 다만, 모르고 있었던 또 하나의 사실에 그녀는 얼빠진 표정이 되어 있었다.

"알고 계실지 모르겠지만 어릴 때 부모님을 여읜 저를 이모님이 길러주셨습니다."

"보경이한테 들어서 알고 있네. 하지만 우리 집안에서는 그 이유로 자네를 반대하는 일은 없을 거야. 그것이 자네 잘못도 아니고, 이모님이 자네를 아주 훌륭하게 키워주셨다는 말도 들었어."

"제게 가족은 이모뿐이라, 이모는 제가 많이 외로운 줄 아십니다. 그래서 제가 빨리 결혼해서 행복한 가정생활을 했으면 하세요. 물론, 저도 그러고 싶고요."

"그래?"

임 여사가 만면에 만족스럽다는 미소를 가득 지어 보이자, 현욱이 정중하고 공손한 태도로 임 여사에게 다 하지 못한 말을 이어나갔다.

"저를 믿고 조금만 기다려 주십시오, 어머님. 이제부터라도 이 사람과 진지하게 결혼에 대해서 상의해 보겠습니다."

현욱을 만난 임 여사는 아주 흡족한 표정으로 본가로 돌아갔다.

거짓 없이 솔직한 감정을 드러내 보였던 그가 마음이 드신 얼굴이
었다.

하진은 고개를 돌려 굳은 표정으로 앉아 있는 그를 바라보았다.
임 여사가 본가로 돌아간 후 저기압이 된 그는 그녀에게 한마디도
건네지 않았다. 그의 기분이 저기압이 된 이유는 임 여사가 아닌
바로 그녀 때문이었다.

이 남자는 진심으로 결혼까지 염두에 두고 있었구나.

하진의 눈빛이 일렁였다. 정말 모르고 있었다. 결혼에 대한 말
을 한 번도 꺼낸 적 없던 그였기에 그녀가 결혼을 생각해 본 적 없
듯 그도 그런 줄 알고 있었다. 그런데 아니었다. 그는 그녀와의 결
혼이 너무 당연하다는 듯이 받아들이고 있었다.

"유하진."

그녀의 시선을 느낀 것일까. 감정이 상한 듯 내내 입을 다물고
있었던 현욱이 그녀의 이름을 불렀다.

"진심으로 단 한 번도 나와의 결혼에 대해서 생각해 본 적 없는
거야?"

"……."

"정말인가 보군."

침묵은 곧 긍정. 그녀의 침묵에 현욱의 얼굴이 굳어졌다. 그녀
에게 더 커다란 부담을 주고 싶지 않아 결혼 이야기를 한 번도 꺼
내지 않은 건 사실이지만 그래도 설마했었다. 조금이라도, 아니,
결혼 적령기가 지난 그와 그녀의 나이 때문에라도 한 번쯤은 생각
해 보았을 거라 믿고 있었다. 하지만 그 믿음이 무색하게도 아니

란다. 전혀 생각해 본 적 없단다. 그 사실을 그녀에게 직접 확인하니 기분이 허탈하면서도 씁쓸해졌다. 그리고 불안하기도 했다. 결혼에 대해 부담을 느낀 그녀가 다시 한 발자국 뒤로 물러설까 봐. 하지만 그도 물러설 수 없었다. 그녀가 한 발 물러서면 그는 두 발 다가가면 된다.

"그럼 유하진이야말로."

현욱의 그늘진 시선이 그녀에게 쏟아졌다.

"가벼운 연애쯤으로 생각하고 만났던 건가, 나를?"

"……현욱 씨."

"그래?"

건조한 표정으로 사실이냐고 묻는 현욱을 보며 하진은 부정하듯 고개를 저었다.

"아니에요."

"정말 아니야?"

"아니에요. 어떻게 이현욱 씨와 가벼운 연애를 할 수가 있겠어요."

바라보고만 있어도 가슴 떨리게 해주는 남잔데.

"그럼?"

그를 바라보는 그녀의 눈빛이 묘했다. 임 여사를 만나기 전과 달리 서늘해진 그의 모습에 심장이 철렁 내려앉았지만 그것과 동시에 또 다른 감정 하나가 밀려들었던 것이다. 그건 즉, 설레임이었다.

설마, 그가 임 여사 앞에서 당당하게 그녀를 좋아하고 있다는 고백을 해주어서 그런 걸까. 아니면 그가 그녀와의 결혼을 너무 당연시하게 여기고 있어서? 그것도 아니면 그녀를 향한 그의 마음이 진심이구나를 다시 한 번 느낄 수 있어서?

괜히 가슴이 두근거리면서 마음이 뿌듯해졌다.

"당신 말대로 연애도 어렵고 힘들게 시작했던 나예요. 결혼이란 걸 생각할 겨를이 없었잖아요."

"그럼, 지금부터라도 생각해 볼 의향이 있어? 나와의 결혼에 대해서?"

"……."

"대답해."

하진은 은은하게 미소를 머금으며 대답을 재촉하는 그의 볼에 손을 가져다 대었다.

"나, 생각보다 당신을 많이 좋아하고 있나 봐요."

"뭐?"

현욱의 눈썹이 움찔거렸다. 이제부터라도 결혼을 생각해 볼 의향이 있느냐고 물었는데, 되돌아온 대답이 좋아한다는 고백이라니. 어이가 없으면서도 가슴이 마구 뛰었다.

"연애를 공개한 지 고작 이틀밖에 지나지 않아서 솔직히 결혼까지 생각해 보는 건 무리예요."

결국은 거절이라는 뜻인가. 현욱은 빠르게 달리고 있었던 심장이 일순 정지되는 듯한 기분이었다. 하지만 바로 이어지는 그녀의 말에 정지되었던 심장의 움직임은 다시 거세지기 시작했다.

"그런데도 생각해 보고 싶은 거 보면 내가 당신을 많이 좋아하고 있는 것 같다고요."

"유하진."

"진지하게 생각해 볼게요. 이현욱 씨와의 결혼에 대해서."

"진심이야?"

조금 전까지만 해도 그늘져 있던 그의 눈동자에 빛이 떠올랐다.

"진심이에요. 이제 연애도 공개했는데, 여기서 멈추고 물러설 순 없죠."

하아. 이제야 불안했던 마음이 조금이나마 해소되는 기분이었다. 현욱은 벅차오르는 감정을 감추지 못하고 그녀를 끌어안아 품에 가두었다.

"누누이 말하지만 넌 정말 대단한 여자야."

"왜요?"

"내 심장을 하루에도 수십 번씩 오르락내리락하게 만들었던 여자는 너밖에 없었으니까."

귓가로 내려앉는 달달한 음성에 하진은 그의 허리에 팔을 두르고 힘주어 안았다. 그리고 단단한 가슴팍에 얼굴을 묻으며 입술을 움직였다.

"그런 이유라면, 당신도 대단한 남자예요."

그와의 연애를 공개한 지 어느덧 두 달이 지났고 완연한 봄은 여름을 향해 달려가고 있었다. 시간이 흐르자 한동안 소란스러웠던 하진의 생활도 어느 정도 안정을 찾아가고 있었다.

그녀는 공개연애로 인해 잠시 쉬었던 카페를 보름 만에야 나갔었다. 이현욱의 연인인 그녀를 궁금해한 많은 사람들이 하루에 수십 명, 많게는 백 명 이상이 카페 손님들로 가장에 찾아오곤 했지만, 그 발걸음도 서서히 뜸해지고 있었다. 물론 뜸해졌다는 것이지 아예 끊어졌다는 뜻은 아니었다. 어제만 해도 스무 명 남짓 다녀갔으니까. 태어나서 처음으로 쏟아지는 모든 사람들의 관심에 숨이 턱 막히고 혼란스러울 때도 있었지만, '피할 수 없으면 즐겨라', '이 또한 지나가리라'란 말을 하루에도 수없이 되새기며 봄처럼 따뜻하게 보듬어주는 그의 품 안에서 그녀는 씩씩하게 헤쳐 나가고 있는 중이었다.

이렇게 그녀는 이현욱과 연애를 한다는 이유로 어느 정도 생활의 불편을 겪고 있지만 그래도 이현욱이라는 남자 덕분에 소중한 사람을 한 사람 더 얻게 되었다. 그 사람은 바로, 그의 이모 송민주였다.

톱스타 이현욱의 연인이 그녀라는 것이 알려지자 그녀의 집안에서는 한바탕 난리가 났다. 얼른 데리고 와서 인사를 시키라는 전화를 매일같이 받아야 했고, 급기야 할머니가 너무 애타게 보고 싶어 하신다며 할머니 핑계까지 대었다.

가족들의 재촉에 견디다 못한 그녀는 그에게 의사를 물어보았다. 그는 마치 기다고 있었던 사람처럼 그녀의 집안에 인사를 올리는 것이 아주 당연하다는 듯 흔쾌히 받아들였다. 그가 할머님 댁으로 찾아가 할머니를 비롯해 집안 어르신들께 인사를 드렸던 날이 아마 가장 많은 인원의 가족이 모였을 거라고 장담할 수 있었다. 어쩌면 그녀의 신랑감이 아니라 배우 이현욱을 보기 위해

모였을 가능성이 컸다.

그리고 얼마 지나지 않아 그녀는 그의 이모 민주에게도 정식으로 인사를 드렸다. 그녀의 가족들처럼 그의 이모도 무척이나 그녀를 만나고 싶고 궁금해할 것이 분명한데, 그만 그녀의 집에 인사를 드리는 건 불공평했던 것이다.

다행히 그의 이모 민주는 그녀를 아주 흡족해했다. 무엇보다 가족이 많은 점에서 점수를 후하게 주었다고 했다. 그녀 역시 만나는 순간부터 특유의 시원스러운 성격으로 잔뜩 긴장한 자신의 마음을 편하게 만들어준 민주가 너무 좋았다. 왜 살다 보면 그런 사람을 만날 때가 있지 않은가. 처음 만났음에도 불구하고 마치 오래된 인연처럼 왠지 모르게 친숙함이 느껴지는 그런 사람. 그녀에게 민주가 그랬다.

하지만 민주는 간혹 가다가 한 번씩 그녀를 당혹스럽게 만들 때가 있었다. 바로 지금처럼 말이다.

"하진아. 결혼은 언제 할 거니?"

"콜록콜록."

저녁을 먹다가 불쑥 물어오는 물음에 사레가 들린 하진이 기침을 해대자 맞은편에 앉아 있던 민주가 물을 건넸다.

"괜찮아?"

"……괜찮아요."

하진은 물을 마시고 몇 번의 반복 끝에야 기침을 멈출 수 있었다.

"쯧쯧, 애는. 한두 번도 아닌데 내가 결혼 얘기만 꺼내면 놀래고 그러니?"

이젠 그녀가 보이는 반응에 익숙해진 듯 민주가 태연하게 혀를 차며 머리를 흔들었다. 그러자 하진이 짐짓 불평 섞인 목소리로 대답했다.

"매번 뜬금없는 순간에 말씀하시니까 그러죠."

"이젠 적응될 때도 됐을 텐데?"

"이상하게 결혼에 대해선 쉽게 적응이 안 되네요. 그러니까 결혼 말씀하실 땐 운을 먼저 좀 떼어주세요, 이모."

하진은 민주를 '이모님'이 아닌 '이모'라고 불렀다. 이모님이라는 호칭은 왠지 거리감이 느껴져서 싫다는 민주의 뜻을 따른 것이다.

"그래? 운만 떼면 얘기해도 된다는 거니? 네 눈치 안 보고, 언제든지?"

"이모가 언제 제 눈치를 보셨다고요."

그녀가 알기로는 없다. 특히 하고 싶은 말은 꼭 해야만 하는 성미를 가진 민주가 눈치를 보다니. 어울리지 않았다.

"네가 몰라서 그렇지. 나 은근 네 눈치 보고 있어, 얘."

"에이, 이모가요?"

"당연하지."

하진이 못 믿겠다는 듯 의심스러운 눈빛으로 쳐다보자 민주가 너무나도 태연한 얼굴로 어깨를 으쓱해 보였다.

"지금도 내내 네 눈치 살피다가 결혼 얘기 꺼낸 건데. 몰랐구나?"

순간 할 말을 잃은 하진은 입맛 벙긋거렸다. 뜬금없이 불쑥 꺼내 그녀를 당황시켰던 말을 내내 눈치를 살피다가 꺼낸 것이었다니. 그녀는 못 말리겠다는 듯 피식 웃으며 고개를 저었다.

닮아도 똑 닮았어.

그녀는 소중한 사람을 한 사람 더 얻은 반면 말발을 당해내지 못하는 사람도 동시에 얻었다. 그는 어쩜 그렇게 말을 잘할까 싶었는데 전부 민주를 닮아서 그런 것이었다.

"그럼 이번에는 운부터 떼고 제대로 얘기해 보자."

본격적으로 이야기를 시작하려는지 민주가 들고 있던 젓가락을 식탁 위에 내려놓았다. 하진은 속으로 한숨을 흘렸다. 오늘은 민주가 결혼 이야기를 꺼낼 때마다 그녀의 편을 들어주며 중간에서 막아주었던 현욱도 없었다. 그는 현재 화보 촬영차 제주도에 가 있었고, 그건 즉 오늘은 오로지 그녀 혼자 민주를 상대해야 한다는 뜻이었다. 그녀는 이내 체념한 눈길로 민주를 바라보았다.

"하진아."

"네, 이모."

"너희 집안분들도 결혼을 많이 기다리고 계신다지?"

"네."

하진은 짧게 인정했다. 처음에는 그저 인사만이라도 시키라고 하시던 집안분들이 그의 인사를 받고 나자 이제는 한 살이라도 어릴 때 결혼을 해야 한다며 그녀를 들들 볶아대고 있었기 때문이다.

"이모도 그래. 우리 현욱이랑 하진이가 하루라도 빨리 결혼해서 행복하게 사는 모습 보고 싶어."

"저희 연애한 지 고작 5개월 조금 넘었어요, 이모."

"그런데?"

"결혼하기엔 너무 이르지 않을까요?"

"이르긴 뭐가 일러?"

"적어도 일 년은 연애하고……."

"무슨 일 년씩이나. 니들 나이를 생각해야지."

민주가 말도 안 된다는 듯 그녀의 말을 끝까지 듣지도 않고 가로챘다.

"아이도 세 명 이상 낳으려면 지금도 늦어."

"세 명 이상이요?"

하진이 눈을 동그랗게 뜨며 물었다. 세 명도 아니고 세 명 이상이라니. 그녀의 나이가 지금 몇인데. 올해 서른셋, 내년이면 서른넷이다. 민주의 말인즉 그녀의 나이가 마흔이 될 때까지 몇 년을 임신으로 배가 불러 있어야 한다는 소리였다.

"겁먹기는. 말이 그렇다는 거지."

그녀의 놀란 얼굴에 민주가 빙그레 웃으며 말했다.

"가능한 많이 낳았으면 좋겠단 뜻이야. 보시다시피 우리 집안에 나하고 현욱이 달랑 둘이잖니. 다른 날은 둘째 치고 명절 때만 되면 많이 썰렁하고 쓸쓸해. 한 번도 북적북적한 명절을 보내본 적도 없고. 나도 이런 마음인데 현욱이 녀석은 오죽하겠어."

"많이, 외로웠겠죠."

"말은 안 해도 외로웠겠지, 어떻게 안 외로웠겠어. 그래서 내 바람은 현욱이가 좋은 여자 만나면 빨리 결혼하는 거였어. 더 이상 외롭지 않게. 아이도 많이 낳고."

진심 어린 말들을 늘어놓는 민주의 음성에는 쓸쓸함이 묻어 있었다. 민주가 왜 현욱의 결혼을 서두르는지 그 이유를 알고 있었음에도 다시 한 번 그 쓸쓸함을 고스란히 전해 받은 하진은 가슴이 아릿해졌다.

"그래서 말인데 하진아."

"……."

하진은 친근하게 이름을 불러오는 민주와 조용히 시선을 마주했다. 그리고 이어 들려오는 민주의 목소리는 바람이 되어 그녀의 마음을 흔들어 놓았다.

"이제 그만, 현욱이의 외로움을 네가 함께 나누어주면 안 되겠니?"

현욱이 일주일 만에 제주도에서 돌아왔다. 그는 제주도에서 돌아오자마자 그녀를 찾았다. 일주일의 고된 일정으로 무척 피곤할 텐데, 집에서 쉬자는 그녀의 말에도 굳이 데이트를 해야 한다며 밖으로 끌고 나갔다.

톱스타와의 데이트라고 별로 다를 건 없었다. 보통 평범한 연인들처럼 영화를 보고 밥을 먹고 카페에서 커피를 마시고 손잡고 산책을 하는 코스를 그대로 밟았다. 더 이상 그와의 연애를 들킬까봐 조마조마해하지 않아도 되지만, 여전히 많은 사람들의 시선은 그들에게 집중되었다. 시간이 흘러 그녀도 어느 정도 적응이 되었지만, 따라오는 그 시선들이 아예 불편하지 않은 건 아니었다. 자 칫 소문이 잘못 퍼져 그가 쌓아놓은 이미지에 해를 끼칠 우려를 생각해 행동 하나하나에 신경을 곤두세우며 조심해야 했다.

예를 들어 지금 이 순간에 가장 중요한 건 표정 관리였다.

"와아, 이현욱 오빠다!"

"꺄아! 오빠 안녕하세요."

그녀도 사람이고 한 남자를 사랑하는 여자였다. 달콤한 데이트 를 방해하는 인물들이 반가울 리 없었다. 그렇다고 여기서 표정을 찌푸려서는 안 된다. 연인으로서 그의 손을 잡고 있는 지금 입가 에 미소를 걸고 따라오는 그들에게 웃음을 보여야 했다.

물론 힘들고 귀찮을 때도 있다. 하지만 이 모든 건 톱스타를 연 인으로 가진 그녀가 감당해야 할 몫이었다. 이런 상황을 모두 감 당해 내고 싶을 정도로 이 남자를 사랑하게 되었고, 지금처럼 언 제나 그녀의 손을 꼭 잡아주고 있는 그의 손을 놓고 싶지 않으니 까.

"그래, 안녕."

영화를 보고 저녁을 먹을 시간까지 여유가 있어 근처의 산책로 를 걷고 있는 중이었다. 장소불문하고 어디를 가든지 현욱의 팬은 늘 존재했다. 갑작스러운 이현욱의 등장에 근처에 있던 소녀 팬들 이 잠시 망설이는 모습을 보이더니 이내 우르르 몰려와 그들의 주 위를 맴돌았다. 소녀 팬들의 인사에 현욱이 미소를 띠며 응대하자 환호하는 소리가 더욱 높아졌다.

"오빠, 이 언니가 오빠 여자친구예요?"

"응. 오빠 애인이야. 예쁘지?"

"네. 언니 너무 예뻐요. 모델 같아요. 오빠랑 잘 어울려요."

한 소녀가 그녀에게 시선을 돌리며 말했다. 그녀가 잠시 귀찮다고 여긴 것이 미안해질 만큼 해맑은 미소를 짓고서. 예쁘다는 말은 언제 들어도 기분을 들뜨게 만들었다. 특히 그의 팬에게서 그 말을 들었을 땐 기분이 남달랐다.

그의 말대로 눈썰미가 좋은 팬들은 얼굴이 모자이크 처리된 사진으로도 그녀를 단번에 알아보았다. 자신들의 별, 현욱의 단골카페 사장인 그녀가 그의 열애상대라는 것을. 처음에는 하루도 쉬지 않고 매일같이 찾아와 그녀를 못마땅하게 노려보았지만 흘러간 시간은 어린 소녀 팬들의 마음도 돌릴 수 있다는 위대함을 보여주었다.

'언니가 우리 오빠 애인이에요?'

'오빠가 언니의 어디를 보고 첫눈에 반한 거예요?'

'사실은 오빠가 언니를 보고 첫눈에 반한 게 아니라, 언니가 오빠를 보고 첫눈에 반한 기죠? 그래서 따라다닌 거죠?'

……라고 그녀를 향해 시기 어린 질투를 날리던 팬들이 서서히 그녀를 그의 연인으로 인정하면서부터는 '예쁘다, 그와 너무 잘 어울린다.' 라고 고운 시선을 보내며 칭찬을 늘어놓으니 말이다.

"고마워요."

하진은 자신을 예쁘다고 해주었던 소녀 팬에게 미소를 보냈다. 그와 그녀의 연이은 응대에 머뭇거림이 없어진 소녀 팬들은 또다시 질문을 던져 왔다.

"두 분 결혼도 하실 거예요?"

"물론이지."

"정말요?"

"정말 결혼까지 하시게요?"

왠지 실망이 섞인 목소리. 그의 열애는 인정하고 받아들였지만 결혼까지는 아니었던 모양이었다.

"결혼을 해야 오빠가 안 외롭지 않겠어?"

"언제요?"

"이 언니의 승낙이 떨어지면 바로."

현욱이 그녀와 마주 잡고 있는 손을 가볍게 흔들어 보였다. 그리고 점점 구체적으로 변해가는 질문에 더는 안 되겠는지 특유의 멋들어진 미소를 날리며 팬들에게 양해를 구했다.

"친구들, 오빠 지금 데이트 중인 거 알지?"

"네."

어린 목소리들이 이구동성으로 대답했다.

"오빠 일주일 만에 하는 데이트인데 이제 좀 즐겨도 될까?"

그러니까 더 이상 방해하지 말라는 뜻을 그는 부드럽게 전달했다. 우리 오빠의 말은 곧 법이라는 듯, 그의 말 한마디에 주위를 맴돌았던 어린 소녀 팬들이 마지막 인사를 날리고 돌아섰다. 하지만 미련이 남은 팬들이 멀찌감치 떨어져서 따라오고 있다는 것이 느껴졌다.

"미안."

"뭐가요?"

"매번 편한 데이트가 아니라서."

"난 또 뭐라고."

뜬금없는 사과의 이유에 하진은 픽 웃었다. 물론 사람들의 주목을 받으며 하는 데이트가 편할 리는 없었다. 그래도 지금은 어느 정도 적응이 되어서 처음보다는 썩 견딜 만했다.

"너무 잘난 톱스타를 애인으로 둔 내 복인 거죠 뭐."

"까분다, 또."

하진이 장난스럽게 씩 웃으며 말하자, 현욱이 그녀의 코를 가볍게 튕겼다. 그렇게 한동안 다정하게 손을 잡고 산책을 즐기던 두 사람은 그의 차가 주차되어 있는 주차장으로 돌아왔다.

"아직 저녁 먹을 때까지 시간이 좀 남았는데?"

"차에서 좀 쉬다가 출발해요."

제주도에서 막 돌아오자마자 데이트를 즐겼으니 내색은 안 해도 피곤할 것이다. 그녀는 그를 조금이라도 쉬게 해주고 싶었다.

"그럴까?"

"응."

"그럼, 손."

느긋이 등받이에 기대앉은 그가 당연하다는 듯 손을 그녀에게 내밀었다.

"손에 땀띠 나겠어요."

그러면서도 그녀는 그의 손바닥 위에 손을 얹혔다. 이내 따뜻하고 커다란 손이 작고 보드라운 그녀의 손에 깍지를 끼며 꼭 잡았다.

하진은 슬며시 고개를 돌려 그를 바라보았다. 정말 고단한지 운전석에 편하게 머리를 기댄 그는 두 눈을 감고 있었다. 그의 옆모습을 응시하던 그녀의 머릿속으로 두 사람의 음성이 차례대로 울렸다. 며칠 전 함께 저녁식사를 했던 민주와 방금 전 소녀 팬들에게 건넸던 현욱의 것이었다.

"이제 그만, 현욱이의 외로움을 네가 함께 나누어주면 안 되겠니?"
"결혼을 해야 오빠가 외롭지 않겠지?"
"이 언니의 승낙이 떨어지면 바로."

말 그대로 그는 그녀의 결혼 승낙이 떨어지기만을 기다리고 있었다. 하지만 그녀가 결혼을 진지하게 생각해 보겠다고 했던 이후로 그는 한 번도 결혼에 대한 말을 꺼내지 않았다. 원래 그의 성격대로라면 하루에 한 번씩 '아직도 생각 중이야?' 라고 물어봤을 텐데 그는 잘 참고 기다리고 있었다. 그리고 얼마 전 기다림의 이유를 알게 되었다.

"두 집안에서도 빨리 결혼하라고 재촉하는데, 나까지 결혼으로 부담을 보태주고 싶지 않아. 난, 유하진이 떠밀리듯 나하고 결혼하는 거 원하지 않거든. 그래서 네 스스로 마음의 결정을 내릴 때까지 기다리고 있는 중이야."

그는 그 나름대로 그녀를 배려하고 하고 있었던 것이다. 그래서 그녀는 미안했다. 그는 늘 항상 그녀의 입장에서 먼저 생각해 주고 배려도 아낌없이 보여주고 있는데 정작 그녀는 받고만 있었지 그를 위해서 해주고 있는 것이 아무것도 없었기 때문이다.

이 남자. 살면서 많이 외로웠겠지?

당연히 외로웠을 것이다. 가족이라고는 단 한 사람 이모뿐. 그녀는 며칠 전 민주에게서 그의 어린 시절의 이야기를 많이 들었다. 민주가 출근을 하고, 학교 수업을 마치고 돌아온 초등학생의 어린 그가 텅 빈 집 안에 홀로 앉아 숙제를 하며 민주가 퇴근하고 돌아오기만을 기다리고 있는 모습을 머릿속으로 그려보았을 땐 그녀는 저도 모르게 울컥했다. 가슴 밑에서부터 빠르게 치고 올라오는 짠한 감정이 그녀를 휘저어놓았다. 그리고 민주의 말속에 묻어 있었던 그의 외로움은 지워지지 않은 채 여전히 그대로 그녀의 마음에 남아 있었다.

그래서일까. 그녀는 오늘따라 그의 모습이 고독해 보여 마음이 아팠다. 미소를 짓고 있지만 미소 속에 감춰져 있는 외로움이 보이는 것 같은 기분이었다. 지난 설 명절에 홀로 덩그러니 남겨졌던 그를 떠올렸을 때보다 더 가슴이 싸했다.

결혼, 결혼이라…….

그녀는 지난 며칠 동안 그 어느 때보다 진지하게 그와의 결혼에 대해서 생각을 해보았다. 그녀 스스로도 이상하게 느껴질 만큼 연애를 시작할 때 크게 작용했던 부담감이 결혼을 고민할 때는 크게 문제가 되지 않았다. 이미 모든 사람들에게 공개가 된 것이 마음을 한결 편하게 해주었는지도 모른다.

결혼을 하면, 이 사람 더는 외롭지 않겠지?

그녀는 그의 외로움이 안타까웠다. 그가 품고 있는 외로움을 벗겨주고 싶었다. 그의 외로움을 그녀의 가슴으로 보듬어주고 싶었다. 이제는 그녀가 아낌없이 사랑을 보여준 그에게 그 사랑을 되돌려줄 때이다.

"자요?"

"아니."

"많이 고단해요?"

하진이 오른손으로 그의 볼을 어루만지며 물었다. 그러자 운전석에 머리를 기댄 채로 고개만 살짝 튼 그가 그윽한 시선으로 그녀를 바라봤다.

"아까는 고단했었는데, 유하진 얼굴을 마주한 순간에 싹 사라졌지."

"언제나 말하는 거지만, 어쩜 그런 닭살멘트를 날리면서도 얼굴색 하나 안 변해요?"

"후후. 그게 내 매력이지."

그의 웃음소리가 차 안에서 나직하게 울렸다.

"유하진도 이런 내 매력에 빠진 거 아니었나?"

"그 매력에만 빠졌겠어요."

"그럼?"

"이현욱이란 남자의 온 매력에 다 빠졌지."

"그래?"

그녀가 싱글싱글 미소를 짓자 현욱이 입꼬리를 쓰윽 말아 올리며 편하게 기대고 있던 등을 떼었다. 그리고 상체를 오른쪽으로 비튼 그가 얼굴을 그녀에게 바짝 들이대었다.

"뭐예요?"

"내 온 매력에 푹 빠졌다며."

"그래서요?"

"내 매력에 푹 빠지게 해줬으니까 키스해 달라고. 얼른."

그가 눈을 감고 그녀에게 키스를 재촉했다. 그의 행동에 그녀는 입매를 쓰윽 늘였다. 귀여운 남자 같으니라고. 그녀는 손으로 그의 두 볼을 감싸고 살짝 입을 맞추었다.

"뭐 하는 거야?"

그녀의 입맞춤이 못마땅한 듯 그의 이마가 좁혀졌다.

"키스해 달라면서요."

"언제부터 뽀뽀가 키스로 둔갑된 거지? 제대로 다시."

그가 다시 눈을 감았다. 하지만 그녀는 은은한 눈빛으로 그를 바라보기만 할 뿐 아무런 행동을 취하지 않았다. 대신 한마디의 말로 그의 심장을 덜컥거리게 만들어주있다.

"결혼해 줘요."

"……뭐?"

감았던 눈이 서서히 열리면서 크게 팽창되었다.

"결혼해 달라고요. 나도 결혼해 줄 테니까, 당신하고."

"진심, 이야?"

확인을 하듯 되묻는 그의 가슴이 두근두근 뛰기 시작했다. 주위의 강요에 떠밀리듯 그녀가 결혼을 결정하는 것을 원하지 않았던 그는 기다리고 있는 중이었다. 오로지 그녀 스스로가 마음의 결정을 내리는 순간이 오기를. 제주도로 촬영을 떠날 때까지만 해도 촬영 틈틈이 통화를 할 때만 해도 결혼에 대한 낌새를 보이지 않았던 그녀였기에 아무런 기대도 하지 않고 있었는데 이런 선물이 기다리고 있었을 줄이야. 그는 믿기지 않는 사실에 놀란 반면 한편으로는 가슴이 매우 벅차올랐다.

"내 스스로 마음의 결정을 내릴 때까지 기다리겠다고 한 이현욱 씨를 더는 기다리게 하고 싶지 않아요. 결혼이란 거. 하고 싶어졌어요, 나도."

하진은 결혼을 하기로 결정을 내린 이상, 더 미루고 싶지 않아졌다. 조금만 더 연애를 하고 나서 결혼을 하고 싶기도 했지만 민주의 말마따나 만나고 한 달 만에 결혼을 하는 커플들도 수두룩했다. 무엇보다 결혼은 서로를 가장 사랑하는 순간에 해야 한다는 민주의 말이 그녀에게 크게 와 닿았다. 맞는 말이었다. 서로 같은 마음으로 사랑하는데 연애 기간이 무슨 상관인가 싶기도 했다. 일년에서 고작 몇 개월 앞당기는 것뿐인 것을. 연애는 결혼을 한 후에 해도 된다.

"나. 이현욱 씨한테 프러포즈하는 거예요, 지금."

프러포즈를 남자만 하라는 법은 세상 어디에도 없었다. 비록 준비되어 있는 반지도 없었고 근사한 레스토랑도 아니었지만 그런 건 모두 부수적인 것일 뿐. 이 순간에 가장 중요한 것은 바로 사랑. 서로를 향한 사랑이었다.

"받아, 줄 거죠?"

당연히 그의 대답은 알고 있었다. 하지만 명색이 프러포즈라서 그런지 그의 대답을 기다리고 있는 일분일초가 길게 느껴지고 심장이 마구 떨렸다.

"물론이야."

현욱이 세상을 다 가진 듯한 기쁜 표정으로 그녀의 볼을 쓸어내렸다. 그리고 마지막으로 한마디를 남긴 그는 그녀의 입술을 뜨겁게 삼켜 버렸다.

"기꺼운 마음으로 유하진과 결혼해 주겠어."

　하진은 믿겨지지 않는다는 표정으로 거울 속의 자신을 들여다
보았다. 곱게 화장을 하고 새하얀 웨딩드레스를 입은 자신의 모습
이 그녀 스스로가 보기에도 너무나도 아름다웠던 것이다.

　이 여자가 정말, 정말 나란 말이야?

　8개월의 달콤한 연애 끝에 마침내 올리는 결혼식. 우리나라 톱
스타 영화배우 이현욱의 신부답게 그녀는 오늘 눈이 부시도록 예
뻤다. 오늘 만큼은, 정말 오늘만큼만은 그동안 그의 상대역을 맡
았던 화려한 여배우들보다 웨딩드레스를 입은 그녀의 모습이 더
빛나고 예뻐 보였다.

　결혼.

　오늘의 신부.

그리고…… 웨딩드레스.

이미 꿈속에서 한 번 그의 신부가 되어보았던 경험이 있었기 때문일까? 하진은 완벽한 신부의 모습으로 신부대기실에 앉아 거울을 들여다보고 있는 이 순간이 전혀 낯설지가 않았다.

"우리 하진이, 오늘 너무 예쁘다."

옆에서 들려오는 익숙한 목소리에 하진은 고개를 돌렸다. 그곳에는 그녀의 친구 연우가 서 있었다.

"세상에서 이렇게 아름다운 신부는 두 번째야. 호호호."

연우의 음성에는 즐거움이 한가득 담겨 있었다. 그녀도 연우를 보며 빙긋 웃어 보였다. 연우가 신부대기실에 있는 그녀의 옆에 있어주는 상황도 꿈속과 똑같았다. 다만 다른 점이 한 가지 있다면 곧 출산을 앞두고 있는 연우의 배가 남산만 하게 불러 있다는 것이었다.

"떨리지?"

"응. 너도 이렇게 떨렸어?"

"물론이지. 네 두 눈으로 직접 봤잖아. 나 무지하게 떠는 거."

"맞아. 그랬다, 너도."

미용실에서 머리를 할 때까지도 담담했던 그녀였다. 하지만 예식장에 도착해 신부대기실로 들어서는 순간부터 그녀의 심장은 미친 듯이 날뛰어댔다. 꿈속에서 느꼈던 감정과는 차원이 다른 떨림이었다. 긴장으로 입술이 바싹바싹 말라왔다.

"그 마음 충분히 이해돼."

결혼 선배인 연우가 그녀의 어깨를 다독거리며 말하는 순간, 신부대기실의 문이 벌컥 열리더니 검은 턱시도를 근사하게 차려입은 남자가 들어왔다.

너무 근사하고 멋있는 남자는 바로 이현욱. 오늘의 신랑이었다.

그가 서서히 그녀를 향해 걸어왔다. 꿈이 아닌 현실에서, 뜨거운 눈동자에 오로지 자신만을 담고서 다가오는 그를 바라보며 그녀는 자리에서 일어섰다. 나란히 마주 선 신랑 신부를 지켜보고 있던 연우가 흐뭇한 미소를 지으며 자리를 비켜주었다.

"유하진."

그가 비스듬하게 고개를 숙여 그녀와 눈을 마주쳤다. 그가 환한 웃음을 입가에 띠우며 말을 이었다.

"이렇게 아름다워도 되는 거야?"

부끄러운 듯 그녀의 백옥 같은 얼굴이 붉게 물들었다.

"당신도 오늘 너무 근사해요."

장담하건대, 그녀는 눈앞에 서 있는 남자만큼이나 잘생기고 멋있는 남자를 본 기억이 없었다. 그녀의 눈에는 이현욱이 세상에서 제일 잘난 남자였으니까.

"고마워."

그의 두 손이 불그스름한 그녀의 양 볼을 부드럽게 감싸 쥐었다.

"뭐가요?"

"나의 아내가 되어주어서."

그녀를 바라보는 다정한 눈빛, 그녀를 향한 따뜻한 손길. 콩닥 콩닥, 그녀의 심장이 미친 듯이 고동을 쳐댔다.

"당신은 앞으로 내 품에서 평생 행복하게 될 거야. 사랑해, 하진아."

사랑 고백을 마지막으로 그의 입술이 그녀의 입술 위로 살포시 포개졌다. 그에게 따스한 입맞춤을 받은 그녀는 진심으로 놀라웠다. 현재 이 모든 상황과 그가 건넨 말과 행동이 그녀가 꾸었던 꿈속의 상황과 흡사했기 때문이었다. 연우와 대화를 나눌 때는 단순히 우연이라고만 생각했었는데.

현실이 되어버린 꿈이라……

그윽하게 빛나는 그의 눈을 마주한 그녀의 눈동자가 일렁거렸다.

나는 혹, 예지몽을 꾸었던 것일까?

6년 후.

눈부신 햇살이 쏟아지는 따스한 오후의 봄날이었다. 커다란 대문이 열리자 초인종 소리를 듣고 마당으로 마중 나오던 다섯 살배기 시윤이 앙증맞은 두 다리로 막 대문 안으로 들어선 민주에게 한달음에 달려갔다.

"이모할머니!"

"요 녀석! 할머니가 막 뛰지 말라고 했어, 안 했어? 다치면 어쩌려고."

민주가 토실토실한 아이의 볼을 꼬집듯 가볍게 잡았다 놓았다.

"헤헤헷. 안 다쳤잖아요, 지윤이."

지윤의 해맑은 웃음소리에 걱정스럽게 꾸짖던 민주의 마음이 사르르 녹아내렸다. 민주는 지윤의 고사리 같은 손을 잡고 넓은 마당을 가로질러 현관 쪽으로 걸어갔다. 지금 현욱과 하진이 예쁜 두 아이와 함께 살고 있는 전원주택은 둘째 선우를 임신한 후에 이사를 온 집이었다. 아이들이 자라면 마음껏 뛰어놀 수 있는 공간이 필요할 테고, 빌라보다는 마당이 있는 주택이 좋을 것 같았던 것이다.

"그래도 앞으로는 뛰면 안 돼요, 지윤이. 지윤이가 다치면 할머니 마음도 아야 하니까."

"네에! 할머니 마음 아야 하면 안 되니까, 안 뛸게요."

"귀여운 녀석."

민주가 흐뭇한 눈으로 조카손녀의 머리를 쓰다듬었다.

"엄마는?"

"엄마요? 엄마는 선우 맘마 주고 있어요."

"그래? 엄마가 선우 맘마 주고 있는 동안 우리 지윤이 심심했겠네."

"하나도 안 심심했어요. 지윤이도 엄마 옆에서 선우 맘마 먹는 거 보고 있었거든요."

지윤이 양쪽으로 예쁘게 묶은 머리를 절레절레 흔들며 대답했다.

"그랬어?"

"네. 그런데요 할머니."

"왜에?"

"엄마 머리에 지금 뿔났어요."

지윤이 양쪽 검지 손가락을 머리 위에 가져다 붙였다.

"어째서?"

"아빠 때문인 거 같아요."

"엄마랑 아빠랑 다퉜어?"

"그게 아니라요, 할머니."

마치 비밀 이야기라도 하려는 듯 잠시 걸음을 멈춘 지윤이 자그마하게 목소리를 줄이며 민주에게 가까이 오라는 손짓을 했다. 씨익 미소를 지은 민주는 비밀 이야기가 궁금한 것처럼 반응을 보여주며 지윤의 키에 맞춰 상체를 숙였다.

"뭔데 그럴까?"

"아빠가요 오늘, 다른 아줌마랑 뽀뽀를 하나 봐요."

"뽀뽀?"

지윤이 귓가에 속삭거리자 민주가 짐짓 놀란 표정을 지어 보였다. 아무래도 현재 새 영화를 촬영하고 있는 현욱에게 오늘 키스신이 있는 모양이었다.

"네."

"저런. 엄마가 뿔날 만하네."

"그렇죠?"

"그러엄."

"후우. 그럼 이제 어쩌죠? 지윤이는 엄마랑 아빠랑 싸우는 거 싫은데."

다소 심각해진 얼굴로 작은 입술을 삐죽거리고 있는 지윤을 바라보고 있던 민주는 터져 나오려는 웃음을 간신히 참아냈다.

어쩜 이리 귀엽고 앙증맞은 녀석이 나왔을꼬. 세상 천지에 하나밖에 없는 조카 현욱의 첫딸은 민주에게 너무나 소중하고 귀한 존재였다.

"걱정하지 않아도 돼, 지윤아. 엄마하고 아빠, 할머니가 싸우지 못하게 할게."

"정말요?"

지윤의 눈동자가 금세 반짝하고 빛을 내었다. 이제 안심이라는 듯 빙그레 웃어 보이기까지 했다.

"그럼, 정말이지. 할머니만 믿고 이제 집 안으로 들어가 볼까요?"

"네!"

민주가 지윤을 데리고 집 안으로 들어서자, 선우는 분유를 먹고 막 잠이 든 후였다. 오전 내내 두 아이를 돌보느라 조금 지친 듯 선우의 옆에 잠시 누워 있던 하진은 거실로 들어서는 민주와 지윤을 보고 몸을 일으켜 세웠다.

"이모, 오셨어요?"

"그래. 선우는 자니?"

"네. 막 잠들었어요."

민주는 곤히 잠든 선우의 얼굴을 한 번 들여다보았다. 어릴 적제 아빠를 쏙 빼닮은 선우의 얼굴에 저절로 미소가 지어졌다.

"너, 뿔났다며?"

선우에게 시선을 거둔 민주가 하진을 보며 물었다.

"네?"

"지윤이가 그러더라. 오늘 아빠가 다른 아줌마랑 뽀뽀한다고 해서 엄마 머리에 뿔났다고."

행여 비밀로 한 이야기를 엄마한테 일렀다고 토라질까 봐 지윤을 한 번 돌아본 민주가 조용한 목소리로 하진에게 말했다. 다행히 혼자서 인형놀이를 즐기기 시작한 지윤의 귀에는 들리지 않은 듯했다.

"이모도 참. 그런 거 아니에요."

하진이 싱겁게 웃으며 부인했다. 물론 내 남자가 상대 여배우와 키스신을 촬영한다는 건 기분이 유쾌하지 않았다. 하지만 그건 영화에 필요한 장면이기에 그녀가 내키지 않는다는 이유로 뺄 수 있는 것이 아니었다. 질투는 나지만 일은 일일 뿐이니까. 기분 나빠도 넘어갈 수밖에.

"자기는 다른 여자랑 뽀뽀 신이나 잘 찍으세요. 난 지금 자기한테 엄청 화가 나 있으니까."

지윤이 옆에 있어서 키스를 뽀뽀로 바꾼 것인데 화가 났다는 그녀의 말을 듣고 오해를 한 모양이었다. 그러나 그녀가 그에게 화가 난 건 키스 신 때문이 아니었다.

"그럼 뿔난 게 아니야?"

"뿔난 건 맞아요."

두 어른이 어린 지윤의 표현을 그대로 따라 하며 대화를 주고받았다.

"키스 신 때문이 아니면 왜 뿔이 난 건데?"

"이모."

하진이 한쪽 입꼬리를 쓰윽 올리며 민주를 불렀다.

"왜?"

"앞으로 저희와 함께 사셔야겠어요."

"뭐?"

뜬금없는 소리에 민주의 미간이 좁혀졌다.

"이모 이제 우리랑 함께 살아야 한다구요."

"됐다. 싫다고 했잖니. 정 나랑 함께 살고 싶으면 셋째……."

손사래까지 치며 거절하던 민주가 갑자기 말을 멈췄다.

"가만. 하진이 너, 설마……."

점점 부풀어 오르는 눈동자로 하진을 바라보았다. 뜬금없는 소리로 넘기려고 했는데 생각을 돌이켜 보니 전혀 뜬금없는 소리가 아니었다. 결혼날짜를 잡고 나서부터 앞으로 외롭게 혼자 살지 말고 같이 살자는 하진의 제안을 단칼에 거절했던 민주였다. 그 이후에도 계속 이어지는 제안에 못 이겨 조건을 걸었다. 셋째를 임신하면 함께 살면서 살림도 도와주고 아이들도 돌보아주겠다고 한 것이었다.

그 후로 잠잠했었는데, 그 이야기를 꺼낸 것을 보면…….

잔뜩 기대에 부푼 민주의 눈빛이 하진에게 대답을 재촉했다. 그러자 그 눈빛을 읽은 하진이 어깨를 늘어뜨리며 고개를 끄덕였다.

"저, 또 임신인 거 같아요."

촬영이 없는 내일 현욱과 산부인과에 가서 정확하게 검사를 받아보기로 했지만, 그녀는 확신했다. 또 한 명의 보물이 그들에게 찾아왔다는 사실을.

톱스타 이현욱의 인기는 한결같았다. 결혼 전이나 결혼을 한 후나 두 아이, 아니, 이제 세 아이의 아빠가 된 지금도 그의 인기는 사그라지지 않았다.

지금도 이현욱이 등장하는 곳이면 장소를 불문하고 사람들은 환호하는 눈빛으로 그를 바라보았다. 그곳이 산부인과라고 다를 것은 없었다. 산부인과에 등장한 그의 모습은 그 자리에 있던 간호사는 물론이고 검사를 받으러 온 모든 여자들의 시선을 한 번에 사로잡았다. 그리고 그 시선은 얼마 지나지 않아 그의 아내인 그녀에게로 옮겨졌다. 그들의 환호하던 시선은 어느새 부러움으로 변해 있었다.

검사를 마치고 산부인과를 나와 차에 오른 하진은 막 운전석에 앉은 현욱을 돌아보았다. 그의 나이 올해로 마흔. 마흔의 나이에도 불구하고 그는 여전히 매력적이고 멋있고 근사했다. 벌써 6년이나 흘렀건만. 그의 모습은 연애를 했던 그때와 전혀 변하지 않은 느낌이다.

"사랑해, 마누라!"

현욱이 환희에 찬 얼굴로 그녀의 볼을 어루만졌다.

"손 치워요."

기쁨을 감추지 못하는 그와 달리 그녀는 시무룩했다. 귀찮다는 듯 손을 쳐냈지만 그는 아랑곳하지 않았다. 오히려 이번엔 양손으로 그녀의 두 볼을 부여잡고 입맞춤까지 했다.

"우리에게 또 한 명의 보물이 생겼는데, 유하진은 기쁘지 않아?"

"기쁘지 않다는 게 아니에요."

"그럼?"

물론 기쁘다. 소중하고 귀한 존재가 또다시 그들에게 와주었는데 어떻게 기쁘지 않을 수가 있겠는가. 다만.

"너무 이르잖아요, 시기가."

일러도 너무 일렀다. 둘째 선우를 낳은 것이 작년 3월이었다. 셋째 계획이 없던 것도 아니고 선우가 세 살이 되면 천천히 생각해 보려고 했었다. 그런데 선우를 낳은 지 1년 2개월 만에 다시 임신을 하게 된 것이다. 그래서 어제 지윤의 말마따나 뿔이 났던 것이고.

"내가 그렇게 조심해 달라고 부탁했는데."

그녀가 미워 죽겠다는 듯 눈을 흘기자, 그가 다정하게 그녀를 품 안으로 끌어당겨 안았다. 그녀의 등을 다독이듯 쓸어내리며 부드러운 목소리로 말했다.

"내가 앞으로 더 잘할게."

"속상하다고요, 나."

"뭐가?"

"당신은 아직도 이렇게 멋있고 잘생겼는데, 나는 이게 뭐예요. 간신히 예전의 몸무게로 돌아왔는데 또 늘게 생겼잖아요."

더군다나 그녀는 삼십대의 마지막 날을 배가 불러서 보내게 생겼다. 아쉬운 마음으로 삼십대의 마지막을 보내고 즐거운 마음으로 사십대를 맞이하자는 뜻으로 연우와 12월 31일에 단둘만의 여행을 계획하고 있었는데 아무래도 힘들 것 같아 더 아쉽고 속상했다.

"유하진."

"왜요."

"내가 누누이 말하지 않았나?"

"……."

현욱이 품 안에 안고 있던 그녀를 놓아주었다. 그리고 그녀의 두 어깨를 꼬옥 잡으며 지그시 눈을 마주했다.

"난 유하진의 모든 모습을 사랑한다고."

"그래도 사랑하는 남자에게는 항상 예쁜 모습을 보이고 싶은 게 여자의 마음이라고요."

"내 눈에는 그 어떤 여자보다도 유하진이 가장 예쁘고 아름답고 사랑스러워. 특히 유하진이 가장 예뻐 보일 때가 언제인 줄 알아?"

"언젠데요?"

5주차라 아직은 임신한 티가 나지 않는, 그렇지만 그들의 소중한 아이가 자라고 있는 그녀의 배 위로 현욱이 손바닥을 가져다 댔다.

"바로 우리의 소중한 보물을 품고 있는 배가 불러 있을 때야."

"진심이에요?"

"물론이야."

미움도 아주 잠시뿐. 어느새 하진의 입가에는 잔잔한 미소가 퍼져 나가고 있었다. 이렇게 말 한마디 한마디를 사랑스럽게 하는 이 남자를 어떻게 미워할 수 있겠는가. 그녀는 자신의 모든 모습을 사랑한다고 고백해 준 그의 목을 힘껏 끌어안았다.

　"좋아요, 그럼."

　"뭐가?"

　"원래 우리 자녀 계획은 세 명이었지만, 넷까지는 노력해 볼게요. 어때요?"

　아주 만족스럽다는 듯 만면에 웃음을 머금은 그가 그녀의 허리를 안고 있는 손에 힘을 주며 대답했다.

　"대찬성이야."

THE END

SECRET GUY

시크릿 가이

작가 후기

연예인이 등장하는 꿈. 다들 한 번쯤은 꿔보셨을 겁니다. 당연히 저도 있고요.

제 경우는 별로 관심도 없고 오히려 싫어하는 편에 가까웠던 한 남자 연예인이 있었는데, 어느 날 갑자기 꿈에 나타난 겁니다. 그것도 아주 멋지게 말이죠. 꿈에서는 깨어났지만 꿈속의 기억이 남아 있던 저는 그 연예인의 기사와 자료를 찾아보았고, 어느새 보니 팬이 되어 있더라고요.

연재를 할 때 이 부분을 많은 독자분들이 함께 공감을 해주셔서 너무 좋았고 감사했어요. ^^

지난 몇 개월 동안 느린 연재를 기다려 주시고 응원해 주셨던 독자님들 다시 한 번 감사드립니다. 덕분에 현욱과 하진과 함께 하는 시간이 외롭지 않았습니다.

항상 말씀드리는 거지만 다음번에는 조금 더 좋은 글로 더 많이 나아진 글로 다시 찾아뵙도록 노력하겠습니다.

언제나 제 곁에서 든든하게 버팀목이 되어주시는 부모님.

너무너무 존경하고 감사합니다.

그리고 사랑합니다.

앞으로도 지금처럼 늘 건강하시기를…….

애정하는 우리 언니들과 우리 예쁜 동생. 오랜 시간 저와 함께 해주셔서 감사해요. 계속 쭈욱 함께 해주세요. 사랑합니다. ^^

'오아시스를 찾다'의 작가님들, 독자님들 모두모두 감사드립니다.

예원북스 유경화 실장님. 함께 작업할 수 있어서 정말 기쁘고 좋았습니다. 수고 많으셨어요. 감사합니다. ^^

마지막으로 '시크릿 가이'를 읽어주신 모든 분들께 감사의 인사를 드리며…….

2013년 여름의 길목에서

김양희 드림.

예원북스에서는

로맨스 작가님의 소중한 원고를 기다립니다.

투고해 주실 메일 주소는
yewonbooks@naver.com 입니다.
많은 관심 부탁드립니다.